KB264208

한국 개화기 사회와 고부갈등

한국 개화기 사회와 고부갈등

간 호 옥 著

한국학술정보[주]

서 문

　본 연구는 한국 개화기 시대와 개화기소설 소설 특히 新小設에 나타나는 姑婦葛藤의 원인과 양상을 사회학 및 심리학적 관점에서 규명코자 했다. 이 과제를 원만히 수행하기 위해 정신분석학과 계급론 및 사회체계학과 행동주의적 교환이론을 적용했다.

　한국 家族文化에서의 고부갈등의 원인과 양상은 갈등에 대한 포괄적인 여러 이론의 성립 근거에서 볼 때 문화와 관련되어 밀접한 관계에 있다. 인간관계에서 발생하는 갈등의 다양함 그 자체가 바로 그 사회의 문화적 특징이 투사된 것이다. 때문에 갈등발생 원인과 양상은 당대 문화 배경과 밀접하게 관련되어 있다. 이를 가장 잘 반영한 문학 장르가 소설이다. 따라서 신소설은 개화기 사회를 가장 살 반엉힌 소설 장르라고 할 수 있다.

　본 연구는 신소설 중 고부갈등이 중심 主題인 〈雁의 聲〉, 〈鳳仙花〉, 〈雉岳山〉, 〈榴化雨〉, 〈紅桃花〉, 〈杜鵑聲〉, 〈金菊花〉, 〈再逢春〉등을 통해 고부갈등의 원인과 양상을 정신분석적 및 계급론적 관점과 체계 및 행동주의적 교환론을 근거로 하여 규명함으로써 당대 사회 및 가족갈등의 문제를 풀어보고자 했다.

　한국 개화기는 봉건사회에서 근대사회로의 전환을 의미한다. 근대지향적인 신세대와 전통지향적인 구세대간의 갈등이 신소설 양식의 주된 주제였다. 신세대와 구세대간의 갈등은 구체적으로 신소설의 가족갈등의 핵심적 요인이었다. 신소설의 고부갈등이 개화기의 시대상황을 파악하고 이해하는데 여타 가족갈등보다 효과적인 이유는 신소설에서 새롭게 대두되는 신세대와 구세대간의 갈등으로 대변되는 父子葛藤이 개화기에 새롭게 부각된 소설적 갈등양상이기 때문이다. 신소설에 있어서 고부갈등은 단순한 고부간의 갈등만을 형상화하는데 그치지 않고, 작품에 따라서는 고부갈등을 통해 신세대와 구세대 간의 갈등, 妻와妾 간의 갈등, 繼母와 전실 자식 간의 갈등을 포괄하고 있다. 때문에 고부갈등의 원인과 양상 연구는 당대 사회의 가족갈등은 물론 사회갈등을 해명할 수 있는 근거를 마련할 수 있다. 가정 및 가족은 그 사회의 최소단위인 동시에 당대사회현상을 가장 직접적으로 반영하고 있기 때문이다.

본고의 내용을 정리해보면 다음과 같다.

첫째, 신소설과 고소설의 고부갈등 구조 대비를 통해 신소설과 고소설의 고부갈등 구조의 전승과 변용을 어느 정도 짐작할 수 있었고, 고부갈등이 신소설에서 두드러지게 대두되는 이유와 신소설에서 다양한 갈등양상이 나타나게 되는 근거를 알 수 있게 되었다. 고소설에서 발전된 고부갈등 구조는 신소설에서의 다양한 인물유형의 등장을 가능케 했다. 둘째, 정신분석적 고부갈등 원인과 양상에서는 家父長制 가족관계에 따른 고부갈등 양상과 母子同一視에 따른 고부갈등 양상 등이었다. 한국 전통사회에서의 고부갈등의 주원인은 남아선호 사상과 모자의 혈육관계의 친밀성 그리고 부부의 애정관계에서 비롯되었으며, 孝 또한 고부갈등의 원인이 되었다. 계급론적 고부갈등의 원인과 양상에서는 가정에서의 여성 위치에 따른 고부갈등 양상과 가정에서의 물질적 기반에 따른 고부갈등 양상 등이었다. 전처소생 며느리와 계모 시어머니의 고부갈등 양상의 원인은 가족 간의 위계 확보문제에서 비롯되었으며, 烈(貞節) 또한 고부갈등의 원인이 되었다.

셋째, 체계론적 고부갈등 원인과 양상에서는 가족 내의 인물에 의한 고부갈등양상과 남녀노비들의 자각에 의한 고부갈등 양상 그리고 가족 외의 인물에 의한 고부갈등 양상 등이었다. 특히 여기서 문제되는 가족구성원이 시누이, 남녀노비, 친척 등이었다. 행동주의 교환이론적 고부갈등 원인과 양상에서는 신교육관, 자유연애 및 자유결혼, 과부개가 허용, 신분제도, 미신타파에 의한 고부갈등 양상 등이었다. 여기서 문제되는 것은 가치관의 수용과 거부 즉 보수와 진보의 대결이 고부갈등의 원인이 되었다.

한국 개화기는 한국사에서 볼 때 가치관의 대전환기요, 대혼란기였다. 전체적 추세는 근대화였지만 진보와 보수의 대결장으로서의 抵抗 갈등의 사회를 도래하게 한다. 곧 개화기는 최고의 갈등미학이 존재하는 사회였다고 말할 수 있다. 인간은 갈등보다는 평화를 원한다. 하지만 개화기의 한국 가정은 위에서 보았듯이 고부갈등을 비롯하여 가족 간의 갈등이 그 어느 시기보다 심했다. 따라서 마땅히 사회갈등이나 가족갈등의 해소 방안도 연구되지 않으면 안된다. 앞으로 필자는 사회와 소설을 통해 갈등의 원인과 양상에만 주목하지 않고 나아가 적극적으로 갈등의 해소 방안도 연구코자 한다. 궁극적으로 본연구의 목적 역시 갈등의 원인과 양상을 밝히는데 그치지 않고 갈등의 해결 방안을 찾는데 있음은 물론이다. 하지만 본 연구에서는 그에 미치지 못한 점 못내 아쉽다.

이상에서 개화기 소설에 나타난 고부갈등의 원인과 양상을 신소설과 고소설의 구조적 대비, 정신분석 및 계급론 그리고 체계 및 행동주의적 교환이론을 통해 해명해 보았다. 이로써 민족적 가치관의 대전환기였던 개화기 사회의 시대상황 및 과도기적 가치관의 특성을 파악할 수 있었고, 신소설의 문학적 특성을 어느 정도 밝힐 수 있었다.

차 례

I. 서 론 ··· 11
  1. 연구목적 ··· 11
  2. 연구사 개관 ··· 14
  3. 연구방법 ··· 23
    가. 정신분석학적 갈등 ························· 23
    나. 계급론적 갈등 ······························· 24
    다. 체계적 갈등 ···································· 25
    라. 행동주의적 교환이론 갈등 ············· 25

II. 新小設 姑婦葛藤 構造의 敍事的 特徵 ·········· 31
  1. 해체와 결합의 구조 ····························· 31
  2. 갈등의 화해의 구조 ····························· 34
  3. 억압과 해방의 구조 ····························· 37

III. 家父長制로 인한 葛藤의 精神分析的 考察 ········ 41
  1. 정신분석이론과 애정복합심리 ··············· 41
  2. 垂直的 가족관계 및 立身揚名 사상 ········· 46
  3. 母子同一視 및 孝 思想 ······················· 60

IV. 物質的 基盤에 따른 葛藤의 階級理論的 考察 ······· 77
  1. 계급이론과 사회복합심리 ····················· 77

2. 전처소생 며느리와 계모 시어머니 ····················· 82

3. 烈 思想과 여성의 지위 ····························· 85

4. 시아버지 존재 여부와 가계 계승권자 출생여부 ······· 92

Ⅴ. 가족관계 및 기타인물에 의한 葛藤의 體系論的 考察 ··· 111

1. 체계이론과 가족계층 ····························· 111

2. 가족 내의 인물 ····························· 114

3. 男女奴婢 ····························· 124

4. 가족 외의 인물 ····························· 154

Ⅵ. 新. 舊價値觀의 차이로 인한 葛藤의行動主義的 考察 ··· 161

1. 행동주의 교환이론의 사회가치관 ····················· 161

2. 신교육관 ····························· 165

3. 자유결혼 ····························· 172

4. 寡婦改嫁 ····························· 175

5. 신분제도 ····························· 181

6. 迷信打破 ····························· 191

Ⅶ. 결 론 ····························· 195

참고문헌 ····························· 199

I. 서 론

1. 연구목적

본고는 한국 개화기 소설 특히 신소설에 나타나는 고부갈등의 원인과 양상을 사회학 및 심리학적 관점적으로 규명코자 함을 목적으로 한다. 이 과제를 원만히 수행하기 위해 정신분석학과 계급론 및 사회체계와 행동주의적 교환이론의 관점을 적용코자 한다.

한국 개화기는 봉건사회에서 근대사회로의 전환기를 의미한다. 이 과도기성을 가장 잘 반영하고 있는 문학 장르가 신소설이다. 따라서 근대지향적인 신세대와 전통지향적인 구세대간의 갈등이 신소설 양식의 주주제가 되었다. 신세대와 구세대간의 갈등은 구체적으로 신소설의 가족 갈등의 핵심적 요인으로 작용했다.

봉선사회 영향을 완진히 배제할 수 없었던 이행기의 사회적 상황에서 볼 때 가족간의 갈등 중 봉건사회로부터 근대사회까지 지속적으로 등장하는 고부갈등에 대한 연구는 그만큼 문제적 과제가 아닐 수 없다. 특히 개화기의 시대상황과 당대의 가치관을 해명코자 할 때 더욱 그렇다.

신소설에 나타나는 고부갈등이 이처럼 개화기의 시대 상황을 파악하고 이해하는데 여타 가족간의 갈등보다 중요한 이유는 처첩 갈등, 繼母와 前室 자식간의의 갈등은 고소설의 가족갈등양상에서 크게 벗어나 있지 않다. 또한 신소설에서 새롭게 부각된 소설적 갈등 양상이다. 그러므로 고소설에서부터 신소설에 이르기까지 전시대의 변용과 전이의 측면으로 개화기 시대를 파악하는 데는 부족하다. 이에 비하여 신소설에 있어서 고부갈등은 단순한 고부간의 갈등만을 형상화하는데 그치지 않고 작품에 따라서는 고부갈등을 통해 신세대와 구세대간의 갈등, 처와 첩 간의 갈등, 계모와 전실 자식 간의 갈등을 포괄하고 있다.

한국 家族文化에서 두드러지게 나타나는 고부갈등 양상은 갈등에 대한 포괄적인 내 여러 이론의 성립 근거에서 볼 때 갈등과 문화와의 관계를 배제시킬 수 없다.1) 인간관계에서 발생하는 갈등의 다양함 그 자체가 바로 그 사회의 문화적 특징이 투사된 것이기 때문에 갈등 발생 원인은 당대 문화 배경과 밀접한 관계가 있다.2)

전통적 한국가족은 가부장제 가족이었다.3) 즉, 아버지와 아들(장남)이 축이 되고 이 축을 통해 혈통과 권력이 보장되며, 다음 세대로 父系 父權이 전수되었다. 가족 내의 권력이 원천이 바로 부자관계를 중심으로 형성된 권력 관계이기 때문에 가족 내 다른 관계(모자-고부-부녀) 등은 이 축을 중심으로 형성되고 이 축을 공고히 하는 기능을 수행하게 된다.4)

가부장제 가족의 특색으로 수직적인 인간관계 지향과 밀착된 관계가 母子관계다. 여기에서 필연적으로 형성될 수밖에 없었던

---

1) 박재환, "사회갈등에 있어서의 문화적 요인에 관한 소고," (부산대, 사회과학 논문집 20, 1981), p.213

2) Deutsch, M. "The resoluation of conflict," (N.Y : Yale University Press. 1970), p.10-15

3) 이광규, 「한국 가족의 구조 분석」,(일지사, 1975), p.128

4) 배선희, "계급별 고부관계 접근을 위한 기초 연구(1)," 「한국가정관리학」15-2, (한국가정관리학회, 1997), p.210

故婦관계는 혼인제도를 통하여 한 남성을 중심으로 혈연관계가 없는 두 여성이 법적으로 부모-자녀관계가 성립된다. 특히 한국과 같은 엄격한 부계 가족제도 하에서는 그 구조적 특징으로 인하여 갈등의 소지가 더 많았다.5)

전통적 한국사회의 고부관계는 고소설을 통해 볼 때 수직적인 관계에 따른 부정적 정서관계가 드러난다. 고소설에는 며느리의 시집살이의 설움과 고됨이 노골적으로 나타난다. 또한 시어머니를 며느리에 대한 지배와 권위를 가진 자, 며느리를 학대하는 자로 묘사되기도 한다. 특히 고소설 〈潘氏傳〉과 〈金氏烈行錄〉등에 나타나는 고부갈등 양상은 사회적 상황보다는 당사간의 심리적 원인과 가족관계가 주로 다뤄져 있다.

개화기 신소설에 나타나는 고부갈등의 원인과 양상은 개인 심리적 원인과 가족관계 뿐만 아니라 당대 사회 상황에 근거한 포괄적인 원인에 의해 고부갈등이 야기된다. 전통사회로부터 근대사회에 지속적으로 나타나는 고부갈등이 신소설에 와서야 다양한 양상으로 부각되어 주제화 되었다는 점은 결코 간과할 수 없는 문제다.

이렇게 볼 때 신소설 연구에서 고부갈등의 심층분석적 연구는 필수적 과제임에도 불구하고 저간의 연구물들은 고부갈등을 가족간의 한 양상으로 축소화시킨 흠이 없지 않다. 연구 대상 작품에 있어서도 〈雁의 聲〉, 〈鳳仙花〉, 〈雉岳山〉, 〈紅桃化〉등에 머물고 있다. 따라서 본고에서는 신소설에 나타난 고부갈등 양상을 사회학 및 심리학적 측면에서 다각도로 접근하여 그 원인과 양상을 규명코자 한다.

신소설에 나타나는 고부갈등은 父子葛藤으로 대표되어지는 신구 세대간의 갈등으로만은 볼 수 없다. 이 문제는 개화기의 변화된 가

---

5) 배선희, 위의 논문, p.232

족윤리와 시대상으로만 파악할 수 있는 단순한 문제가 아니기 때문이다. 신소설의 고부갈등은 고소설에서 보이는 고부갈등의 근본 원인인 여성들 간의 심리적 갈등과 가정 내에서의 역할정체성을 놓고 벌이는 경쟁관계로 인하여 일어나는 현상과도 잇대어 있다.

또한 이외에 개화기 여성의식의 성장과 사회상과 윤리관의 변화로 인한 고부갈등에 이르기까지 그 원인과 양상은 퍽 다양하다. 이러한 다양한 고부갈등의 원인과 양상을 개화기 시대상의 변화로 인한 가족갈등의 일부로만 파악하는 것은 잘못이다.

더욱이 대부분의 신소설이 여성을 중심으로 하여 서사가 진행되고 있음을 감안할 때 고부갈등을 남성 중심의 父系家族 관계의 일부로 파악하는 기존의 시각은 고부갈등 연구의 한계를 보여준다. 이러한 기존의 연구는 인간 평등을 지향하는 근대사회에 있어서 한 가지 性의 시각으로 사회를 바라보았다는 지적을 면키 어렵다. 때문에 고부갈등문제는 마땅히 부계 중심적 가족제도 내의 가족갈등에서 분리하여 독립된 과제로 취급되어져야 한다. 이렇게 해야만 개화기 소설의 다양한 고부갈등 양상과 그 원인을 올바르게 파악할 수 있다. 따라서 신소설을 사회학 및 심리학적 관점에서 총체적으로 분석 규명하는 일은 당대 과도기 사회의 성격은 물론 신소설의 문학적 가치를 부가하는 작업이 될 것이다.

2. 연구사 개관

개화기 新小設에 관한 연구는 대략 다음과 같은 관점에서 진행되어 왔다. 첫째 문학사 및 書誌的 관점과 둘째 작가 작품론 및 비교문학적 관점 셋째 사상 및 사회적 관점이 그것이다. 이중 본

논문 과제와 밀접히 관련된 업적들을 정리해 보면 다음과 같다.

첫째 문학사적 관점은 安自山의 〔朝鮮文學史〕(1922)로부터 비롯되었다. 안자산은 위 책에서 新小說에 관해 서술하는 중 이인직의 소설에 주목해 종래의 권징주의 소설과 달리 인정을 위주로 해 주인공과 그를 둘러싼 인물들의 성격을 묘사하고 그 심리상태를 정묘하게 그린 점에서 종래소설과 차별 된다6)고 하였다.

金泰俊은 〔朝鮮小說史〕(1939)에서 신소설을 樣武史적인 면에서 개화기 신소설을 근대시민문학으로 보았고, 신소설을 서구근대소설의 모방으로 간주했다.

이밖에 李人稙, 李海朝론과 〈雉岳山〉, 〈昭陽亭〉등 작품론을 통해 개화기 新小說의 문학사적 성격을 近代小設과 舊小設의 중간적 존재로 규명하고 있다.7)그가 신소설의 가장 큰 특징으로 꼽고 있는 것은 국문으로 씌어진 언문일치의소설이라는 점과 일본으로부터 형식적 내용적으로 많은 영향을 받았다는 점이다.

白鐵은 〔朝國新文學思潮史〕(1948)와 〔國文學全史〕(1957)에서 기존 학자들의 이론을 재정립하였다. 조연현은 〔韓國新文學考〕(1966)와 〔韓國理代文學史〕(1968)에서 실증석인 입상으로 〈血의 淚〉의 신문연재분과 단행본을 비교하여 개작된 것임을 밝힘으로써 원전비평의 중요성을 역설하는 한편, 〔文學의 저널리즘考〕(1958)에서는 신소설의 신문 소설적 성격을 규명하고, 신소설의 작가들이 모두저널리스트로서의 사명감에 의해 작품 활동을 함으로써 문학에 대한 저널리즘의 우위적 입장이 드러나는 신소설의 문학사회학적인 면을 강조했다.

---

6) 안확, 최원식 역, 「조선문학사」, (을유문화사, 1984), p.200

7) 황정현, "신소설의 분석적 연구," (연세대, 박사논문, 1991), p.1-3

趙東一은 [신소설의 문학사적 성격](1973)을 통해 신소설의
전대문학과의 전통관계를 밝혔다. 신소설이 서구소설의 모방 내지
이식문학이라는 김태준, 임화의 이론에 정면으로 문제를 제기하고
한국 소설적 전통의 계승임을 밝힌 조동일은 신소설을 봉건적인
성격이 강한 귀족적 영웅소설의 계승임을 인물, 삽화, 유형의 일
치에서 찾았다. 그리고 판소리계 소설의 근대성격을 신소설이 계
승하지 못한 것은 갑오농민전쟁으로 표현된 민중의 항거를 억압
하면서 위로부터의 개혁이 이루어진데서 비롯한다고 신소설의 역
사적 성격을 규명하였다.

洪一植 [한국개화기의 문학사상 연구](1980)를 통해 개화사상
의 본질 및 개화기 소설의 사상을 논의하는 가운데 역사전기소설
의 현실인식과 신소설의 사상적 배경을 밝혀 문학사상적 측면에
서의 개화기 문학 연구의 효시가 되었다.

둘째 본격적인 작가 작품론적 연구는 전광용의 [李人植 硏究]
(1957)로부터 비롯되었다. 이 연구는 이인직의 전기적 사실은 물
론 신소설의 성격을 새롭게 정립함으로써 작품론에 있어서의 실
증적 연구의 선편을 잡았다. 한편 그는 [韓國小設發達史](1967)
를 통해 문학사회학적인 측면과 비교문학적인 측면에서 신소설을
논의하기도 해 개화기 소설의 영역을 넓히는데 일조했다.

李在銑은 [한국개화기소설연구](1975)를 통해 개화기 소설의
장르를 확립하는 동시에 보다 진보된 개화기 소설 연구를 진행했
다. 한편 그는 비교문학적 관점을 통해 종전에 편향된 한일문학관
계에서 벗어나 중국 개화기 작가와 한국 개화기 작가의 영향관계
를 논의함으로써 중국개화기 소설과의 비교문학적 통로를 열었다.
그 밖에 그는 개화기 당시의 신문을 통하여 많은 자료를 발굴하

여 개화기 소설을 그만큼 풍성하게 하는데 공헌했다. 특히 그는 개화기의 역사소설과 정치 소설적 성격의 소설을 '역사. 전기소설' 이라 명명하기도 했다.

개화기 문학에 수용된 외래문화의 영향을 밝히는 비교문학적인 연구가 시도되는 등 다각적인 신소설에 대한 연구가 진행되었다. 최근에는 실증적 연구를 통한 신소설의 문학사적 성격 규명이 본격화되었다. 이들 연구가 주목한 점은 주로 현실인식 및 대응방식8), 서사구조9), 문체10), 인물유형11), 갈등양상12), 주제의식13) 작가 생애연구 등으로서 개화기 소설이 명실공히 다양한 연구방법에 의해 재조명되기 시작했다.

80년대 후반부터 신소설의 여성을 인물유형의 연구에 그치지 않고 페미니즘시각14)에서 연구한 논문들이 등장하였다. 그러나

---

8) 최원식, "이해조 문학 연구," (서울대, 박사논문, 1986)
　　신춘자, "신소설에서의 현실수용양상 연구," (인하대, 박사논문, 1987)
　　한기형, "신소설의 근대문학적 위상," (성균관대, 박사논문, 1997)
9) 이동길, "신소설의 서사구조 연구," (영남대, 박사논문, 1988)
10) 권영민, "한국 대화기 소설의 문체연구," (서울대, 석사논문, 1975)
　　정은균, "신소설의 문체연구," (숭실대, 석사논문, 1998)
11) 신명균, "신소설에 나타난 인물상 연구," (건국대, 석사논문, 1979)
　　윤충의, "신소설의 화자와 인물에 대한 연구," (고려대, 석사논문, 1982)
　　김종구, "신소설의 서사구조와 인물유형 연구," (서강대, 박사논문, 1991)
　　강현주, "이인직 소설의 인물유형 연구," (단국대, 석사논문, 2001)
12) 이용남, "신소설의 갈등양상 연구," (서울대, 박사논문, 1986)
　　전은영, "신소설에 나타난 가족갈등 연구," (제주대, 석사논문, 1998)
13) 김교봉, "신소설의 서사양식과 주체의식에 관한 연구," (연세대, 박사논문, 1986)
　　윤명구, 「개화기 소설의 이해」, (인하대 출판부, 1986)
　　허만욱, "신소설의 주제의식과 그 형상화에 관한 연구," (중앙대, 박사논문, 1996)

사회변화에 따르는 작품 속의가족갈등에 대한 구체적인 작품의
연구 성과는 미흡하다고 할 수 있다. 더욱이 가족간의 갈등 양상
은 개화기의 시대상황과 관련된 신. 구세대의 갈등으로 표상되는
부자 갈등이나, 고소설의 제재에서 이어온 처첩간의 갈등, 계모와
의 갈등연구가 주조를 이루고 있어 신소설에서 새로이 부각된 고
부갈등에 관한 심층적인 연구는 미흡한 실정이다.

셋째 신소설의 문학사회학적 연구는 林和로부터 비롯되었다. 그
는 문학 사회학적 방법과 비평적 안목을 결합하여 문학과 사회의
관계를 본격적으로 논의했다. 그가 내세운 바 "東洋의 近代文學史
는 사실 西歐文學의 전입과 이식의 歷史15)라는 명제도 엄밀히 따
져보면 文學을 사회적 산물로 보려는 관점이 깔려있다. 문학의 발
전을 사회의 발전과 相同性의 관계로 이해한 그는 신문학 생성의
두 가지 전제로서 물질적 배경과 정신적 준비를 들고 있다.

새로운 문학의 직접적 배경이 되는 것은 새로운 정신문화의 준비
나, 새로운 정신문화는 또 새로운 물질적 조건을 배경으로 하여야만
준비되는 것이다. 이러한 물질적 배경은 물론 신문학의 준비와 태생
과 성립과 발전의 부단한 온상이 될 물질적 조건 즉 근대적 사회의
재조건의 성취이다. 근대사회로의 韓化를 위한 근본적 제 조건, 예
하면 상품자본의 축적, 산업 자본에의 전화, 상품 유통의 확대화,
그것을 가능케 하는 생산력의 증대, 수공업의 독립, 맨유펙츄어
(manufacture)의 성장, 교통의 발달, 시민계급의 발흥 등은 자연

---

14) 이은희, "신소설의 페미니즘 연구," (국민대, 석사논문, 1989)
    최종순, "신소설에 나타난 여성상 연구," (목원대, 석사논문, 1993)
    이영아, "신소설의 개화기 여성상 연구," (서울대, 석사논문, 2000)
    배주영, "신소설의 여성 담론구조 연구," (서울대, 석사논문, 2000)
15) 임 화, 「槪說新文學史」, (제4회, 1939)

경제의 분열을 내포한 봉건사회 자체의 성장에 정비례하여 구비됨은
벌써 정식된 사실이다.16)

이와 같이 임화는 근대 산업사회의 韓化를 위한 기본적인 제
조건이 미숙한 상태 속에서 서구의 문학이 수입되고 이식된 것이
한국 개화기의 신소설이라는 것이다. 이처럼 임화는 신문학사의
전체적인 관점을 사회와의 관련 하에서 파악하려 하였다. 나아가
그는 실제 작품 분석에 있어서도 사회 현실과의 관련 하에서 실
증적인 분석을 시도하였다. 임화는 文學과 社會, 文學과 歷史의
관계에 있어서, 문학 속에 역사와사회가 수용되어 있다는 文學과
사회와의 관계를 근거로 하고 있음을 알 수 있다.17)

해방과 함께 신소설의 연구는 종래의 문학사적 맥락에서 파악
하는 것과 작가론, 작품론에 치중하여 실증적 연구와 서지적 연
구, 비교문학적 연구 등으로 다양하게 전개되어가고 있다.

한편 사회학적 관점에서 이루진 업적을 살펴보기로 한다. 특히
본고의 주제와 직접으로 관련되어 있는 신소설의 고부갈등 문제
를 다른 업적으로는 국문학 분야에서보다는 시회과학 분야에서
활발히 진행되었다. 주로 문화인류학, 가정학(가정관리학), 심리
학, 사회학, 사회사업학 등의 영역에서 더 많이 진행되었다.

이들 학문 영역이 사회현상을 바라보는 관점에 있어서 문학과
다른 점이라면그것은 작품 속의 사회가 아닌 실제 사회를 연구의
대상으로 한다는 것이다. 더욱이 실천학문인 사회 산업의 분야에

---

16) 임　화, 「槪說新文學史」, (제6회, 1939)

17) 신춘자, "신소설에서의 현실수용양상 연구," (인하대, 박사논문, 1987),
　　pp.16-20

서는 최근 가족갈등 중에서 고부갈등에 관한 연구가 가장 활발히 진행되고 있다. 현대 핵가족 사회에서도 종래의 부자갈등, 처첩갈등, 계모-전실자식간의 갈등보다 고부갈등이 보다 심각한 사회문제로 상존하기 때문이다.

그 동안 고부관계에 대한 한국에서의 사회과학 분야의 연구[18]는 1980년대에 들면서 활발히 이루어졌다. 1980년대 이전에는

---

18) 이기숙, "한국가정의 고부갈등 발생원에 대한 요인 분석." (부산대, 박사논문, 1985)

이영환, "고부동거가족의 고부갈등에 관한 연구." (서울대, 석사논문, 1986)

박영숙, "Miuchin의 이론체계 내에서 한국 가정의 고부갈등에 관한 연구." (동아대, 석사논문, 1988)

송경아, "고부간의 갈등원인 및 조정방안에 관한 연구." (동아대, 석사논문, 1988)

고정자, "한국도시주부의 고부갈등에 관한 연구." (한양대, 박사논문, 1990)

박현옥, "고부갈등에 영향을 미치는 제변인에 관한 연구." (숙명여대, 석사논문, 1990)

한희선, "고부갈등에 관한 연구." (성신여대, 석사논문, 1991)

성인애, "한국의 고부갈등." (경북대, 석사논문, 1991)

최효일, "고부갈등에 관한 사회심리학적 고찰." (중앙대, 박사논문, 1992)이기화, "고부동거 가족의 고부갈등에 관한 연구." (한남대, 석사논문, 1994)

오 주, "고부갈등에 대한 사회사업적 접근." (카톨릭대, 석사논문, 1996)

구자경, "시어머니와 며느리가 지각하는 고부간의 갈등." (이화여대, 석사논문, 2000)

장광원, "기독교 가정의 고부간 갈등에 있어서 남성의 역할에 관안 연구." (아세아 연합신학대, 석사논문, 2000)

김선녀, "고부갈등에 과한 연구." (한남대, 석사논문, 2001)

김안자, "고부갈등에 대한 조사와 해소방안에 관안 연구." (명지대, 석사논문, 2001)

불과 10편 내외의 논문을 찾아볼 수 있으나, 80년대에 들어오면서부터 지금까지 30여 편의 논문이 발표되었다.

이들 연구에서 발견되는 특징을 살펴보면, 먼저 고부갈등의 원인을 조사연구를 통해 밝히는 것에 초점을 두고 있다는 점이다. 이와 관련하여 姑婦가 취하는 對處行動의 실상을 파악하는 데까지 연구가 연장되기도 한다. 특히 실천학문 문제를 해결하기 위한 方案을 제시하는 데까지 이르고 있는 등 고부갈등에 관한연구는 여타의 가족갈등에 관한 연구에 비해 세밀하고 활발히 진행되고 있다.

이는 실제 현대사회에서도 고부갈등은 다른 가족간의 갈등에 비해 여전히 심각함을 말해준다. 그러나 이러한 사회과학 분야 연구들의 한계점은 현대의 고부갈등의 원인을 전통사회의 고부갈등 원인과 비교함에 있어서 의식의 교량점인 개화기를 간과하고 있다는 점이다. 연구물의 대부분이 현대사회의 고부갈등의 원인을 1960대 산업화와 도시화로 사람들의 사고방식과 생활양식의 바뀌어 짐에서 그 원인을 찾고 있다. 이는 한국사의 흐름에서 개화기라는 커다란 줄기를 간과하고 있는 증거이다. 개화기는 전통사회에서 근대로 넘어가는 전환점이며 사회체계의 대변혁이라는 커다란 사회적 변화와 더불어 개인의 의식변화가 일어나는 시기이다. 그러므로 개화기를 간과한 고부갈등의 연구물은 고부갈등의 원인을 개인의식과 사회현상과의 관계적인 두 가지 측면에서 온전히 파악한 연구라 할 수 없다.

전미경[19]은 그의 논문에서 개화기 가족윤리의 변화와 가족갈등을 신문과 신소설을 중심으로 찾는 연구를 함으로써 이러한 한계점을 어느 정도 극복하였다. 그러나 이 역시 신소설과 신문에 나

---

19) 전미경, "개화기 가족윤리의식의 변화와 가족갈등에 관한 연구-신문과 신소설을 중심으로," (동국대, 박사논문, 1999)

타난 개화기의 가족윤리와 갈등을 분류적으로 제시하였을 뿐 그의 원인에 대한 심층적인 분석에는 다가가지 못했다. 그러므로 개인 심리적인 원인과 사회적인 원인을 분석함으로써 얻어지는 개화기 사람들의 의식과 사회의 특성 그리고 신소설의 문학사적인 특성을 밝히는데 미치지 못하였다.

따라서 본고에서는 국문학에서 고부갈등의 다각적인 접근을 하지 못한 한계와 사회과학 분야의 개화기를 간과한 한계점을 보완하여 개화기 신소설에 나타난 고부갈등의 원인을 사회. 심리학적인 관점으로 다각화 해 분석하고 그 樣相을 밝혀 보고자 한다. 신소설에 나타나는 고부갈등의 사회. 심리학적인 측면에서의 다각적인 연구는 개화기의 사회를 바르게 이해함과 동시에 신소설의 문학적 위상을 부가하는 작업이 될 것이다. 본고에서 신소설에 나타나는 고부갈등 양상과 그 원인을 분석 대상으로 하지만 이것은 곧 개화기 실사회의 고부갈등양상과 그 원인을 밝히는 작업과 맞먹는 일이다.

또한 현대사회에도 가족갈등의 가장 큰 문제로 대두되는 고부갈등의 원인을 밝히는데 있어서 그간 간과되었던 개화기의 고부갈등의 양상을 밝히는 것은 현대사회 고부갈등 문제의 해결방안을 찾는데어도 도움이 될 것이다. 고부갈등이 개화기 소설 특히 신소설에 와서야 구체적으로 소설화되고 표면화되어 나타나는 것은 단순한 소설 제재로서의 차원에서뿐만 아니라 개화기의 사회상과 변화된 윤리관이 반영된 것이다. 그러므로 고부갈등의 사회학 및 심리학적 측면에서의 심층적 연구는 그만큼 의의가 크다 하겠다.

위에서 그간의 연구사를 문학사, 작가 작품론, 비교문학, 사회학, 심리학 등의 관점에서 논의된 연구 업적을 개관했다.

3. 연구방법

한국 개화기 소설의 고부갈등 원인과 그 양상 및 해결방안을 논의함에 있어본 연구는 정신분석 및 계급론과 체계론 및 행동주의적 교환이론을 연구방법으로 적용코자 한다. 특히 문학사회학적 관점을 통해 소설의 당대 사회 반영상과사회의 문학 반영상을 아울러 고찰코자 한다. 따라서 한국 사회의 대변혁기인개화기의 실상을 문학과 사회의 상관관계 속에서 탐구코자 한다. 개화기는 한마디로 갈등미학의 최상승기이기도 한다. 가치관 변혁에 따른 고뇌는 자연히 진보냐 보수냐의 갈림길에 설 수밖에 없기 때문이다. 따라서 이 문제를 원만히 해결하려면 갈등이론을 원용하지 않을 수 없다. 이를 위해 갈등이론의 실상부터 살펴보기로 한다. 본 연구의 주제인 고부갈등도 근본적으로는 이 갈등이론에서 크게 벗어나 있지 않기 때문이다.

고부갈등을 분석하는 사회심리학적 이론으로는 정심분석학적 관점, 계급론적관점, 체계적 관점, 행동주의적 교환이론의 네 가지이다. 위의 네 가지 관점이 고부갈등을 보는 시각은 다음과 같다.

가. 정신분석학적 갈등

정신분석학적 접근에서는 내면화, 투사의 개념으로 갈등원인을 설명한다. 한 개인은 정서적 관계가 밀접한 대상과의 분리를 경험하면서 자아정체감을 확립하고 독립적이고 자율적인 존재로 성숙해 나간다. 그러나 적절한 분리과정을 거치지 못한 개인은 상황에 따라 자율성과 독립성의 욕구가 증대하면서도 동시에 의존을 계

속하고자 하는 양면적 감정을 가지게 되고 이러한 감정으로 말미
암아 대상과의 갈등을 일으킨다. 이러한 양면적 감정은 너무나 복
잡하게 연결되어 있어 현실적으로 이 두 가지 요소를 타당하게
분리하기란 결코 쉬운 일이 아니다.

전통적인 한국의 가부장제 가족 하에서 남편의 애정을 받지 못
한 어머니가 아들에게 유달리 애정을 투사하여 집착하는 것은 바
로 이런 맥락에서 이해될 수 있다. 그리하여 아들이 성장하여 고
부관계가 이루어졌을 때에도 미성숙한 아들의 역할로 인해 시어
머니와 며느리 사이에 갈등이 유발된다.

나. 계급론적 갈등

계급론적 관점에서는 고부갈등을 가정 내에서 여인과의 성취지
위에 대한 끊임없는 경쟁에 의한 산물로 본다. 그러므로 고부관계
는 원천적 부정관계로서 고부 두 사람의 목표가 대립된다는 점과
지속적이라는데 초점을 둔다. 이것은 권력구조의 면에서 보면 주
부권을 둘러싼 갈등이다. 가정의 관리자로서 최대의 권한이라 할
수 있는 주부권의 행사에 관한 것으로 시어머니 입장에서는 자신
이 해오던 살림살이의 권한을 그대로 고수하려는 반면, 새로 婚入
한 며느리는 주부권을 가짐으로써 媤家에서의 자신의 위치를 확
고히 하려한다. 이러한 가운데 고부갈등은 발생하며 이것은 며느
리와 시어머니는 본질적으로 성인 역할이 같기 때문에 발생한다.
더욱이 시어머니가 계모일 경우에는 가정내의 위치에 대한 불안
으로 말미암아 가정내의 주부권을 놓고 벌이는 고부갈등은 더욱
심각하게 나타난다.

다. 체계적 갈등

가족은 상위체계에 대해서는 하위체계로서의 역할을 하고 동시에 가족체계 내에서도 상이한 여러 하위체계를 가지고 있다. 여러 부분의 하위체계들 사이에서도 상호작용이 진행되어 가족 내외적으로 하나의 체계적 관계성을 가지게 된다.

고부사이는 결혼에 의해 형성된 인척관계이므로, 결혼에 의해 결합된 부부관계나 혈연에 의해 이루어진 부모. 자녀관계보다도 폐쇄적일 수 있다. 그런데 이들은 다른 하위체계에서 보다 역할 상에 있어서 상호관계가 명확하지 않으므로 모순을 경험하게 된다. 따라서 이러한 모순이 갈등을 유발시키는 원인이 된다고 본다. 또한 고부갈등의 원인은 고부관계에서 뿐만 아니라 가족 내의 다양한 인간관계의 역동성에 의해 발생하기도 한다. 그것은 고부관계는 혼인으로 맺어진 부모, 자녀 관계이므로 고부갈등은 다른 가족 내의 다양한 인간관계의 원인에 의해 발생할 가능성을 이야기한다.

라. 행동주의적 교환이론 갈등

행동주의자들은 개인의 특정상황에서 받는 자극에 대해 자신이 얼마나 많은 것을 얻을 수 있는가, 혹은 잃는가를 고려한 뒤 행동을 결정한다고 본다. 그리하여 상호교환적인 기대가 존재하지 않을 때 인간관계는 형성되지 않으며 형성 된 인간관계일지라도 그 관계에는 갈등이 발생한다는 것이다. 따라서 가족이 계속적인 갈등을 피하기 위해서는 가족체계 내에서 같이 생활함을 정당화 시켜줄 수 있는 충분한 보답을 상호 제공해야 한다고 본다.

사회학은 개인과 개인, 개인과 집단, 집단과 사회의 갈등을 해명코자 갈등구조이론을 천착해 왔다. 사회발전에 따라 개인을 에워싸고 있는 삶의 조건이 복잡해지고, 사회의 조직과 구성이 다양해지면서 갈등이론은 자연히 많은 사람들의 관심 분야가 되었다. 갈등은 우리의 일상생활에서 가족간에 혹은 타인과의 관계에서 빈번히 발생한다. 갈등은 사회관계에서 없을 수 없다. 갈등은 집단형성과 집단생활의 영속에 있어 필수적 요소이다. 어떠한 집단이라도 전적으로 조화되어 있지는 않다. 본질적으로 집단의 영속에는 조화와 불협화음 및 결합과 해체가 동시에 존속한다. 갈등은 한 사회 및 집단의 감과 경계를 확립시키고 유지시키는 집단결속 기능을 가질 뿐만 아니라 인간관계에서 적의의 해소를 위한 하나의 배출구가 되기도 한다. 갈등이 인간관계의 상호작용에서 발생된다고 볼 때, 그 대상이 없으면 갈등은 발생되지 않는다. 더욱 그 관계가 밀접할수록 갈등의 빈도는 높다.

가족집단은 구성원의 상호작용 빈도가 높고, 이에 비례하여 구성원들은 본래의 人性 그 자체를 그대로 나타내는 관계이므로 감정의 발생계기가 빈번하다.

그리고 가족간의 갈등은 현실적 갈등(realistic conflict)에서 시작되어 비현실적갈등(nonrealistic conflict)으로 전이되는 경향이 강하다. 이해관계의 충돌, 인성의 불일치에서 이를 조정하려는 하나의 수단으로써 발생된 현실적 갈등이 가족간의 친밀한 인간관계에서는 갈등 그 자체가 목적인 비현실적 갈등으로 번지기도 한다. 가족은 감정적으로 중립적인 집단이라기보다는 인성자체의 몰입을 요구하는 집단적 특성을 지니고 있기 때문에 가족관계의 갈등은 쉽게 명확한 원인을 찾기 어렵다. 또한 가족관계에서 일어나는 갈등은 가족구성원간의 상호작용에서 일어나는 필수적 요소이다. 따라서 가족관계의 일부분인 고부관계에서갈등이 일어날 가능성은 구조적으로 매우 높다.

한편의 소설은 갈등구조로 인하여 긴장이 유발되고 그 긴장은 소설구조 자체에 활력을 주게 된다. 그러므로 소설에 있어서 갈등은 절대 불가결한 요소라고 할 수 있다. 소설은 이질적 요소들이 서로 충돌 대립 갈등 긴장의 과정을 겪으면서 균형과 조화를 이룩하는 구조적 역동성을 지닌다. 따라서 갈등은 소설의 플롯, 작중인물, 사건, 주제 등과 밀접한 관련 하에 전개된다. 주인공과 환경의 갈등이 소설구조에 주는 긴장을 통해 둘 사이의 갈등양상을 알 수 있다. 환경은주인공에게 내적갈등과 외적갈등을 야기 시킬 수 있다. 역사적으로 볼 때 개화기는 가치관의 대변혁을 초래한 역사적 전환기였기 때문에 사회적 환경이 어느 때보다도 소설에 크게 작용했다.

한국 전통사회의 전형적 가족구조는 가부장제였다. 전통적 부계사회에서 가장 중요시되는 가족관계는 가족 내의 수직적 인간관계다. 父는 절대적 권위와 권한을 갖는다. 따라서 아들은 아버지의 家業을 계승코자했다. 또한 전통사회 부자관계는 孝로 특징지어진다. 孝는 한국 전통 사회의 가장 중심 되는 덕목의 하나로 父子라는 자연적 관계를 특이한 가족 내적 관계로 결속 시키는 역할을 했다.

그러나 개화기 사회에서는 효적 가치가 크게 흔들리기 시작했다. 또한 家業繼承에 큰 변화가 생겼다. 따라서 전통적 부자의 관계가 파괴되고 새로운 부자관계의 성립이 불가피하게 되었다. 말하자면 전통적 부자관계가 종속적 관계였다면 근대적 부자관계는 수평적 관계로 전환되었다.

전통사회에서는 상하관계의 부자관계는 나머지 가족관계에도 영향을 미쳐 성별, 세대별로 위계질서가 엄격하게 자리 매김 되었다. 그 결과 남성보다 여성이 천시되는 풍조가 만연하여 여성의 가족적, 사회적 지위는 낮았다. 특히 며느리의 가족 위계는 하위에 놓였다. 다만 며느리는 시집 온 후 시가에 기여한 경제적 봉사와 아들 출산을 통해서 자신의 위계를 확보할 수 있었다. 며느리는 가문의 후계자를 출산시키기 위한 방편으로 인식되기도 했다. 며느리는 최저의 지위를 갖기 때문에 권리보다 의무가 많고 시가에 어느 정도 순종하였느냐, 어느 정도 경제적으로 공헌하였느냐, 그리고 가계를 계승할 아들을 출산하였느냐에 따라 차츰차츰 그 지위가 상승했다. 시어머니는 그 동안 시가에 경제적으로 공헌하였고 또 아들을 출산 양육한 점이 인정되어 며느리보다는 성취도가 높다.

시어머니는 자신의 가족 내의 계층 우위를 이용해 며느리를 부릴 수 있는 권한을 갖는다.

고부갈등은 정통가족의 三大惡(고부, 처첩, 계모)중 가장 보편적이고 심각한 문제로서 부계가족의 필연적인 산물로 인식되어 왔다. 특히 고부관계는 윗세대와 아랫세대라는 세대 차이와 윗세대 사람이 차지하고 있는 생활 영역에 혈연관계가 없는 아랫사람이 들어와 같은 작업 영역에서 공존해야 하는 상황과 외부로부터 들어와 자신의 위치를 스스로 확보해야 할 상황 때문에 단순한 상하관계 이상의 긴장과 갈등을 지닌다. 이처럼 고부관계는 일방적으로 봉사와 희생 및 순종만을 강요받는 며느리와 연장자이며 부모로서 통제권과 권위를 행사하는 시어머니의 관계가 되도록 구조화 되어 있다. 따라서 시어머니와 며느리의 관계는 다음세대로 전수되는 다세대 전수과정을 보이고 있다. 이렇듯 고부갈등은 문화, 사회적 특성을 지니고 있다. 하기 때문에 고부갈등의 원인과 양상 및 해소 방안을 모색하기 위해서는 다각적인 사회. 심리학적 접근이 바람직하다.

그리하여 본고에서는 개화기 소설에 나타나는 고부갈등 정신분석학적 관점, 계급론적 관점, 체계적 관점, 행동주의적 교환이론의 네 가지 관점으로 분석하였다.

또한 본 연구는 「韓國新小設全集」1-10(을유문화사, 1968)을 기본 텍스트로 했다. 작품 본문 인용문은 모두 이 전집에 의거 한다.

Ⅱ. 新小設 姑婦葛藤 構造의 敍事的 特徵

1. 해체와 결합의 구조

신소설 고부갈등 구조는 해체와 결합이라는 특징을 갖는다. 작품 전반부에서 일어나는 가족의 이상과 결말부분 가족의 결합을 지향하여 나가는 일관된 서사양식이다. 가족의 이산의 원인은 개인적, 가정적, 사회적 원인으로 구체화되어 나타난다. 이러한 가족의 이산에 의한 해체는 곧 인물들에 의한 사건의 전개, 즉 서사의 진행의 추진력이 된다. 고부갈등 구조에서 해체의 시작은 며느리 남편이 집을 떠나 있음으로 해서 시작된다. 곧이어 아들이 집을 떠나 있는 틈을 타서 며느리를 媤家에서 내 쫓음으로써 가족의 해체와 서사는 본격화된다. 이제 이러한 해체현상을 작품을 통해 개인적, 가정적, 사회적 원인으로 나누어 살펴보기로 한다.

개인적 원인의 해체현상은 새로운 가치관으로 인해 신교육을 받기 위해 유학을 가거나 혹인 개인적인 이유로 자발적으로 집을 떠나게 되는 경우이다. 이런 경우는 〈雁의 聲〉의 김상현, 〈鳳仙花〉의 여경현, 〈雉岳山〉의 백돌이가 있다.

그러나 표면적으로 이들이 집을 떠나는 것을 단순히 해체라고 할 수는 없다. 이들이 집을 떠나는 근본원이에 바로 가족 해체와 서사 진행의 핵심이 있다. 〈안의 성〉의 경우 김상현은 세계일주 여행을 떠난다. 그러나 그의 심중에는 어머니와 아내사이에서 탈피하고자 하는 뜻이 있는 고로 가족불화의 원인이 적은 반면, 〈치악산〉의 경

우는 그와 상이하다. 백돌은 집안의 반대를 무릅쓰고 개화한 장인
의 도움으로 동경 유학을 떠난다. 이것은 다음 인용문에서도볼 수
있듯이 보수와 개화의 가치관의 차이로 인한 가족해체이다.

> 남의 외아들을 꾀어서 대강이를 깎아서 일본으로 들여보내는 그
> 심사가 무슨 심사란말요. 영감은 아무리 시골 살으시고 이판서는 아
> 무리 세력 좋은 재상가이기로 명색이 사돈이 그런 법이 있소. 나 같
> 으면 내 집 종의 자식일지라도 제 어미 아비 모르게 대강이 깎아서
> 일본에는 못 모내겠소. 에그, 영감께서는 오늘 이때까지 요순같이
> 착하신 마음만 가지시고 개화 속사람들의 살얼음판 같은 맹랑한 인
> 심을 모르시고 지내시니 팔자가 좋으셨지요마는 나같이 팔자 사나운
> 년은 참 개화속 사람들에게 설움 많이 보았소. 〈치악산〉 283

위에서 보듯이 보수와 개화의 개인적 가치관 차이는 가족 해체
의 원인이 된다. 이는 곧 고부갈등의 심화를 가져와 한 가정의 해
체는 물론 시가와 친정의 가문 사이의 대립으로 인한 더 큰 해체
를 가져온다.

가정적 원인의 해체현상은 가족간의 갈등에 기인한다. 대부분의
작품에서 며느리는 고부갈등에 의해 媤家에서 쫓겨난다. 또한 아
들 역시 가족간의 갈등의 희생양이 되어 집을 떠나게 된다. 이러
한 경우는 〈紅桃花〉의 심상호와 〈金菊花〉의 이해묵이 있다. 〈홍도
화〉의 심상호는 고부갈등을 겪는 시어머니가 아들이 지방으로 전
근을 갈 때, 며느리와 별거하게 함으로써 가족은 해체된다. 〈금국
화〉는 계모가 전실 자식인 이해묵을 살해하려함으로써 이해묵이
집을 떠나 도망하는 신세가 된다. 이로 인해 시아버지와 며느리도
이해묵을 찾아 집을 떠난다.

이렇듯이 가족간의 갈등은 가족을 해체시킨다.

사회적 원인의 해체는 커다란 사회적 사건이 가족을 해체시키는 것이다. 이러한 경우는 〈榴花雨〉와 〈杜鵑聲〉이 있다. 〈유화우〉의 최영현과 〈두견성〉의 이붕남은 모두 러.일 전쟁에 참가한다. 러.일 전쟁의 발발과 더불어 해군장교가 되어 집을 떠난 그들은 가족의 결합을 시도하나 그 때마다 전쟁터로 불려나가게 되어 가족의 해체를 막지 못한다. 이들의 출전은 시어머니가 며느리를 학대하는 기회를 확장시키고 결국 며느리는 媤家에서 쫓겨남으로써 가족해체를 심화시킨다.

이렇듯이 신소설의 고부갈등 구조의 서사는 가족의 해체로 진행된다. 그리고 가족의 결합을 시도하기 위한 서사가 진행된다. 주인공들은 가족의 해체로 인해 고난을 겪으며 그 고난을 극복해 가는 과정은 해체된 가정을 결합시키기 위한 노력이다. 결말의 양상 또한 해체된 가족이 결합하느냐 그렇지 못하느냐에 따라 달라진다. 해체된 가족이 재회하여 결합하는 경우는 선인과 악인이 화합하여 결말이 행복하다. 그러나 가족이 완벽한 결합을 하지 못한 경우는 권선징악적인 결말로서 악인의 비참한 최후로 끝을 맺는다. 이는 〈봉선화〉와 〈치악산〉의 결말을 비교하여 보면 알 수 있다.

〈봉선화〉와 〈치악산〉은 작품구조면에서 아주 흡사하다. 아들이 동경유학으로 집을 떠난 후 며느리는 시어머니에 의해 媤家에서 쫓겨난다. 며느리가 시가에서 姦婦라는 누명을 쓰고 쫓겨나는 이유와 반복되는 고난의 과정이 동일하다. 그러나 두 작품의 서사적 차이라면 결말부분에서 〈봉선화〉는 악인인 시어머니가 비참하게 죽는 반면 〈치악산〉은 계모시어머니와 이복시누이, 남편과 며느리가 재회하여 화해로서 결을 맺는다. 이렇듯이 원래의 가족들이 재회하여 결합하는 경우와 악인인 시어머니의 비참한 죽음과 시누이의 행방불명으로 끝을 맺는 결말의 차이는 확연하다. 〈금국화〉의 경우에도 악인인 시어머니의 죽음으로 결말을 맺음으로써 시어머니와 며느리 화해와 용서로 원가족을 회복하는 여타의 작품에 비해 결말이 행복하지 못하다. 더욱이 유일하게 선인인 며느리의 비참한 최후로 비극적인 결말을 맺는 〈두견성〉의 경우에는 가족 해체로 인한 결말의비극성이 더하다.

〈두견성〉은 혜경이가 펫병으로 투병을 하는 와중에 남편 이붕남은 계속하여 전쟁터로 나가게 된다. 서로를 그리워하던 부부는 결국 살아서 만나지 못하고 혜경의 산소 앞에서 재회한다. 이렇듯 비극적인 결말은 부부의 결합이 이루어지지 못하는 것이다. 〈두견성〉을 제외하고는 대부분의 작품에서 부부간의 재회가 나타난다. 이로써 신세대를 중심으로 한 새로운 가정이 시작되고 미래를 예견한다. 그러나 〈두견성〉은 부부가 재회하지 못하는 것으로 끝을 맺는다. 이것은 곧 비극적 결말이며 미래가 없는 절망의 구조이다.

이렇듯이 고부갈등 구조의 서사는 해체에서 결합으로 나아간다. 가족간의 해체되는 과정은 곧 고난의 과정이며 이것을 극복한 행복한 결과물이 가족의 결합이다. 전반부 가족의 해체는 부부의 재회를 근본으로 가족 전체의 결합, 그리고 사돈과의 가문과 가문의 결합을 향한 서사가 진행된다.

2. 갈등의 화해의 구조

신소설 고부갈등 구조는 갈등과 화해의 특징을 갖는다. 고부갈등은 작품의 주 내용이자 모든 사건의 원인이 된다. 작품의 서두부는 고부간의 갈등과 그로 인한 다양한 사건이 나타나며 이러한 갈등을 화해하기 위한 서사가 진행된다.

고부갈등은 다음 장들에서 분석되듯이 다양한 원인에 기인한다. 작품 전반부의 고부갈등을 해결해 나가는 과정이 곧 서사의 진행이며 갈등의 해결양상에 따라 결말은 달라진다.

고부갈등이 시어머니의 회개와 잘못의 인정으로 해결이 되는 〈紅桃花〉의 경우 고부갈등의 원인이 '미신타파'의 문제로 확연시됨에도 불구하고 고부갈등은화해로 마무리된다.

시어머니가 며느리를 받아들임으로써 고부갈등이 해결되는 이 작품은 이로 인한 결말이 행복하다.

> 그 어머니 오씨는 안문 틈으로 내다보며 그 광경을 엿듣다가 자기 며느리 무죄함을 황연대각(晃然大覺)하여 자기 가슴을 스스로 두드리며 며느리 구박하던 일을 스스로 수죄를 하여 사돈집이랄 것 없이 부끄러운 것은 여사가 되어 슬피 울며, 며느리 얼굴을 꿈에라도 다시 보면 하는 차에, 이씨 부인이 아픔 허리를 추켜 붙들고 침방으로 쫓아 나오더니 사기 시어머너 앞에 가 푹 엎드리며 先性痛哭을 하는지라. 심과장이 마주나와 이씨부인을 붙들고 목이 메어 말을 못하다가 자기 모친께 좋은 말로 고하여 진정케 한 후에 인마(人馬)를 준비하여 본집으로 돌아왔더라. 〈홍도화〉 367-368

더불어 〈홍도화〉는 8개의 작품 중에서 유일하게 다음 代자손의 출중함과 그로 인한 가문의 영광이 거론된다. 다른 작품들이 한 世代의 이야기로 끝나는 것에 비해 시어머니와의 고부갈등 원인이 뚜렷한 만큼 그 해결 역시 시어머니의회개로서 명쾌히 제시된 〈홍도화〉의 경우는 아래의 인용문에서 보듯이 다음 代의 영광이 제시된 만큼 가장 행복한 결말을 맺는다.

> 심과장의 아들이 점점 자라 지금 십일세가 되어 쓴데 두각이 숙
> 성도 하고 범사에 관후도 하고, 공부에 재주도 있어 그 전진지방(전
> 진지망)이 가히 한량키 어려우니, 그 아이역사는 백년 이후를 기다
> 려 동양에 빛낼 지로다. 〈홍도화〉 368

이처럼 작품 서부들의 갈등아 후반부에서 해결되는 양상에 의해 작품의 결말이 달라진다.

고부갈등은 대부분의 작품에서 화해로 끝을 맺는 서사구조를 가진다. 그러나 고부갈등이 화해로 끝나지 않고 인과응보적인결말에 따라 악인인 시어머니가 죽게 되는 경우의 〈鳳仙花〉와 〈金菊花〉는 고부갈등에 앞서서 계모와 전실자식간의 갈등이 첨예하게 드러난다. 이것은 고부갈등은 현실적으로 해석이 어려운 다양한 원인에 기인하는 것과는 달리 계모와 전처 자식간의 갈등은 그 원인이 단순하고 뚜렷함을 보여준다. 또한 고부갈등이 가해자인 시어머니는 반드시작품 전체에서 악인으로 일관하지 않는 것을 보여주는 것과는 달리 전처 자식을 음해하는 계모는 전향적인 악인으로서의 최후를 맞는다. 이것은 고부갈등이 그 원인과 양상이 복잡한 것처럼 시어머니의 성격은 단순하고 일관되지 않음을 보여준다. 시어머니의 성격 변화로 인한 화해의 여부는 곧 작품의 결말을 결정짓는 중요한 요소이다.

갈등에서 결말로 가는 고부갈등구조의 서사는 시어머니의 성격 변화에 의해 달려있다. 고부갈등은 그 원인과 양상이 인간심리의 복잡성과 다양한 인간관계의 역동성에 의해 복잡하고 다양하다.

이때문에 고부갈등의 가해자이며 원인제공자인 시어머니의 성격
은 단순히 악인의 특성으로 단정 지을 수 없다.

시어머니는 아들의 입장에서 보면 孝를 행하여야 하는 절대적
인 대상이며 아들에게 한량없는 사랑을 쏟는 선인이다. 또한 한
가문의 한 주인으로서 아들이장성할 때까지 가문을 지켜온 업적
이 인정된다. 이들은 비현실적이고 설명이 불가능할 정도의 복잡
한 인간의 심리에 의한 작용에 의해 고부갈등에서 악인의 역할을
맡게 된다.

그러나 시어머니는 또한 고부갈등의 해결 자가 된다. 스스로 회
개하고 후회함으로써 어머니로서, 한 가문의 안주인으로서 역할을
되찾는다. 이것은 고부갈등의 해결로 이어지며, 결국 시어머니의
성격변화는 고부갈등 서사 구조의 큰 전환점이며 핵심이다. 이에
비해 계모, 전실 자식의 갈등이 고부갈등에 의해 선행되어 나타난
〈봉선화〉와 〈금국화〉는 갈등에서 화해로의 서사 구조에 도달하지
못한다. 이것은 계모, 전실 자식의 갈등 양상은 고소설의 가족갈
등에서 벗어나지 못한 것과 더불어 서사 면에서도 발전하지 못했
음을 말해준다. 이에 비해 신소설에서 고부갈등은 다양한 살등의
원인과 양상을 보여줌으로써 서사 구조적인 면에서의 발전을 이
루었다.

3. 억압과 해방의 구조

신소설의 고부갈등 구조는 억압과 해방의 구조이다. 작품 전반
부에서 억압된 것들이 풀려나가 해방되는 과정의 서사적 특징을
갖는다. 억압은 크게 두 가지로 나누어 생각할 수 있다.

첫째는 여성의 해방이다. 여성해방은 가정과 사회의 관념에 묶여 있는 여성인식의 해방이다. 가정에서의 여성의 억압은 媤家에 婚入하여 들어온 며느리의 경우 그 가문 출신의 딸이나 아들을 출산하여 혼인시킨 시어머니에 비해 매우 심하다. 며느리는 가정에서 주부로서의 위치를 보장받기까지 시가에 공헌하여야한다. 그것은 경제적인 기여, 혹은 자손의 출산이다. 며느리는 시가에 들어와 며느리로서의 이러한 의무를 다할 것을 강요받는다. 이것은 며느리에게 억압으로 이어지며 이것은 고부갈등으로 표면화된다.

또한 시어머니와 며느리는 가정에서의 주부권을 놓고 벌이는 경쟁 가운데 우위를 차지하기 위해 시어머니가 며느리를 핍박하고 시가에서 내쫓기 위한 작품서두부의 갈등 또한 가정에서 억압된 여성의 모습이다.

이러한 여성의 억압은 점차 그것에서 탈피하여 해방되어 가는 서술구조를 갖는다. 작품 결말의 고부갈등의 해결과정은 곧 가정에서의 여성의 해방을 의미한다. 이것은 억압에서 벗어남을 의미하는데, 행복한 결말에서 아들을 출산하여 가정에서의 위치를 확고히 하는 〈雁의 聲〉, 〈紅桃花〉의 경우가 있다. 또한 대부분의 작품에서 며느리와 시어머니의 화해로 가정에서의 여성의 위치를 놓고 벌이는 질투와 시기가 없어지는데 이것은 며느리를 여성의 억압에서 해방시킨다.

사회적인 여성의 억압은 烈 觀念으로 대표된다. 고부갈등 구조가 나타나는 작품에서 여성의 고난은 烈을 지키기 위한 과정이라고 할 수 있다. 烈은 여성을 윤리적으로 구속하지만 동시에 烈을 지키는 것은 여성에게 많은 것을 보장한다. 烈은 곧 여성에게 필수 불가결한 덕목이지만 이것을 지키기 위한 여성의 노력은 힘겹다. 며느리의 貞節을 문제 삼고 그것을 이유로 며느리를 시가에서 쫓아내려는 시어머니와 정절을 지키기 위한 며느리의 대결이 서두부의 서사진행이다. 고부갈등 구조의 서사진행은 烈을 지켜 나가는 과정이며 결말은 烈을 지켜낸 대가에 대한 보상이다.

이처럼 신소설에서 烈을 극복하는 방법은 그것을 지켜내는 것으로 나타난다. 억압에서 해방되는 것은 억압하는 그 자체에 순종하는 것이다. 그러나 이것을 여성의 억압에서의 해방으로 볼 수 있는 이유는 그것을 극복함으로써 얻는 행복을 차지한 승리자이기 때문이다.

둘째는 인식의 해방이다. 이것은 며느리가 시가 혹은 시어머니와 가치관의 차이로 인해 겪는 갈등을 극복하는 것이다.

시어머니와의 가치관의 차이로 인해 고부갈등을 겪는 대표적인 작품은 〈紅挑花〉가 있다. 〈홍도화〉는 두 가지의 가치관의 차이로 시어머니와 갈등을 겪는데, 그것은 寡婦改嫁와 迷信打破이다.

〈홍도화〉의 태희는 과부로서 개가하여 시집을 온다. 시어머니는 이것을 못마땅하게 여기니 아들의 뜻을 꺾지 못하여 태희를 받아들인다. 그러나 미신타파의문제로 태희와 사이가 안 좋아지자 시어머니는 과부개가마저 이유 삼아 태희를 시가에서 쫓아낸다. 이러한 고부갈등이 서사의 진행의 핵심내용인 〈홍도화〉는 시어머니가 결말 부분에서 자신의 무지함을 뉘우치고 며느리를 받아들임으로써 행복한 결말을 맺는다. 가치관의 차이로 억압되고 핍박받던 태희는 자신의 가치를 인정받는다. 이것은 시어머니의 입장에서도 또한 억압된 인식에서 탈피하여 새로운 인식의 기회를 갖도록 한다.

〈雁의 聲〉과 〈再逢春〉은 역시 가치관의 차이로 인해 며느리가 고난을 받는다. 이 두 작품에는 신분에 대한 억압된 인식에 의해 고난 받는 며느리의 모습이 나타난다.

〈안의 성〉과 〈재봉춘〉은 며느리가 자신의 신분을 속이고 결혼하게 됨으로써 이러한 비밀을 지키기 위해 시가에서 어려움을 겪고, 이것이 오해가 되어 시가에서 쫓겨난다. 며느리를 시가에서 내쫓는 결정적인 이유는 며느리의 不貞한행실이지만, 며느리가 자신의 신분을 속인 이유로 친정 식구들을 만나는 것을 떳떳이 밝히지 못하자 이것을 姦夫와 내통하는 것으로 오인 받아 시가에서 내쫓기게 된다.

신분을 속이고 결혼한 것 때문에 여러 차례 받게 되는 오인은 고부갈등을 유발하게 되고 며느리를 억압하는 것이었다. 이러한 오해를 풀기 위한 과정이 고부갈등 서사의 진행이 된다.

〈안의 성〉은 시어머니가 며느리를 받아들이고 지난날을 회개함으로써 며느리는 그간 자신을 억압했던 신분에 대한 인식에서 해방될 수 있었고, 〈재봉춘〉또한 양아버지 허부령의 도움으로 남편에게 떳떳이 자신의 신분을 밝히고 아내의 천한 신분을 남편이 받아들임으로써 아내는 신분인식에서 자유로워 질 수 있었다.

이렇듯이 고부갈등 구조의 서사적 특징은 억압에서 해방을 지향하여 나간다.

Ⅲ. 家父長制로 인한 葛藤의 精神分析的 考察

1. 정신분석이론과 애정복합심리

정신분석에서는 가족 관계나 대인관계를 대상관계(object relation), 내면화(internalization), 투사(projection) 개념으로 본다. 이 같은 개념 설정은 가족 또는 한 개인의 성장과정과 밀접한 관련이 있다. 방위가족에서의 부모 자녀 관계는 개인의 정서적 관계가 밀접한 대상관의 분리(seperation)를 제대로 감당할 수 없을 때 갈등을 경험하게 된다.[1]

한 개인은 어머니와의 공생적 單一体에서 시작해 점차 독립적이고 자율적인존재로 분리되면서 자기(self)가 분화되고, 내적으로 통합되어 동일성(identify)을 확립한다. 따라서 정신분석에서는 정서적 관계가 밀접한 대상과의 분리(seperation)를 견딜 수 있는 능력을 성숙한 성격의 지표로 삼고 있다. 적절한 분리과정을 거치지 못한 개인은 상황에 따라 자율성과 독립성의 욕구가 중대함과 동시에 의존을 계속하고자 하는 충돌사이에서 양면적 태도(ambivalent attiude)를 형성케 된다. 즉 동일한 대상에 대해 정반대의 감정을 동시에 가지는 인간의 속성 때문에 긍정적이고 부정적인 감정적 요소가 동시에 존재하면서 갈등이 발생된다.[2]

---

1) 김수현, "부부갈등과 치료적 개입," (한국심리학회 심포지움: 한국 가족관계에서의 갈등, 1984), p.16

　신경증적인 사람은 이 같은 무의식적 지배적 욕구를 만족시키려는 대상을 찾는데 무의식적 시도를 하게 되고, 대상에 애착을 느끼면서 이루지 못하는 이상적인 자아에 대한 대체물로 그 대상을 받아들인다. 이러한 욕구 보충성(needcomplimentarity)은 딴 사람과의 관계에서 끊임없는 마찰과 갈등의 원인이 된다.3)

　사랑하는 남녀 사이에 사랑과 미움이 동시에 존재하는 것을 우리는 쉽게 목격한다. 인간의 이러한 양면적 감정은 너무나 복잡하게 연결되어 있어 현실적으로 이 두 가지 요소를 타당하게 분리하는데 어려움이 많다. 특히 1차적이고 대면적인 가족집단일수록 긍정적이고 부정적인 양면적 감정이 매우 복잡하게 연결되어 있어 사랑과 미움이 함께 일어날 가능성이 많다.

　姑婦는 서로가 서로를 택해서 맺어진 관계는 아니지만 배우자의 부모와 자식의 배우라는 관계에서 주요한 가족단위(family unit)이다. 그래서 관계가 맺어진 초기에는 결혼, 부모, 자식들이 의미하는 상징성에 의해 두 사람의 관계는 호의에서 출발하려고 노력한다, 그러나 일부 가정에서는 점차적으로 실제 현실적 갈등이 비현실적 갈등으로 변해 好意가 敵意나 적대감으로 변해 가 好意와 敵意를 동시에 가지게 되는 관계로 변질된다. 전통적으로 한국적 가부장제 가족하에서 남편의 애정을 받지 못하므로 이를 자식에게 투사시켜 온 여성에게 있어 이 양면적 감정의 표출은 뚜렷하다. 이와 같은 가족관계적 특수성에서 발생하는 갈등을 해소시키는 통로가 보상적으로 존재해 왔음도 사실이다. 이러한 현상은 고부관계가 이루어졌을 때도 아들의 미성숙한 역할로 인해 시어머니와 며느리 사

---

2) 이기숙, 앞의 논문, pp.7-8
3) 김수현, 위의 논문, p.16

42

이에 갈등이 유발될 수 있다. 또한 아들이 어머니에게 계속하여 집착하는 것도 이러한 관계로 설명할 수 있다. 따라서 정신분석적 관점은 시어머니의 아들에 대한 애정적 투사(projection)와 밀접한 대상과의 적절한 분리를 경험하지 못한 중재자인 아들의 역할로 인해 고부갈등이 발생할 수 있음을 말해준다.

정신분석적인 관점에서 본 전통사회의 고부갈등의 원인과 그 양상은 전술하였듯이 고부관계의 애정의 교류에 있어서 불균형한 상태로부터 출발한다. "며느리가 미우면 발뒤축이 달걀 같다."라는 속담이 있다. 시어머니가 며느리를 미워하는 상태를 단적으로 나타낸 이 말에서 보듯이 현실적으로 분명한 葛藤 원인을 지니지 않고서도 갈등 자체가 목표가 되기도 한다. 고부갈등의 원인을 규명하는 데는 이 같이 이렇다 할 표면적인 이유 없이도 괜히 서로 미운 마음이 드는 경우도 있기 때문에 심리적 갈등을 해명하지 않으면 안 된다.

시어머니가 며느리를 까닭 없이 미워하는 경우 아들과 며느리의 금길이 좋은 경우가 많다. 부부간의 애정이 돈독하면 할수록 시어머니의 미움을 받는 것은 며느리 쪽이 된다. 따라서 그 원인은 애정심리 분석으로 밖에 해명할 수 없다.

시어머니 편에서 보면 애인과 동일시되던 아들을 며느리에게 빼앗겼다는 박탈감이 들어 며느리에게 심리적으로 적의를 품게 된다. 하지만 윤리적으로나 법적으로 나아가서 아들의 행복을 위해서는 마땅히 결혼을 해 아내를 얻는 것은 지극히 당연한 일로 무엇도 탓할 수 없는 입장임을 알면서도 시어머니는 며느리에게서 미운감정을 씻어버릴 수 없다. 때문에 자기의 도덕적 윤리적 우위를 내세워 며느리를 학대하게 되는 경우도 있다. 고부갈등 구조를 지닌 신소설에서 그 실상을 밝혀보기로 한다.

〈雁의 聲〉과 〈紅桃花〉의 아들과 며느리는 자유결혼을 했다. 이들 부부의 애정 또한 매우 돈독했다. 이에 비례해 며느리를 매우 혹독한 시집살이를 한다. 〈溜花雨〉과 〈紅挑花〉, 〈金菊花〉등의 부부는 전통적 중매 혼이었지만 부부간의 금실은 역시 돈독했다. 〈鳳仙花〉, 〈稚岳山〉, 〈再逢春〉등은 결혼 형태가 분명히 작품상에 드러나지 않지만 부부간의 지극한 애정이 남편이 유학길에 오르게 되거나, 부인이 시댁에서 쫓겨날 때 확인된다.

　　이별의 섭섭하기가 俛量(칭량)없는 것이나 이별을 하였다 다시 만나는 날이면 그 반가운 것이 오히려 이별하기 전보다 더한 법인즉, 오직 섭섭한 마음을 억제하고 이 다음 반가울 일을 기다리시오 〈봉선화〉 151

　　단둘이 앉아서 내일 할 이별을 오늘밤에 미리 하느라고 이야기로 밤을 새우는데, 백돌이가 말로는 그 아내를 조금도 생각지 아니할 듯이 큰 소리를 하나 마음에서 솟아나는 인정이야 어디로 갔을 것이 아니라, 연연한 생각이 한량없다. 〈치악산〉 281

　　홍철식이가 그 아내 생각하는 마음은 雲雨霧散(운우무산)에 창자가 끊어지는 듯 한 마음이라. 깊이 솟아나는 정이 부모 된 이판서 내외보다 남편 된 홍철식의 마음이 더욱 간절하더라 〈치악산〉 286

　　이참서는 천하에 제일로 애지중지하던 아내를 잃은 후에 자연히 마음이 산란하여 밤들도록 잠을 이루지 못하고— 〈재봉춘〉 77

〈溜花雨〉, 〈杜鵑聲〉, 〈金菊花〉에서는 결혼 전 부부의 사랑을 확인할 수 있다.

천우신조하여 평생에 먹었던 뜻은 성취가 되었으니 내일 죽어도 한 되는 바 없으나, 나는 내 재미로 이리저리 다니지만 나만 바라고 있던 그 규수의 정형이 어떠하리요? 〈유화우〉 236 펫병! 펫병보다 더한 병이 들었더라도 가보기야 못할 것 있습니까? 타방에 있다가 집이라고 와서 찾어 보지도 아니하면 이러한 무정하고 의리 없는 일이 어데 있어요? 〈유화우〉 247

자기 아들과 금실이 매우 좋은지라 아들의 뜻을 억제하기 어려워 아직 한집에 두고 지내기는 하나, 〈홍도화〉 315

이정위도 처음으로 만난 부인이라 무한히 사랑하고, 獨子(독자) 된 몸이 누이동생을 얻은 것같이 여겨 "혜경이 혜경이"하고 부르는 것도 다 애정이 흡흡한 속에서 나오는 것이라 〈두견성〉 393

사년 동안이나 서로 생각하고 그리던 부부는 오늘부터 다시 재미 있는 가정을 이루어 이사회의 자유와 쾌락이라 하는 것이 무엇임을 깨달았더라. 〈금국화〉 510

이렇듯 신소설에서는 부부간에 소풍이나 여행을 하는 장면이 나타나기도 하고, 결혼 전 서로를 흠모하던 모습이 나타나기도 한다. 비록 부부라 할지라고 그 애정 행위를 자유롭게 나타내지 못한 고소설에 비해 신소설은 이렇게 부부간의 정다운 모습을 볼 수 있다. 신소설에 나타난 다양한 부부간의 사랑의 모습은 이전의 고소설의 가정소설에서 보다 훨씬 자유롭고 개방적인 가정 분위기를 느끼게 한다. 대부분의 고부갈등의 내용을 갖고 있는 신소설은 남편이 그의 아내를 사랑하고 부부간의 정이 깊은 것으로 그려지고 있다. 즉 부부간의 애정 친밀성과 고부갈등은 역함수 관계에 놓여 있음을 알 수 있다.

정신분석학적인 관점에서 고부갈등의 원인을 고찰할 때 논리적으로 설명하기 어려운 점은 그 갈등원이 복잡하고 비현실적인 인간의 심리에 근거한다는데 있다. 즉 시어머니와 며느리가 한 남자 그것도 아들과 남편이라는 가족 관계에서벌이는 애정복합심리가 작용하고 있기 때문이다. 윤리적 측면에서 엄폐된 가운데 은밀히 진행되는 고부간의 애정갈등은 미묘하기 그지없다. 아들과 어머니의 관계는 보다 본능적 윤리적 관계이고, 남편과 아내의 관계 또한 본능적 윤리적관계지만 성이라는 매개항이 기초된 애정관계이다. 때문에 시어머니 쪽에서 보면 가장 큰 장애물이 성이 되는 셈이다.

따라서 시어머니로서는 며느리의 성적 대응에 윤리적 폭력으로 맞대응 할 수밖에 없게 된다. 이때 아내는 남편의 애정 즉 성적 매력을 잃게 되면 그 즉시 시어머니에게 극복 당할 수밖에 없다. 며느리는 아들을 생산하지 않으면 안 된다. 이것이 며느리가 시어머니를 극복할 수 있는 유일한 무기이다. 따라서 며느리가 아들을 생산하면 시어머니와의 애정갈등을 어느 정도 해소된다. 결국 시어미와 며느리의 애정 경쟁에서 시어머니는 며느리를 추종할 수 없게 되었기 때문이다. 아들에 대한 어머니의 사랑은 어디까지나 모성애 그 이상일 수 없다. 이렇게 생각할 때 부부간의 애정이 깊을수록 고부간의 갈등이 보다 심화되는 현상을 위의 작품에서 역력히 확인할 수 있다.

2. 垂直的 가족관계 및 立身揚名 사상

부자중심의 수직적 가족관계에 따른 고부갈등 원인은 아들에 대한 지나친 역할 기대와 입신양명의 세계관이 작용하고 있다. 이러한 원인으로 인한 고부갈등양상 역시 신소설에 잘 나타나 있다.

한국의 전통적인 부계사회에서 가정에서의 아들의 역할은 자식

이상의 의미를 갖고 있다. 아들은 아버지의 家業을 이어 받아 가문을 빛내야 하고, 가통을 계승할 임무를 가진다. 동시에 가부장 부재 시 대리가장의 기능을 수행하지 않으면 안 된다. 즉 아들은 한 가족의 부가부장으로서 정신적 경제적 기능을 수행하는 전인적 역할이 주어진다.

특히 아버지가 사망 후 장남은 더욱 그 가정 내에서의 역할과 기대가 높다.

장남의 이러한 가정에서의 역할에 대한 다른 가족 구성원의 기대와 믿음은 고부갈등의 원인을 제공한다. 장남은 가장으로서 다른 가족 구성원의 정신적 지주로서 다른 가족 구성원의 관심과 사랑이 집중된다. 따라서 아들은 그에 따르는 가족들의 보상적인 심리를 채워주어야 한다. 즉 가족구성원들은 자신이 가장에게 애정과 신뢰를 쏟은 만큼 가장에게서 자신도 그만큼의 애정과 관심을 환원받기를 원한다. 가장의 신뢰와 사랑의 정도에 따라 가족 구성원들은 가정 내에서의 위치를 확고히 할 수 있으며, 이로 인해 가정 내에서 소속감을 갖고 심리적인 안정을 찾게 된다.

그러나 가장의 역할을 하던 장남이 결혼을 하여 그의 배우자에게 애정과 관심을 갖게 되면 다른 가족 구성원들은 그 동안 가족 구성원에게 집중되던 가장의 애정이 그의 배우자에게 분산되는 것을 질투하게 된다. 그리고 이러한 질투는 기존의 가족 구성원이 새로운 가족 구성원인 며느리에 대하여 가지는 가정 내의 위치에 대한 심리적인 불안으로 말미암아 가족 간의 갈등이 조성된다. 그 중 하나가 바로 고부갈등이다.

아래의 인용문에서 보듯이 〈雁의 聲〉에서의 김상현은 일찍이 아버지를 여의고 홀어머니와 누이동생 영자와 함께 산다. 그는 나이는 어리지만 그를 제외하고는 여자뿐인 집안에서 어릴 적부터 집안의 가장으로서의 역할과 정신적인 지주로서의 역할을 수행했다.

> 김상현은 전시대 정치에 유명하던 김 판서의 아들로서 일찍이 그 부친을 여의고 누이동생 영자(榮子)로 더불어 그 과거한 모당을 모시고 일 가정을 어거하여 가는데, 원래문벌이 혁혁하고 가산이 유여하여 아무 근심 걱정이 없는 터이라. 〈안의 성〉63 그 모친은 그 아들을 애지중지하는 자손인 고로 〈안의 성〉66 내가 너 아버지도 아니 계신 너를 기를 때에 바쁜 마음이 하로가 민망하여 항상 너를 대하면 언제나 길러 자미를 볼까 하였더니, 〈안의 성〉66

위에서 보듯이 김상현의 어머니는 아들을 양육함에 있어서 자식이상의 의미를 둔다. 김상현은 가장으로서 자기 모친에 대해서는 남편의 역할을 해야 했고, 누이동생에 대해서는 아버지의 역할을 수행해야 했다. 김상현이 정애와 결혼하자 모친과 누이동생은 함께 김상현의 처에 대해 불안감을 느껴 증오심과 시기심을 불러 일으키게 된다. 이들의 새 며느리에 대한 방어기제가 말하자면 증오심과 시기심이었다. 이로써 이들은 지속적으로 자식과 오빠의 사랑과 관심을 독차지하려 한다. 새 침입자에 대한 방어의식이 결국 고부간의 갈등원이 되었다. 따라서 모친과 누이는 공동유대감을 강화해 자신들의 위기를 극복하려고 공동으로 김상현의 처 정애를 모함하고 비방하며 두 사람간의 애정을 흠집 내려는 모략을 꾸민다. 이 같은 심리적 방어기제는 반윤리적 행동이지만 이들은 본능적으로 행동함으로써 결국 악을 자행하게 된다. 정애에 대한 표면적인 비방은 윤리적 부정이지만 내면적인 동인은 본능적 심리인 시기심과 증오심의 발동인 것이다. 그들은 반윤리적 행동을

하면서도 역으로 김상현에게는 友愛를 들먹이며 윤리성을 요구하
는 모순된 행동을 보인다.

> 오라버니는 맥도 모르고 애매한 남을 끌어들여 넣어서 말을 합니
> 다그려. 제가 조곰이나 정애에게 잘못한 일이 있습니까? 참 별 말
> 도 다 듣겠지. 내외 정분이 좋으면 남매간우애도 잊어버리는 것이
> 야. 〈안의 성〉.85

가정 내에서 자신 위치를 안정성 시키려는 시누이의 본능적 욕구
는 반윤리적인 행동을 하게 한다. 따라서 윤리를 앞세운 그는 며느
리를 性的 본능의 인물로 모함한다. 이는 심리적 투사(projection)
행위이다. 자기 자신의 모순된 행동을 상대방에게 투사하여 자아로
부터 자신을 보호하려는 방어기제이다.

이처럼 전통사회에서 보이는 가장의 역할에 대한 기대는 애정
적 투사.(projection)로 나타난다. 대상과의 정서적 분리를 하지
못한 결과이다. 이것은 전통사회에서 가정에서의 여성들이 자신의
위치를 스스로 찾지 못하고 아들, 혹은 가장을 통하여 확보하려
했기 때문이다. 이러한 아들의 역할에 대한 기대로 인한 고부갈등
의 원인과 양상은 〈紅挑花〉에서도 확인할 수 있다.

> 그 어머니도 그 말을 듣고 과거하는 처지에 어서 며느리를 얻어
> 재미를 보고 싶지마는 - 상호가 장가를 영영 들지 못하고 속절없이
> 낡을 지경이라. 그 어머니가 주야로 걱정을 하니, 상호는 자기 장가
> 못 드는 일이 민망한 것이 아니오, 모친의 근심을 풀어드릴 도리가
> 없어 내심에 焦悶(초민)히 지내며 〈홍도화〉302. 심학도의 어머니도
> 과부로 그 아들을 길러 장가를 들이며, 집을 팔더라도 기구를 한껏

부려볼 작정이요. 〈홍도화〉 312.

〈紅桃花〉에서 상호의 모친은 며느리를 보려한다. 이로써 모친은 代를 이을 球子를 얻어 가문을 공고히 하자고 한다. 그리고 이는 곧 자신이 며느리에게 집안의 주부 역할을 계승시키는 것 역시 포함하는 것이다. 이는 시어머니가 며느리에게 가정의 일을 전수하고 며느리에게 봉양을 받으며 노후를 편안히 살려하는 기대가 있음을 말해주는 것이다. 그러나 막상 며느리가 집안에 들어와 아들과부부의 정이 깊게 되자 시어머니는 자신의 집안에서의 위치에 불안을 느끼고 며느리에게 계승하여야 할 주부의 역할을 자신이 쥐고 놓지 않는다.

> 그 어린 것을 정녕히 며느리 탓으로 못 기르는 줄로 꼭 알고 마주 보기도 싫게 밉지마는 자기 아들과 금실이 매우 좋은 지라 아들의 뜻을 억제하기가 어려워 아직 한집에 두고 지내기는 하나, 쌀 한 되 돈 한 푼 쓰는 것도 자기 장중(掌中)에다 집어넣고, 며느리는 일호도 간섭치를 못하게 하니, 〈홍도화〉 68

이는 시아버지가 없는 집안에서 아들이 가장 역할을 수행할 때 시어머니에게서 보이는 공통된 행동이다. 〈雁의 聲〉과 〈紅挑花〉에서 보이는 이와 같은 친어머니의 아들에 대한 사랑과 가정에서의 역할에 대한 기대와 그에 따른 고부갈등 양상은 그에 버금가는 강한 부부간의 애정에서 기인한다. 부부간의 애정은 중매로 맺어진 다른 작품의 부부에서도 볼 수 있으나 자유결혼을 한 〈雁의 聲〉과 〈紅挑花〉의 부부는 부부간의 情 이상의 의미를 가진다. 자유결혼을 한 부부는 그들의 사랑을 대외적으로 공식화 한 터이다.

따라서 이들의 결혼은 그 자체 그대로 개인과 개인의 결혼 형태로서 가문과 가문의 결합 형태인 전통 중매혼인과 달리 애정 중심 혼이었다. 그것은 곧 부모의 권위에 도전할 수 있을 정도의 사랑을 의미한다. 그러므로 시어머니에게 있어서 자유결혼으로 맞아들인 며느리는 위협적인 존재가 아닐 수 없다. 아들은 자기의 임의대로 애정의 대상을 아내로 선택한다. 그러한 아들의 아내를 며느리로 맞아들여야 하는 시어머니는 부모님의 의사에 따라 결혼 상대가 맺어지는 중매결론을 통해 맞아들인 며느리보다 훨씬 더 많은 아들의 사랑에 대한 시기와 질투심을 가지게 된다. 또한 시어머니는 아들의 사랑이 며느리에게 집중될 것을 생각해 자신의 가정에서의 위치에 대한 불안감을 더욱 크게 느끼게 된다.

이것은 아들을 하나의 독립된 존재로 받아들이지 않는데서 오는 고부갈등이다. 부계중심의 가족관계에서 시가에 婚入한 여자는 가정에서의 위치를 아들을 통해 확보해야 했다 .어머니는 가정에서 自我를 찾지 못하고 아들 출산의 기능으로 존재를 인정받는다. 이렇게 아들을 통해 인식된 자아는 아들과 어머니의 대상 미분리 현상이 나타난다.

신소설에도 고소설에서와 마찬가지로 立身揚名의 세계관이 나타난다. 남 주인공(며느리의 남편)은 자신의 가문을 유지 번창시키기 위해 입신양명코자 한다. 이 역시 고부갈등의 한 원인이 된다. 입신양명 세계관은 고소설 「潘氏傳」과 「金氏烈行錄」에서도 볼 수 있다. 「潘氏傳」에는 손자 興이 공부를 하면 하늘에서 神仙이 내려와 글을 가르쳐 주는 吉한 미래에 대한 예견을 보이다가 결국은 祖母의 도움으로 황제의 총망 받는 신하로서 駙馬가 되고 그의 아버지 允 또한 병부상서가 된다. 결국 이 같은 이야기는 입신양명과 그로 인한 가문의 영광은 물론 이로 인해 고부갈등이 해결되는 행복한 결말을 볼 수 있다. 「金氏烈行錄」역시 김씨부인의 유복자인 海龍이 駙馬가 되어 그간의 김씨부인의 고생을 보상하듯 행복한 결말을 맺는다.

신소설에 나타나는 立身揚名 양상은 고소설에서의 입신양명과는 차이가 있다.

고소설에서는 아버지의 家業을 잇는 즉 자신의 출신신분에 따라 사회진출의 한계가 정해지는 폐쇄적 사회진출이었지만 신소설에서 남 주인공이 추구하는 사회적 출세와 성공은 자신의 사회적 성공을 위해 자신의 가문과도 맞선다. 가문의 뜻 혹은 아버지의 명을 어기고 자신의 인생관에 따라 집을 떠나기도 한다. 변화된 시대에 맞는 새로운 지식을 공부하여 새로운 사회의 지도층이 되는 것이다.

〈안의 성〉의 김상현은 관립 법학교에 입학하여 법률을 공부하여 판사가 되고, 〈유화우〉의 최영현과 〈두견성〉의 이붕남은 일본 해군 장교가 되며, 〈홍도화〉의 심상호는 구수가 된다. 〈봉선화〉의 여경현과 〈치악산〉의 백돌은 자기 자신의 사회적 입신양명을 위해 일본 유학을 떠난다. 신소설에서의 이같이 현상 즉 사회적 성공으로 가문을 빛내고 가문에 영광을 돌리겠다는 그 근본 사상과 발상은 전 시대와 일맥상통한다고 볼 수 있다. 그러나 고소설과의 다른 점은 고소설에서는 자손의 立身揚名으로 해서 고부갈등이 해소되지만 신소설에서는 立身揚名읭 세계관이 고부갈등의 한 원인이 된다는 데 있다. 첫째는 남성들의 이러한 입신양명 사상과 그로 인한 사회적인 진출은 반대로 여성에게는 사회적인 진출을 제한하는 결과를 가져온다. 이것은 남편, 혹은 아들의 출세를 통해 자신들의 사회적 위치를 확보하려는 투사를 통한 보상심리를 낳게 한다. 고부갈등 양상이 나타나는 신소설에서는 고소설과는 달리 며느리도 신교육을 받은 여성이 등장한다. 그러나 가정 안에서 주부로만 머물 뿐 사회진출을 하는 모습을 보이는 소설은 단 한 작품도 볼 수 없다. 여전히 사회로의 진출은 남성들만의 전유물이고 여성들은 그러한 남편의 사회적인 성공을 위해 집안에서 남편을 내조하고 집안을 잘 지키는 것을 美德으로 삼는다. 당대 사회의 여성 교육 목적도 집안의 내조로서의 역할을 강조하고 있음을 볼 수 있다.

> 그 부인되는녀즈가 젼셰상에 구학문으로 다만 쌜ㄴㅎ고 다음이ㅎ고 물깃고 밥짓고 바누질 ㅎ는 것에만 졸업ㅎ엿거나 혹 연지 씌고 분바르고 머리 곱게 빗고 셰수 졍이ㅎ는 일에만 졸업ㅎ고 소위 가쯔학문이나 샤회지식이 무엇인지 알지못ㅎ야 즈녀의 교육과 가산의 졍리와 내외국인의 교졔와국민남녀의의무동스에람되야 당연이 알일을 하나도 알지 못홀지경이면 그 남편된즈의게 영셩유감과 빅년원슈롤 면치못홀 터이니 엇지 일가의 화평을 보젼ㅎ리오 그러흔 즉 남즈의 애졍이 즈연 타인의게 올믈거시니-(부인샤회에서잠간셩각홀일 긔서(「제국신문」331호.1906.11.16.1))

「제국신문」에는 내조를 잘하는 아내는 사회 실정을 잘 알아 가산의 정리는 물론이거니와 내외국민의 교제까지도 할 수 있는 유능한 협조자라고 말하고 있다. 불학무식한 아내는 남편에게 백년원수나 마찬가지라고 했을 정도로 여자의 교육의 필요성을 말하고 있다. 이는 여성의 교육관이 이전 시대와 확연히 달라졌음을 알 수 있게 한다. 그러나 아직도 여성교육은 여성의 사회진출의 목적보다는 자녀양육, 내조자의 역할 등을 강조함에 있어서 가정에서의 여성의 역할을 우선 하고 있다.

또한 실제 생활에서 사회적 진출이 제한 된 여성들은 자연히 가정 안에서만 머물 수밖에 없으며 오로지 가정 안에서만 자신의 사회적인 위치를 찾을 수밖에 없다. 그러므로 자연히 가정 안에서의 자신의 안정적인 위치를 보장받기 위한 여성들 간의 갈등이 조성될 수밖에 없다. 특히 한 가정 내에서 주부로서 같은 역할을 하는 시어머니와 며느리사이에는 더욱더 긴장된 갈등의 원인을 내포하고 있다. 그것은 한 가정 안에 두 주부가 공존할 경우의 위험성4)으로 설명이 가능하다.

둘째는 신소설에서 새로운 학문과 출세의 기회로 말미암아 남주인공이 가정을 떠나 다른 지방, 혹은 다른 나라로 떠나 있게 되는 경우가 많은데 이것은 고부갈등을 심화시키는 역할을 한다. 〈안의 성〉에서의 김상현은 우울한 심사도 달래고 견문도 넓힐 겸 세계일주 여행을 떠나고, 〈봉선화〉의 여경현과 〈치악산〉의 백돌은 일본유학을, 〈유화우〉의 최영현과 〈두견성〉의 이붕남은 일본해군으로 러일전쟁에 참가하게 되고, 〈홍도화〉의 심상호는 진천 군수 서임의 직책으로 각각 가정을 떠나 있게 된다.

며느리에게는 남편이며, 시어머니에게는 아들인 남 주인공이 집안을 떠나 있게 됨으로써 그 동안 잠재되어 있던 고부갈등은 표면화되어 나타난다. 그것은 시어머니가 아들이 집에 없는 것을 기회로 삼아 며느리를 학대하고 누명을 씌워 친정으로 쫓아내는 일들을 벌이는 것으로 나타난다.

아들이 가정을 떠나는 계기는 시어머니에게 있어서는 며느리를

---

4) 이기숙, "근대 한국의 고부관계 의식," (부산여자대 논문집 9, 1980. 8), p.142.

내쫓아 가정에서 자신의 독보적인 위치를 차지하는 기회이며, 며느리에게는 최대 시련의 시기이다. 즉 고부갈등이 극적으로 치달아 소설에서의 갈등의 구조를 만들게 하는 원인이 된다. 여기서 간과하면 안 될 사실이 있다. 남 주인공이 가정을 떠나 있음으로 해서 고부갈등이 심화되고 표면화되어 나타나는 계기를 가지게 되는 것은 분명한 사실이지만, 이에 덧붙여 남 주인공이 가정을 떠나게 되는 동기를 눈여겨 살펴볼 필요가 있다.

신소설에서 남 주인공이 가정을 떠나게 되는 동기는 네 가지 양상을 보인다. ① 남 주인공이 가장의 임무를 다하지 못하고 가정 내의 고부갈등을 회피하고자 우발적으로 떠나는 경우가 있다. ② 남 주인공의 자발적인 의도로 유학을 떠나거나 승진의 계기로 가정을 떠나게 되는 경우가 있다. ③ 부모님의 지지를 받아 유학길에 오르는 경우가 있다. ④ 부모님의 반대를 무릅쓰고 유학길에 오르는 경우가 있다.

따라서 경우마다 고부갈등의 원인과 양상에는 다소 간의 차이를 보인다. ①의 경우는 〈안의 성〉의 김상현의 경우에 해당한다. 그는 어머니와 사랑하는 아내사이에서 중심을 잡지 못하고 결국 어머니의 강요에 못 이겨 사랑하는 아내 정애와 이혼을 하고 그 슬픔과 자책감을 이기지 못해 세계일주 여행을 떠난다.

김상현이 한 번 결심하고 돌연히 집을 떠난 것은 그 노모에게 향하여 감정을 품은 것은 결코 아니오, 다만 울울한 심회를 김치 못하여 세상구경이나 시원히 할 목적이라. -(중략)- 정애의 인연을 끊고 노모(老母)의 슬하를 떠난 상현의 회포야 과연 어떠하리요.

깊고 깊은 마음속에 항상 나를 사랑하시는 우리 어머님, 나를 못 잊어 하는 우리 정애, 하는 회포는 묘묘히 생각 아니나는 때가 없이

지내나, -(중략)- 하릴없이 유명한 정치가, 재산가 등을 찾아다니며
자기의 세계주유의 취지를 설명하매, 간곳마다 지극히 환영하며 영
준한 재화를 창양하여 다수한 기부금(寄附金)을 보조하는지라, 이때
는 자기가 집에서 가지고 나온 여비보다 오히려 풍족히 쓰게 되니,
흡사한 쾌소년(快少年)의 무전여행(無錢旅行)이 되었더라. 〈안의
성〉 138-139

〈안의 성〉의 경우 상현이 집을 떠나는 동기가 비록 고부갈등의
회피를 위해 세계일주를 한 것이지만 여행의 마지막 행선지 촉석
루 에서 실성한 친정집을 나와 전국 방방곡곡을 떠돌던 안내 정
애를 만난다. 시어머니 또한 그간의 영자와 봉자의 계략으로 며느
리가 억울한 누명을 쓰고 쫓겨 난 것과 아들로 하여금 집을 가출
토록 한 것이 후회가 되러 며느리를 찾아 나섰던 차 촉석루에서
아들과 며느리를 만나다.
결국 〈안의 성〉의 경우는 고부갈등으로 인해 남편은 가정을 떠
났지만 가정을 떠나 여행을 하던 그 마지막 행선지에서 어머니와
아내를 모두 재회함으로써 고부갈등이 해소된다.
② 남주인공이 자발적으로 지신의 사회적 성취를 위해 유학을 떠
나거나, 승진을 계기로 가정을 떠나게 되는 경우이다. 이러한 경우
는 〈유화우〉의 최영현과 있는 절호의 기회로 이용한다. ③ 부모님
의 승낙을 받아 남주인공이 유학길에 오르는 경우의 〈봉선화〉와 ④
부모님의 반대를 무릅쓰고 유학길에 오르는 경우의 〈치악산〉에서도
시어머니가 이를 계기로 며느리를 내쫓는다. 〈봉선화〉의 경우 계모
구씨가 전실 소생인 여경현을 멀리 동경으로 유학 보내기를 남편
여 승지에게 적극적으로 권유하는 형식으로 돼 있다. 이것은 가문
의 계승자인 전실 소생의 長子를 외국으로 멀리 떠나보냄으로써 자

신의 집안에서의 기득권을 높이려는 계모 구씨의 계책에서 이루어
진 것이다. 이를 계기로 삼아 며느리를 친정으로 쫓아내어 자신의
가정에서의 위치를 확고히 하고자 하는 의도에서 계획 된 시어머니
의 행동이었다. 〈치악산〉의 경우 보수적인 시아버지 홍 참의는 아
들의 개화사상과 신교육에 대해 거부감을 가지고 유학을 적극적으
로 반대하는 입장이다. 그러나 아들은 개화한 인물로서 개화한 장
인의 도움을 받아 부모님을 속이고 동경 유학길에 오른다. 이러한
연유로 며느리는 시어머니뿐 아니라 시아버지와도 갈등을 빚게 되
어 고부갈등은 더욱 심화되고 며느리를 쫓아내기 위한 시어머니의
흉계는 별다른 어려움 없이 진행된다. 이처럼 아들과 시부모와의
갈등은 더욱 며느리의 수난을 가중시킨다.

아들이 가정을 떠나 있을 때 시어머니가 며느리를 쫓아내는 방
법 또한 아들이 집을 떠나는 동기에 따라 차이가 조금씩 있다. ①
남 주인공이 가장의 임무를 다하지 못하고 가정 내의 고부갈등을
회피하고자 우발적으로 떠나는 〈안의 성〉의 경우 며느리는 이혼
후 친정으로 쫓겨 가긴 하였지만, 친정으로 가는 부인을 남편이
동행을 하여 안전하게 데려다 준다. 며느리가 진정으로 쫓겨 나게
된 것은 姦婦의 누명을 쓰고 가는 것이기는 하지만 이혼이라는
합법적인 절차를 거친 결과이다. 정애가 친정집을 떠나 고난을 겪
게 되는 이유는 정애가 실성을 하여 가출을 하게 된 것이지 시어
머니가 정애에게 집을 떠나 고난을 겪게 하는 원인을 직접적으로
제공하지는 않았다. 물론, 실성을 한 계기가 시어머니의 이혼 강요
로 인한 고부갈등이 원인이 되기는 하였지만 〈안의 성〉의 시어머
니는 며느리가 집을 떠나 고난을 겪고 생명이 위협 당하게 되는
행동을 직접적으로 하지는 않았다.

② 남주인공의 자발적인 의도로서 유학이나 승진의 계기로 가정을 떠나게 되는 〈유화우〉, 〈홍도화〉, 〈두견성〉의 경우의 시어머니 역시 며느리를 쫓아내는데 있어서 시어머니가 모략을 꾸미고 며느리의 생명을 위협할 만한 행동을 하지는 않는다. 〈유화우〉의 경우 주인공 설정이가 영현과 결혼한 것을 시기하던 강웅범의 이간질로 인해 시어머니는 며느리(설정)을 친정으로 보내긴 하였지만 설정은 친정에서 보호를 받으며 지낸다. 며느리를 쫓아 보낸 이유 역시 펫병에 들어 친정으로 요양을 보낸다는 명분이 있었다. 〈홍도화〉의 경우는 미신숭상의 문제로 시어머니와 갈등을 빚고 이를 계기로 친정으로 쫓겨 가긴 하였지만, 친정에서 계모에 의해 姦婦라는 누명을 쓰고 유씨에게 팔려가게 되는 고난을 겪게 되는 것이지 시어머니가 직접적인 고난의 원인을 제공한 것은 아니다. 시어머니는 아들이 상사병이 나자 다시 며느리를 맞아들인다. 〈두견성〉의 경우도 며느리 혜경이 폐병에 걸리자 병의 요양을 구실 삼아 친정으로 보낸 것처럼 남주인공이 자발적으로 가정을 떠난 경우는 시어머니가 며느리를 친정으로 보내는데 있어서 사실적인 근거가 있는 명분이 있다. 이에 반하여 남주인공이 부모의 지지, 즉 계모의 계획으로 집을 떠나 유학길에 오른 〈봉선화〉의 경우와 부모의 반대를 무릅쓰고 떠난 〈치악산〉의 경우 며느리를 모해하려는 시어머니의 계략은 사전에 계획된 치밀하고 잔인한 것이다. 시어머니는 사실에 근거하지 않는 이유로 며느리를 姦婦로 몰아 시집에서 내쫓기 위해 거짓으로 일을 꾸미고 이를 이유로 며느리를 친정에 보내는 척 하지만 사실상은 친정에도 갈 수 없도록 친정 가는 길 중간에서 팔아버리는 人身賣買를 계획하고 심지어 며느리를 죽이려고 한다.

시어머니의 며느리에 대한 핍박의 정도와 고부갈등 양상은 남주인공이 집을 떠나게 되는 동기에 따라 차이가 있다. 이러한 동기는 대상관계 이론으로 설명이 가능하다. 아들의 출세로서 어머니의 가정에서와 사회적 위치가 확보되는 친모의 경우는 아들의 출세가 고부갈등 해결의 실마리가 된다. 그러나 계모의 경우 아들의 출세 욕구는 시어머니가 며느리를 내쫓는 계략으로 악용될 뿐이다. 남주인공의 자발적인 의사로 가정을 떠나게 되는 첫째와 둘째의 경우 고부갈등의 정도가 약한 반면 시어머니의 의도된 계책대로 남주인공이 가정을 떠나게 되는 경우는 고부갈등이 심화된다. 〈봉선화〉에서는 아들을 멀리 떠나보낸 이유가 이미 며느리를 내쫓고자 함이었으며, 〈치악산〉은 보수적인 아버지와 개화된 아들과의 부자간의 갈등과 보수적인 시아버지와 개화파인 친정아버지의 사돈간의 갈등이 고부갈등을 심화시키는 역할을 한다. 〈봉선화〉와 〈치악산〉의 시어머니가 며느리를 모략하고 목숨을 위협할 정도의 극한 고부갈등을 보이는 것은 다른 시각에서도 볼 수 있다. 〈봉선화〉와 〈치악산〉은 시어머니가 남편의 계모이다. 친모 형 시어머니가 자신의 진아들을 사랑함으로써 자신의 아들이 사랑히는 아내인 며느리에게 느끼는 사랑과 미움의 양면적 감정과는 달리 이 두 작품의 시어머니는 계모로서 전실 소생의 아들과도 갈등을 보인다. 이러한 경우 고부갈등은 당연히 친모 형 시어머니의 경우에 비해 극심해진다.

3. 母子同一視 및 孝 思想

  신소설에 나타나는 고부갈등을 정신분석적 관점에서 해석할 때
그 원인을 밀착된 모자관계에서 찾아 볼 수 있다. 이 문제를 시어
머니의 시각에서 해석하면 친화된 母性이라 할 수 있고, 아들의
시각에서 해석하면 유교적 孝사상이라 할 수 있다. 母性과 孝는
인간의 보편적인 윤리이자 가치이다. 이것은 윤리와 가치를 논하
기에 앞서 어머니로서 아들을 사랑하는 것은 본능이며, 자식이 자
기 어버이를 존경하는 것 역시 윤리이다. 그러나 고부갈등 양상이
나타나는 신소설에 등장하는 시어머니의 아들에 대한 사랑을 친
화된 母性이라 하는 것은 아들에 대한 사랑이 아들에게 집착함으
로써 비롯된 것이다. 이 경우 시어머니는 아들을
  자신과 분리 된 독립적인 개체로 인정하지 않고 아들에게 자신
의 감정을 투사(projection)하고 내면화(internalization)함으로
써 정서적 분리를 하지 못하고 있다.
  전통적 가부장제 가족 하에서 남편에 비해 가정에서의 위치가
낮았던 여성들은 남편과 평등한 애정관계를 유지할 수 없었다. 전
통적 대가족제도권 내에서 시부모님을 모시고 고된 시집살이를
할 수밖에 없었던 여성들은 남편과의 애정의 표현도 자유로울 수
없었다. 개인감정을 떠나 가정 내 혹은 사회 전체적인분위기에 편
승해 살 수밖에 없었다. 또한 정통적 가족제도에서 남자들은 재혼
의 자유는 물론 일부일처의 부부관계 이외에도 축첩제도나 일부
다처제 등의 방법으로 자신의 性的 欲求를 충족하기 위한 방법이
개방적이었다. 이러한 부부간의애정흐름의 불균형은 여성으로 하
여금 자신의 애정을 쏟아 자신의 욕구를 해소할 대상이 필요했다.

여성의 貞節과 志操를 강요하고 烈 思想을 기반으로 한 당대 유
교윤리 사회에서 어머니들은 자신의 애정을 남편보다는 아들에게
쏟게 된다. 시어머니가 젊어 청상과부가 되어 아들을 키우게 될
경우 대상과의 미분리로 인해 아들에 대한 집착은 더욱 심해진다.
속담에 '홀어머니의 외아들'이란 말이 있다. 그만큼 홀어머니가 아
들을 키우게 될 때 아들에 대한 어머니의 집착과 그로 인한 고부
갈등이 더욱 심화된다.

이에서 볼 때 남편으로부터 충분히 받지 못하는 애정의 욕구를
채우기 위해아들에게 애정을 쏟은 어머니는 그에 대한 보상심리로
아들에게도 역시 자신이 쏟은 만큼의 애정을 기대하게 된다. 이는
결국 며느리와 한 남자를 놓고 벌이는 애정적인 경쟁과 그로 인한
질투와 미움을 낳게 하고 이것은 고부갈등의 원인이 된다.

결혼을 하였다고 결단코 붕남이와 너무 금술이 좋으면 안 된다.
내 속마음으로는 어떻게 하든지 관계치 않지마는 외면의 남 보는 바
에는 주의를 잘 해야 하느니라. 시어머니에게는 '내 며느리 같은 것
이 세상에 다시없어'하는 말을 들어야하고, 남편에게는 시어머니 앞
에서 그다지 과치 않은 험담쯤은 해도 관계치 아니하리라. 그런 사
이에는 우스운 일이 다 많지 그려. 내 아들의 여편네니까 부부지간
이라도 화목하게 잘 지내면 도리어 기꺼할 듯 하지마는, 실상 너무
화목하게 지내면 이 편에서 재미있게 아는 법이 아니니라. 불연간
투기하는 마음이 생기고, 무엇이든지 자기 마음대로 하려 들지. 그
렇지 않더라도 부부지간에 너무 화목하면 자연 시어머니편이 소약하
게 되고, 시어머니 된 사람도 또한 그렇게 생각하느니라. 시어머니
와 며느리의 싸움되는 것은 태반이나 젊은 부부 사이에 금술이 좋아
서 생기는 일이 많으니, 〈두견성〉 442-443

孝 思想이 고부갈등의 원인을 제공한다는 근거는 다음에서 볼 수 있다. 한국전통사회에서의 孝는 가정 내 윤리의 기본이 됨은 물론 더 나아가 사회와 국가를 지탱해 주는 모든 윤리의 중심이었다. 孝는 일차적으로 가정과 사회에서 반드시 지켜야할 윤리로서 인간의 정신세계와 행동을 제약하는 강력한 구속력을 가지고 있다. 이렇듯이 전통사회로부터 우리 민족의 정신 속에 깊이 뿌리 박혀있는 孝사상은 다른 어떤 사상보다 우위에 있었으며 孝를 행하여야 하는 것은 다른 어떤 사상보다 우위에 있었다. 신소설에는 개하기의 변화되는 사회 상황과 가치관, 그로 인해 변해 가는 가정의 모습을 볼 수 있지만 여전히 효사상이 가족질서의 근간이 되고 있음을 알 수 있다. 아들의 어머니에 대한 孝心은 아내와어머니와의 사이에서 중심을 잡지 못하고 방황하는 아들 내면의 심적 갈등을 유발한다. 또한 아들로 하여금 어머니와 아내 사이에서 그의 효심과 아내에 대한 사랑의 輕重을 시험하게 되는 갈등 상황이 발생하기도 한다. 이는 아들을 딜레마에 빠지게 하고 이로 인해 고부갈등은 심화되기도 한다. 밀착된 母子關係에황에 빠진다. 이러한 한 남자를 놓고 벌이는 애정의 불균형이 바로 정신분석학인 관점에 따른 고부갈등은 위에 전술하였듯이 어머니의 시각에서 해석한 친화된 母性과아들의 시각에서 해석한 효사상의 두 양상으로 나타난다.

고부갈등이 나타나는 신소설의 시어머니는 친모형과 계모형으로 분류된다. 친모형 시어머니와 며느리의 갈등 양상이 나타난 작품은 〈안의 성〉, 〈홍도화〉, 〈두견성〉이 있으며, 계모형 시어머니와 며느리의 갈등 양상이 나타난 작품은 〈봉선화〉, 〈치악산〉, 〈유화우〉, 〈금국화〉, 〈재봉춘〉등다. 시어머니가 친모냐 계모냐에 따라 고부갈등의 양상이 다르게 나타난다. 특히 정신분석적 관점에서 고부갈등의 원인에 해명코자 할 때 이 문제는 간과 할 수 없다.

친모형 시어머니가 계모형 시어머니보다 아들에 대한 사랑이 더 클 수밖에 없는 것은 당연하다. 그로 인한 아들에 대한 집착 즉 왜곡된 母性은 그 정도를 더하게 된다. 그러므로 친모형 시어머니에게서 계모형 시어머니보다 정신분석적인 관점에서의 고부갈등의 양상은 실제로 작품 속에서 더 많이 찾아 볼 수 있다. 계모형 시어머니의 경우에서의 고부갈등 양상은 정신분석적인 관점에서의 해석보다는 다음 장에서 분석하게 될 계급론적 관점에서 고부갈등의 원인과 양상을 논의하는 것이 타당하다. 〈안의 성〉을 통해 시어머니가 아들 김상현에의 집착과 친화된 모성의 예를 직접 보기로 한다.

> 내가 너 아버지도 아니 계신 너를 기를 때에 바쁜 마음이 하로가 민망하여 항상 너를 대하면 언제나 길러 자미를 볼까 하였더니, 〈안의 성〉 66. 내가 네 아버지 없는 너 하나를 귀히 길러서 만년에나 자미를 볼까 하였더니, 오늘이 웬일이냐? 이것은 내가 너 나무랄 것 없이 도시 내 눈멀어서 이 지경이로구나. 아서라, 너도 늙은 어미 생각 좀 해라 〈안의 성〉 119.

아들에게 애정을 쏟은 것에 대한 보상심리는 아들에게 자신의 노루생활을 의지하고 아들을 집안의 가장으로서 의지하고자 하는 것 이상으로 왜곡된 모성을 발휘한다. 어머니는 아들에게 아내와 자신 둘 중 하나를 선택하라는 비합리적인논리로서 아들을 위협하며 이성을 잃고 감정의 극단으로 치닫고 있다. 아들이어머니와 아내 사이에서 갈등하는 모습을 보이자 끝내는 아들 앞에서 자살

을 기도하는 극단적 방법을 택하여 위협함으로써 아들에게서 며
느리를 버릴 것을 약속받는다.

이는 참으로 비합리적이고 도의에 어긋나는 일일뿐 아니라 윤
리적 면에서도 자식에 대한 어머니의 행동이라고 납득하기 어렵
다. 어머니로서 당연히 아들의 순탄한 결혼생활과 가정의 안정을
바라는 것이 상식적인 논리이지만 왜곡된 모성의 감정이 이성의
판단을 흐려 버린 어머니는 아들을 이혼하게 함으로써 아들에게
결혼의 실패와 깊은 상처를 준다. 이렇듯 고부갈등은 비현실적이
고 나아가 갈등 그 자체가 목표가 된 듯한 느낌마저 준다. 어머니
의 아들에 대한 보상심리에서 빚어진 아들 내외의 결혼 파탄은
윤리적 측면에서 보면 아들이 孝 가치를 애정보다 우위에 두기
때문에 일어난 일이다. 따라서 이 문제는 윤리성과 심리성을 아울
러 고찰하지 않으면 해명이 불가능하리만큼 복잡하다. 〈홍도화〉
에서도 역시 아들에 대한 어머니의 왜곡된 母性을 볼 수 있다.

상호가 넉넉지 못한 관황(官況)에 밥 사 먹고 지내는 도리가 없으
므로 내형을 데리고 내려가 살림을 차리고 지내려 하더니, 그 모친이
며느리 보기 미운 터에 함께 가있기가 싫어서 외면은 번듯하게 말을
한다. "이애, 상호야. 들으니까 진천이 말 많은 작은 고을이라는데, 내
행을 데려가면 어찌 접대를 하겠느냐? 또한 근래 수령(守令)들이 툭
하면 갈린다면서 부비(浮費)를 쳐들여 모두 데리고 갔다가 올라오려
면 그는 수월하냐? 별말 말고 네 댁은 집일을 보살피고 있으라 하고
내나 네 고을에 내려가 몇 달 간 있다가 올라온 뒤에 그 때 가서 네
댁은 데려가게 하여라." 〈홍도화〉 315.

시어머니는 지방으로 발령을 받고 내려가는 아들을 며느리와 의도적으로 헤어져 있게 하려하고 자신만이 아들과 함께 내려가려 함으로써 사실상 아들과 며느리를 別居하게 만든다. 이를 계기로 며느리는 시어머니가 애지중지하던 귀신을 섬기는 물건들을 모두 불태우게 되는데 이것은 고부간의 관계를 더욱 악화시키게 되는 고부갈등의 결정적 사건이 된다. 시어머니는 며느리가 남편하고 동거할 권리까지 박탈한다. 그러니 시어머니는 아들의 결혼을 간절히 바라고 있었다.

그 어머니도 그 말을 듣고 과거하는 처지에 어서 며느리를 얻어 재미를 보고 싶지마는, 제 뜻을 거스릴 수 없어 하자는 대로 내버려 두었더니, 일퇴일월하다가 이십넘은 왜총각이 되었는데, -(중략)- 상호가 장가를 영영 들지 못하고 속절없이 늙을 지경이라. 그 어머니가 주야로 걱정을 하니, 상호는 자기 장가 못 드는 일이 민망한 것이 아니오, 모친의 근심을 풀어드릴 도리가 없어 내심에 초민(焦悶)히 지내며 매양 모친께 여쭙기를 〈홍도화〉 302.

노총각 심상호가 과부인 태회와 결혼을 결정했을 때에도 "집을 팔더라도 기구를 한껏 부려볼 작정"(〈홍도화〉 312.)을 할 만큼 아들의 자유결혼에 대해 긍정적으로 받아들였을 뿐만 아니라 아들의 결혼을 축복했다. 그리고 위의 인용문에서 "며느리를 얻어 재미를 본다"하는 것은 분명히 전통적 가치관으로 볼 때 며느리가 자신의 가문으로 시집을 와서 아들과 시어머니를 잘 봉양하고 손자를 낳아 길러 기문을 이를 자손으로 키우는 재미를 이야기 한 것이다. 그럼에도 불구하고 시어머니는 자신의 미신신봉과 이를 타파하려는 며느리와 심한 고부갈등을 보인다. 시어머니는 며느리와 자신이 미신타파의 문제로 갈등을 겪었음에도 불구하고 아들과 며느리의 부부 간의 금실이 여전히 좋은 모습을 보게 되자 시어머니는 아들과 며느리의 애정을 질투하고 이러한 이유로 며느리를 미워하고 아들에게서 멀리 떨어트려 놓으려는 음모를 꾸며 자행한다. 이것은 심상호의어머니와 아내가 이전의 미신타파의 문제를 놓고 고부갈등을 겪은 것과 같이 뚜렷한 고부갈등의 원인에서 기인하는 고부갈등이 아닌 비현실적이며 갈등의 원인이 분명치 않은 갈등의 목적 그 자체가 바로 갈등인 고부갈등 양상에 해당한다.

〈두견성〉에서도 역시 왜곡된 母性에 의한 고부갈등을 볼 수 있다. 그 양상은 〈안의 성〉이나 〈홍도화〉와 약간 다르나 시어머니의 잘못된 애정심리에 속하는 고부갈등 양상에 속한다.

정위가 떠난 지 얼마 안 되어 시어머니가 이왕부터 앓던 골절이 다시 복발하니, 조급한 성절이 더욱 심하여 유모를 친정으로 보낸 후에는 극히 고생되는 것이 많았도다.

새로 들어오는 학생이 그 당장에는 구학생에게 곤란을 당하다가도, 나중에는 구학생이어 추후로 들어오는 학생을 모멸(侮蔑)하는 것이 전례라는 사람도 있거니와, 자기가 이왕 곤란을 당하였으면 인정에도 그 며느리를 멸시할 수가 없으련만, 남녀 간에 다른 사람보다 뛰어나지 못한 자는 도시 일반이라. 며느리라는 칭호가 생기고 또 며느리가 생겼는데. 몇 해 전까지도 그리 미워하고 미워하던 시어머니의 행태를 그대로 모습(模襲)하는 도다. 〈두견성〉 395.

이 작품의 이정위 어머니는 젊은 시절 시집살이를 하며 인고의 시간을 보냈음은 물론이고 남편의 사랑을 받지 못하며 30여 년의

세월을 살았다. 이러한 여인에게 있어서 애정에 대한 욕구불만은
당연히 자신 스스로의 성격을 파탄에 빠지도록 하는 충분한 이유가
된다. 또한 오직 자신의 애정의 대상이었던 자신의 외아들은 결혼
후 며느리와 부부간의 애정이 돈독한 모습을 보자 시어머니는 며느
리에게 대하여 가혹한 시집살이를 시키고 젊은 시절 자신이 겪었던
시집살이와 고통을 며느리에게 되 물려주려는 보상심리가 발동하게
되었다. 이는 정신분석적인 관점에서 해석되는 전형적인 고부갈등
의 양상이다. 친모형 시어머니는 모두 과부로 설정되어 있다. 과부
라는 점 또한 애정 불균형과 아들에 대한강한 집착을 보일 수 있다.
이는 고부갈등을 증가시키는 역할을 하기도 한다.

계모형 시어머니의 경우도 이와 비슷한 유형이 있다. 〈유화우〉의
경우가 이에 해당한다. 시어머니가 전처소생에 대해 친아들 이상으
로 강한 집착을 보이고아들이 며느리를 사랑하는 것에 대해 질투와
시기를 하며 이유 없이 며느리를 구박하고 시집살이를 시킨다.

속담에 닐 길 물속은 볼 수 있어도 한 길 사람의 속은 알 수 없다
고, 한씨부인은 최중위를 뱃속으로는 자기 친아늘저럼 귀히 여기며,
며느리는 아들 최중위 귀하여 하는 반대방향으로 꾸짖고 야단만 쳐서
먹는 것이 살로 아니 가게 들들 볶으니, 그 이치는 참알 수 없도다.
〈유화우〉 244-245.

위에서 보듯이 〈유화우〉의 한씨부인은 영현의 친모는 아니지만
"자기 아들 부럽지 않게 귀여워하는 이는 한씨부인이라. 최중위 어
려서부터 길러내었으므로 친아들같이 여기고 귀중히 여기"(〈유화
우〉 239.)므로 다른 친모형 시어머니와 며느리의 고부갈등 양상을

보인다. 그러한 갈등은 아들에게 아내와 어머니 중하나를 택하라고 강요하는 어머니의 모순된 행동에서 연유된 것이다. 아들은 아내와 어머니 사이에서 二重拘束(doublebind)되어 중심을 잃고 내적 갈등 상황에 빠진다. 이러한 한 남자를 놓고 벌이는 애정의 불균형이 바로 정신분석학인 관점에서의 고부갈등의 원인이다. 〈유화우〉에는 이러한 이중구속(doublebind)의 모습이 보인다.

> "이애, 고만두어라! 계집이 더하냐, 어미가 더하냐? 나는 너를 낳지만 아니하였다 뿐이지 친어미나 무엇이 다르냐? 어미가 없으면 너는 어디서 낫으며, 양육을 아니하였으면 저렇게 장성하여 계집이니 무엇이니 할 수가 있니?"〈유화우〉 247.

시어머니의 아들에 대한 집착에 기인한 고부갈등 양상을 보이는 작품들은 모두 아들 역시 어머니에 대하여 孝子라는 점이다. 아내에 대한 사랑과 어머니에 대한 孝心 사이에서 갈등하며 중심을 잡지 못하는 남편은 고부갈등을 해결할 능력이 없으므로 고부갈등은 이로 인해 더욱 심화된다. 이러한 아들의 어머니에 대한 사랑, 즉 孝心으로 인한 고부갈등의 양상을 작품을 통해 구체적으로 살펴보기로 하자.

자식이 孝心을 갖는 것은 윤리다. 孝는 전통사회 윤리의 핵심이자 모든 행동의 지침이었다. 孝를 행하는 것은 다른 어떤 상황보다 우위에 있었다. 또한 不孝者는 인간이 아니라 하여 죽음을 당할 수 있었고, 뭇매를 맞고 향리에서 쫓겨나기 일쑤였다. 그러므로 전통 사회에서 孝를 행한다는 것은 자식으로서 자연스럽게 자신의 어버이를 봉양하고 사랑해야 하는 인간적 도리와 윤리 외에 전통사회에서 살아가고 살아남기 위한 강제 행동규약이었다. 그러므로 고소설에 있어서 孝子는 최고의 善人型 주인공이었으며, 모든 이에게 본이 되고 교훈을 주는 인물이었다. 신소설에서도 역시 주인공은 고소설과 마찬가지로 효자는 선인형이다. 고부갈등 양상이 나타난 신소설의 남주인공 역시 그가 孝子임을 짐작하게 해주는 내용을 대부분의 작품에서 볼 수 있다.

그런즉 저도 아무쪼록 현량한 아내를 얻어 어머님께 효도를 하고 일 가정을 평화하게 어거하는 것이 좋지 않겠습니까 〈안의 성〉 67.
내가 아무쪼록 부모의 슬하를 떠나지 말았으면 좋으련마는 친교도 계시려니와, 나역시 유학을 하여 상당한 학문을 배우고 싶은 고로 이렇게 떠나는 것이니 부인은 나의대신으로 양당에 혼성신성과 조석공양을 극진히 하시며 〈봉선화〉 151. 경현이가 출천효성으로 당장에 사생을 불고하고 조선각을 찾아가 그 어머니 원수를 갚자 함이러니 〈봉선화〉 277.
나는 하늘같이 중한 부모의 은혜를 저버리고 바다같이 깊이 정든 아내를 잊고 만리디국에 가서 공부하려 하는 것은 나라는 위하는 생각에서 나온 마음이요. 〈치악산〉 280.
사랑의 자식이 되어 부모에 영화를 끼치고 마음을 펀케 하여 효도로 봉양치는 못할지언정 〈유화우〉 231. 미거한 자식이 원방에 나아가 어머님에 심려를 끼치어 드리었으니 불효가 막심합니다. 어머니 그 동안 오작 기다리시고 보고 싶어 하셨읍니까? 〈유화우〉 244. 아니하실 말씀을 다 합니다. 누가 계집이 더하다 하였습니까? 〈유화우〉 247.
그 아버지 심 협판이 일찍 돌아간 후 조고여생(早孤餘生)으로 그 어머니의 가정교훈을 받아 차차 학년되니까 소학교를 다니는데, 〈홍도화〉 301. 상호는 자기 장가 못 드는 일에 민망한 것이 아니오, 모친

의 근심을 풀어드릴 도리가 없어 내심에 초민(焦悶)히 지내며 매양 모
친께 여쭙기를, "어머니, 너무 걱정 말으십시오. 제 나이 인제 이십이
겨우 넘었으니 장가가 무엇이 늦었습니까? 〈홍도화〉 302.

　그래도 여기서는 항상 말씀이, 어머님이 제일이니 내라 뉘라 할 것
없이 어머님을 제일 위하여야 한다고 그러시지. 〈두견성〉 417. 일찍
이 부친을 여읜 후로부터 부자의 정의가 모친에게 치우친 붕남이는 모
친의 기색이 이전과 다른 것을 마음으로 기꺼하여 〈두견성〉 431.

　이 학사는 참 大舜(대순), 曾子(증자)의 효도를 본받은 사람이라
하여도 과히 망말은 아니라. 자기 계모가 자기에게 그렇게 몹시 구는
것을 알아도 조금 원망하는 빛이 없고 자기를 스스로 원망하고, 스스
로 허물하는 큰 효도를 가졌건마는 〈금국화〉 437. 어머님 말씀을 의
심낼 리도 없고, 어머님 명령을 어길리도 없으나 〈재봉춘〉 52.

　위에서 보듯이 고부갈등 양상이 나타나는 신소설의 남주인공은
모두 孝子로설정되어 있다. 그것이 인간의 자연스런 감정의 발로로
서 아들이 어머니를 사랑하는 孝心이건 사회적인 가치관과 유교적
인 교육으로 인한 학습화 된 孝이건, 혹은 남주인공은 자신의 어머
니가 親母(〈안의 성〉, 〈홍도화〉, 〈두견성〉)이건繼母(〈봉선화〉, 〈치
악산〉, 〈유화우〉, 〈금국화〉, 〈재봉춘〉)이건 간에 상관없이 모두 孝
子이다.

　더욱이 〈금국화〉의 경우에는 계모가 전처소생을 죽이려 하는 계
모-전처자식의 문제가 고부갈등 보다 더 심각하게 드러나는 작품인
데 이러한 경우에도 남주인공은 자신을 죽이려 하는 계모에게조차
孝를 행하는 모습을 볼 수 있다. 계모에게 孝를 행하는 모습은 계
모형 고소설에도 볼 수 있다. 작자는 이러한 사실을 작품초반부터
미리 전제하거나. 또는 서사전개 과정에서 명확히 주지시킨다.5)

신소설에서도 이런 경우 남주인공들은 모두 孝子로 설정 되어있다.

하지만 신소설의 경우 孝를 행한다는 것은 고소설과는 다른 의미를 갖고 있다. 고소설에 있어서의 孝子는 孝를 실행하는데 있어서 갈등이 없었다. 「삼국유사」의 孝善편에 나타난 설화를 보면 손순은 그 어머니의 봉양을 위해 자신의 아이를 땅에 묻기도 하는 孝를 실행하는데 있어서 상반되는 가치는 존재하지 않았다. 그러나 신소설에 나타나는 孝子는 고소설의 孝子의 모습을 그대로 답습하지 않는다. 그는 사랑하는 아내와 어머니 사이에서 갈등하며 두 여자 사이에서 중심을 잡지 못함으로써 그에게 애정을 기대하는 두 여자는 갈등을 겪는다.

결국 아들은 아내를 버리고 어머니를 선택하지만 고소설에서 와 달리 그의 心的 갈등의 모습을 볼 수 있다. 이러한 행동의 이중구속(doublebind) 상태는 어머니와 아내의 사이에서 어머니에게 孝를 행해야 하는 것과 아내를 가정에서 보호해 주어야 하는 것 사이에 갈등상황이 나타난다. 시어머니는 이런 경우 아들에게 극단적인 방법으로 아내와 어머니 둘 중 하나를 선택하도록 강요한다.

이런 경우 대부분 아들은 孝를 택하게 됨으로써 며느리는 고부갈등의 상황에서희생이 되고 이로 인해 고난을 겪게 된다.

이는 정신분석적 관점에서 볼 때 투사대상이 되는 인물의 이중구속(doublebind)으로 파악할 수도 있겠지만 또한 유교적 가정의 위계질서가 악화되어 가는 가정과 사회의 가치관의 변화되는 과정의 일면을 보여주는 것으로서 행동주의적 관점으로서의 갈등으로 파악하는 것이 더 좋을 것이다.

---

5) 曺, 成 宿"계모형 고소설 연구," (계명대, 교육대학원, 석사논문, 1992), p.77

〈안의 성〉에서 김상현은 어머니가 정애와 이혼하지 않으면 자살하겠다면서 극단적으로 이혼을 강요하자 결국 어머니의 편에 선다.

"어머니 이게 웬일이십니까? 이혼하겠읍니다, 이혼해요. 이렇게 아니하시면 제가 어머니 말씀을 거역할 줄 아십니까? 어머니께서 이렇게 하시면 이는 어머니께서 이놈 하나를 불효를 만들고자 하심이 아니오니까? 제가 이 길로 나가서 정애를 보낼 터이오니 어머니께서는 안심하십시오" 〈안의 성〉 108.

마침내 김상현은 孝道하기 위해 이혼을 결심했음을 아내에게 통고한다.

내가 어찌할 수 없이, 그러면 이혼을 하겠읍니다고 허락을 하였으니, 내가 사정에 거리껴 어머니 명령을 위반하는 날은 이 한 몸이 불효의 대죄(大罪)를 면치 못할 것인즉, 그대는 잠깐 친정으로 갈 수 밖에 없소. 〈안의 성〉 111.

이처럼 당시 사회에서 孝를 행한다는 것은 당위였으며 어떠한 일도 효를 행하는 것에 우선 될 수 없음을 말해준다. 불효의 대죄가 되는 일이라고 단언하는 위력은 아내에게 모든 상황을 받아들이고 포기하도록 한다. 신소설에서도 사회의 최고의 덕목이자 윤리인 효는 어떠한 것보다 우위에 있음을 보여준다.

〈홍도화〉에서도 역시 남주인공이 어머니와 아내의 사이에서 갈등하는 모습이 보인다. 그는 며느리와 아들을 떨어뜨려 놓으려는 어머니의 뜻에 따라 아내는 집에 두고 어머니와 함께 발령지로 떠난다.

심진천이 그 어머니 말씀을 거역하기 어려워 이씨부인은 서울에
있게 하고 모자만 고을로 내려갔더라. 〈홍도화〉 315.

〈두견성〉에서도 병든 아내 혜경이를 못 만나도록 하는 어머니와
아내와의 인정 사이에서 갈등하는 붕남이의 모습을 볼 수 있다.

노부인은 "불효의 놈 같으니!"하고 붕남을 힐끗 보다가 담뱃대를
화롯전에다 당땅두드린다. 붕남이도 그만 기색이 좋지 못하여, "왜
불효입니까?" "왜가 다 무엇이냐? 부모가 길러준 몸을 소홀이 알고,
선조 대대로 내려오는 집을 멸망하는 놈이 불효가 아니냐? 불효자
다! 네가 불효자야, 큰 불효자니라" "그래도 인정에―"
"이때도 인정을 말하느냐? 너는 부모보다 처자가 소중하냐? 병신
의 몸이 무슨 말을 하든지, 처, 처, 처자만 말하지. 부모는 어떻게
하려느냐? 무엇이든지 혜경이 말만 하지,불효의 놈 같으니!" 붕남은
입술을 다가물고 더운 눈물을 흘리면서, "어머님! 그것은 너무 과합
니다." "무엇이 과한다 말이냐?" "나는 결단코 불효의 마음은 먹지
않았습니다. 어머님께 제 마음이 대단히 부족합니까?" 〈두견성〉
436-437.

붕남의 어머니는 아내와 어머니 사이에서 갈등하는 붕남이에게
조상의 신주를 가져온다는 것으로 붕남이를 협박한다. 그만큼 전
통사회에서 가문을 중시하는 모습과 그 앞에서 약해지는 장남의
모습을 볼 수 있다. 선조와 가문을 위해서는 아내를 버리는 것은
당연한 것으로 여겨진다. 그리고 붕남의 어머니는 가문의 계승자
인 붕남이를 생산함으로써 당당히 선조의 뜻을 들먹이며 아직 가
정에서의 위치를 확보하지 못한 며느리에게 있어서 우위를 행세
한다. 또한 붕남이는 '불효자'라는 어머니의 말에 더 이상 어머니

에게 대항할 힘을 잃는다. 이처럼 가문의 전통과 효를 행하는 것은 당시 사회에서 가장 중요한 덕목임을 알게 한다.

〈유화우〉에도 역시 어머니와 아내 중에서 하나를 선택하여야 하는 갈등 상황에 빠진 아들의 모습이 보인다.

> 아니하실 말씀을 다 하십니다. 누가 계집이 더하다 하였습니까? 〈유화우〉 247. 최중위가 자기 어머니 듣기 좋은 이야기만 하니, 한 씨부인은 자기 아들이 아니 나간단 말이 속 시원하여 -(중략)- 본래 최 중위는 의리가 명백하고 효행이 겸전한 사람인 고로자기 어머니가 무슨 말을 하든지 그럴 듯이 여기어 사색을 아니 하고 듣기 좋은 말로. 〈유화우〉 252-253.

〈유화우〉의 최 중위는 다른 작품들에서 아들이 어머니를 택하는 것과는 다른 모습을 보인다. 최 중위 역시 어머니가 더 중하다고는 하지만 그는 어머니를 눈속임한다. 그는 어머니를 듣기 좋은 말로 구슬린 후 아내와 계속 편지 왕래를 하며 아내와 부부의 정을 유지한다.

〈유화우〉가 위의 세 작품과 다른 점은 〈안의 성〉, 〈홍도화〉, 〈두견성〉이 친모인데 반해 〈유화우〉는 계모이다. 이처럼 아들이 효를 택하는 방법에 있어서도 여전히 정신분석적 모자관계는 영향을 미친다. 어머니와 아들간의 밀착 정도가 어머니의 입장에서 친모의 경우 더 강하게 작용하는 것처럼 아들의 입장에서도 그러하다. 그러나 위에서 확인되듯이 아들이 애정과 효도의 선택 과정에서 갈등한다는 것은 그만큼 애정의 가치가 점차 상승하고 있음을 의미한다. 이 같은 변화는 당대인들이 전통적 윤리의식에 점차 회의를 느끼면서 서서히 근대사회로 진입하는 과도기적 윤리의식을 인식하고 있음을 말해 주는 것이다. 하지만 이야기의 결말을 효도에 결부시킴으로써 당대의 전통적 가치를 인정하고 있음을 보는데 이는 리얼리티를 획득하려는 작가의 의도적인 소설적 장치로 보인다. 작가 편에서 보면 효보다는 애정의 가치를 더 인간적 본성으로 인식했음이 분명하다.

더욱 근대사회를 지향하는 시점에서 볼 때 가정의 주체는 부부이기 때문이다. 따라서 작가는 정통적 가부장제의 모순과 부조리를 악으로 고발하고 이를 척결하려는 의도로 고부갈등을 고조시켰는지도 모른다. 가부장제 가족에서 부부 중심제 가족으로 변모하는 과도기에 있어서 무엇보다 문제되는 것이 가족 구성원간의 자리매김이 아닐 수 없다. 기성세대 층 즉 조부모 쪽에서 보면 전통적 가부장제 가족 위계가 지켜지기를 바랄 것이고, 신세대 층 즉 자식들 편에서 보면 근대로의 변화 다시 말하면 개화가 바람직해 보일 것이기 때문이다. 이렇게 볼때 당대 사회를 극명하게 반영하는 소설의 성격상 가족 구성간의 상호 갈등 양상을 형상화한다는 것은 매우 흥미 있고 유용한 주제가 아닐 수 없었을 것이다. 따라서 애정보다는 효를 선택하는 결말 구조를 보였음직하다.

Ⅳ. 物質的 基盤에 따른 葛藤의 階級理論的 考察

1. 계급이론과 사회복합심리

계급론적 관점은 자본가 계급의 노동자 계급에 대한 경제적 착취로 전체사회가 분화되었다고 보고, 가족은 계급을 재생산함으로써 전체사회의 분화와 관련이 있다고 주장한다. 계급론적 관점은 가족의 사회, 경제적 위치에 따라 갈등의 본질이 다르다고 보기 때문에 경제, 사회적 입장에서 고부갈등을 설명하는데 적합하다. 資本階級의 가족관계는 경제관계로 이루어지기 때문에 부모세대의 자녀세대에 대한 통제가 엄격하다.[1] 이들의 가족관계는 재산의 분배와 상속을 둘러싼 긴장과 갈등이 내재화되어 있어서 인간적 관계는 그만큼 소원하다. 이 계급에서의 가족관계는 자녀세대가 부모세대에게 경제적으로 완전히 예속되어 있고, 시어머니가 며느리를 강력하게 통제하나 며느리는 경제적으로 종속되어 있기 때문에 고부간의 갈등이 표면적으로 나타나지 않는 경향이 있다. 따라서 외형적으로 좋은 시어머니와 며느리의 관계로 보이지만 그 이면에는 며느리의 심적 고통이 내재되어 있을 가능성이 높다.

中産階級에서는 자본계급과는 다른 고부갈등의 양상을 보인다. 이 계급은 부모세대와 자녀세대는 경제적 독립과 경제적 안정성

---

1) 배선희, "계급별 고부관계 접근을 위한 기초 연구(1)," (한국가정관리학회지 15-2, 1997)

을 보인다. 따라서, 고부갈등이 경제적 요인이 아닌 다른 요인에서 발생할 가능성이 크다. 실제로 이 계급에서의 고부갈등의 성격을 시어머니의 상대적 비교, 이기심, 소외감 등에서 며느리가 심리적 갈등[2]을 느끼는 점이 특징이다.

無産階級은 경제적 빈곤이 가족 내에서 정상적 재생산이나 정서적 생활을 불가능하게 한다. 이러한 경제적 요인으로 자녀세대와 마찬가지로 부모세대도 건강이 허락하는 한 생계비를 벌기 위해 일을 한다. 때문에 경제적 요건으로 고부관계는 放棄形態로 나타난다. 그러므로 시어머니와 며느리가 부딪치는 기회도 적고 간혹 수입의 極大化를 위해 경제활동을 하는 며느리와 집안일에 협조하는 시어머니의 상호보완적 관계를 유지하는 경우도 있다.[3] 하지만 이들은 경제적정신적으로 궁핍 상태를 벗어날 수 없다. 때문에 때로는 극단적인 불륜과 대립이이루어질 수 있다. 계급론적 관점은 가족의 물질적 기반에 따라 다양한 고부갈등이 존재할 가능성이 있다.

계급론적인 관점에서 고부갈등을 해석할 때 가족의 사회, 경제적 위치에 따라 갈등의 본질이 다르게 나타난다. 사회 경제 계층별의 고부갈등을 자산가층, 중산층, 서민층으로 분류해 살펴보고자 한다.

자산가층의 가족관계는 윤리적 관계보다 경제적 관계가 우선한

---

2) 이기숙, "한국 가정의 고부갈등 발생원에 대한 요인 분석," (부산대, 박사논문, 1985)

3) 박부진, "한국농촌 가족의 문화적 의미와 가족관계의 변화에 관한 연구," (서울대, 박사논문, 1994)

다. 이들의 가족관계는 재산의 분배와 상속을 둘러싼 긴장과 갈등이 내재화되어 있다. 본고에서분석 대상으로 삼는 고부갈등 양상이 나타나는 신소설의 가정은 모두 당시 사회에서 경제적으로 상류계급이다. 그러므로 이들의 가족관계는 경제관계로 이루어져 부모세대의 자녀세대에 대한 통제가 엄격하다. 그러므로 고부갈등 역시 시어머니가 며느리를 통제하고 억압함으로써 나타난다. 자산가층의 며느리는 중산층이나 서민층에 비해 더욱 媤家에서 자기의 위치를 확고히 하기 위한 노력이필요하다. 시어머니는 집안의 재산에 대한 권한을 지키기 위해 며느리를 경계하고 집안에서 主婦의 역할을 조수하려는 강한 모습을 보인다. 그러므로 며느리는 시가에서 자신의 위치를 지켜 나가는 것이 더욱 어렵다. 특히 시어머니가 계모인 경우에는 이러한 현상이 더욱 두드러지게 나타난다. 계모 시어머니는 집안에서 자신의 위치를 지키기 위해 며느리 혹은 전처소생 아들을 모해하고 죽이려는 흉계를 꾸미는 것도 서슴지 않는다. 계모 시어머니는 아들이 자신의 소생이아니라는 일종의 자격지심과 전통적인 부계중심의 가족 구조에서 가계를 계승할 아들로부터 친어머니가 아니라는 이류로 노후에 집안에서 천대를 받을지도 모른다는 불안감을 갖게 된다. 이러한 자격지심과 불안감은 자기 자신을 스스로 지키려는 방어본능을 갖게 하고 집안의 재산권을 쥐고 있으려는 욕심으로 나타난다. 그러한 욕심은 결국 며느리를 시가에서 主婦로서 자리 잡지 못하게 하고 이러한 시어머니와 며느리가 집안에서 주부의 위치를 놓고 벌이는 심리적 경쟁은 고부갈등을 유발하는 원인이 된다. 계급론적 관점으로 고부갈등을 해석할 때 가정에서의 물질적 기반이 어디에 있느냐에 따라 고부갈등 양상이 달라진다.

상류계급의 가정에서는 부모가 가정에서의 경제권을 가진다. 그러므로 부모의자식통제가 심하고 이러한 이유로 갈등이 발생한다. 가정 안에서 경제권을 갖는다는 것은 그 집안의 중심축이 된다는 의미이다. 가장인 아버지가 조재하는 경우 가계의 경제권은 아버지가 갖게 되며, 아버지가 사망한 경우에는 가계 계승권자인 아들이 장성하기 전까지는 어머니가 경제권을 갖게 된다. 그러나 아들이 장성하게 되면 전통적인 부계중심 가족에서 가계 계승권과 더불어 가계의 경제권은 적자이며 장남인 아들에게로 이어진다.

아들이 장성하여 결혼을 하게 되면 며느리는 가계 계승권자인 아들의 아내로서 집안의 안주인이 된다. 이러한 상황이 되면 시어머니는 집안에서의 위치에 불안을 느낀다. 집안에서의 기득권을 계속 유지하려는 시어머니와 새로운 안주인이 되려는 며느리는 이로써 경제권을 놓고 고부갈등을 빚는다. 이러한 고부갈등은 다시 시어머니가 친모인 경우와 계모인 경우에 따라 다른 양상을 빚는다.

위에서 살펴본 신소설은 친모인 경우 모두 과부로 설정되어 있어 시아버지가존재하지 않는다. 그러므로 이는 시아버지의 존재 여부에 따른 고부갈등 양상으로 파악할 수 있다.

또한 가계 계승권자인 아들의 출산 여부에 따라 고부갈등 양상이 다르게 나타나는 것을 볼 수 있다. 이것은 아들의 출산 여부에 따라 시어머니의 가정에서의 위치에 대한 安定性의 차이에 기인한다. 이를 작품에서 구체적으로 살펴보기로 한다.

그리고 시어머니가 자신의 집안에서의 위치를 확고히 하기 위해 며느리를 집안에서 내쫓기 위한 방법으로 며느리를 모해하는데 있어서 가장 큰 역할을 하는 것은 며느리의 不貞에 대한 것이다. 시어머니는 며느리를 姦婦로 몰아세워 이를 빌미로 媤家에서 쫓아내는 구실로 삼는다. 며느리 또한 이러한 시어머니의 모해 속에서도 貞節을 지키기 위해 고난을 감수하고 목숨조차 버리려 한다.

전통사회에서 여자의 행동을 제약하고 구속하는 정절의 가정에서의 의미는 여자가 자신이 결혼한 남자와 그 가문에 정절을 지킨다는 것이다. 그것은 곧 그 가문 사람이 되고 죽어서도 '그 집 귀신이 된다'는 강한 家門意識에서 비롯되었다. 결국 여자는 그 집안에 대해 평생 정절을 지키고 심지어 죽어서라도 정절을 지켜야만 비로소 그 집안사람으로 인정을 받는다. 그렇기 때문에 시어머니는 며느리를 집밖으로 쫓아내고 자신이 집안에서 主婦권한을 독점하기 위해 며느리를 姦婦의 누명을 씌워 정절을 문제 삼아 내기도 한다. 하지만 며느리는 시어머니의 모략에 의해 쫓겨나서까지 목숨을 불사하고 정절을 지켜 한 가문의 며느리로서 인정받고자 한다.

이렇듯 유교적 烈 사상을 가정에서의 여성의 위치에 대한 시각으로 해석해본다면 그것은 결국 남성 중심적인 전통사회 가정에서 여성의 위치에 대한 확고한 자리 매김을 하는 중요한 수단이었음에 틀림없다. 더욱이 사회 경제적으로 상류계급이었던 양반 가문에서는 여자의 烈 사상은 더욱 중시되었으며 여자가 烈女가 되는 것은 그 집안을 상류계급으로 보전하는 조건이기도 했다. 이렇게 볼 때 烈 사상은 상류계급의 가정에서 재산의 상속과 분배의 권한으로 자식세대를 통제하는 것과 더불어 며느리가 한 집안의 여인으로 인정받고 가문을 이어 받을 자격을 받는 기준이 되었다. 그러므로 烈 思想에 의해 통제받는 며느리의 모습은 상류계급의 가족관계와 갈등을 계급론적인 관점으로 해석할 수 있는 근거가 된다.

2. 전처소생 며느리와 계모 시어머니

전처소생 며느리와 계모 시어머니의 갈등이 나타나는 작품은
〈봉선화〉, 〈치악산〉, 〈류화우〉, 〈금국화〉, 〈재봉춘〉등이다. 이 작
품들은 계모 시어머니가 집안에서의 자기 위치를 확고히 하기 위
해 며느리를 집밖으로 내쫓으려 함으로써 고부갈등이 시작된다.
〈金菊化〉는 고부갈등과 더불어 계모와 전처자식간의 갈등이 일어
나 전처자식 이 학사가 집을 떠나 있게 된다. 그 후부터 계모시어
머니가 며느리마저 집에서 없애려 한다. 계모 시어머니가 전처자
식과 며느리를 없애고 가정에서 자신의 위치를 확고히 하려는 데
서 고부갈등이 비롯된 것이다. 이러한 고부갈등 양상은 고소설
〈金氏烈行祿〉에도 나타난다. 김씨 부인의 친구이자 시아버지의 후
처가 된 최씨 부인은 자신이 김씨 부인의 시어머니가 된 이후로
는 김씨 부인을 죽이고 집안의 재산을 모두 차지하려 한다. 이렇
듯이 계모 시어머니 문제는 계모와 전실 자식 문제가 대두되기
이전에 고부갈등 문제자체로 대두되기도 한다. 이것은 여성들 간
의 가정 내의 위치를 확고히 하기 위한 문제에서 기인하는 것이
다. 또한 재산상속의 문제와도 관련이 있는데, 인습적인 사회제도
로 인해 전실 소생 즉 赤子에게 이어지는 가계 계승권은 재산상
속권 역시 포함되었기 때문이다. 계모는 전통적인 인습에 따라 가
장인 남편의 사후 가계 계승권과 재산상속권을 갖게 될 전처소생
에게 적대감과 위기감을 동시에 가질 수밖에 없다. 〈金氏烈行錄〉
에서는 계모 시어머니에 의한 고부갈등은 두 번에 걸쳐 나타난다.
첫 번째는 김씨부인의 시아버지인 규현의 후취부인 유씨가 김씨
부인의 남편인 갑준을 시기하여 갑준과 김씨부인의 결혼 첫날 밤

갑준을 살해한다. 이로써 김씨 부인은 남편 살해 누명을 쓰고 친정으로 가서 內獄에 갇히는 고난을 겪는다. 두 번째의 김씨부인의 시련은 시아버지의 삼취부인인 최씨의 모략으로 시아버지를 살해했다는 누명으로 고난을 겪는다. 김씨가 겪는 고부갈등은 두 번 모두 계모 시어머니가 가정에서 자신의 위치를 확고히 하고자 전실 소생 아들과 며느리를 죽이려는 데서 비롯되었다. 이러한 고부갈등의 모습은 〈봉선화〉, 〈치악산〉, 〈금국화〉에서도 볼 수 있다.

〈봉선화〉, 〈치악산〉, 〈류화우〉에서의 계모 시어머니는 집안에서의 자기의 위치에 대한 불안으로 며느리에게 억울한 누명을 씌워 시댁에서 내쫓으려 하는데, 이것은 또한 자신의 사회적 신분에 대한 열등감에서 비롯되었다. 이들 작품에는 계모로서 느끼는 가정에서의 위치에 대한 불안과 自激之心이 잘 나타나있다.

경현이가 인제 장가를 들고 나이 차면 이만 한 살림이 모두 그 애 차지가 되고, 나는 애쓰고 알뜰히 굴은 공 없이 오막살이 집이나 한 채 얻어가서 주는 밥이나 얻어먹고 주는 옷이나 얻어 입고, 아무 권리 없이 산송장으로 지낼 터이니, 그 아니 기막힌 일인가! 경현이가 나이 십사 세가 되니 박씨에게 장가를 들었는데, 경현이가 자기 소생이요 박씨가 자기 소생 며느리 같으면 가슴에 아무 충절이 없이 재미가 깨쏟아지듯 하련마는 오장이 반듯이 박히지 못한 구씨라서 박씨를 일일이 밉게만 생각하여 어떻게 하면저것의 내외를 앓던 이 빼어버리듯 시원하게 없애 불고하여, 취모먹자 하기로만 일을 삼으니 〈봉선화〉 142-123.

위에서 보듯이 〈봉선화〉에는 구씨가 계모로서 느끼는 불안감과 그로 인한 고부갈등의 모습을 볼 수 있다. 〈치악산〉에서도 역시 비슷한 양상을 볼 수 있다.

　백돌이 자랄 때에 계모가 백돌이를 미워하던 마음이 일년 삼백육
십일에 날마다 달마다 해마다 모인 것이 치악산같이 쌓였을 터이나,
無形無迹(무형무적)한 사람의 마음이라 남의 눈에 보이지는 아니하
였더라. 백돌이 장가든 후에는 그 계모가 백돌이를 미워하던 마음으
로 백돌의 아내에게 예물주듯 옮겨주었더라. 〈치악산〉 276. "이애,
만만한 년이 남의 후취댁이 되었겠느냐. 네가 복을 많이 타고났을
것 같으면 남의 전실 마누라의 며느리 종님이 되었을 터이다." 〈치
악산〉 275.

위에서 보듯이 계모 시어머니는 스스로를 종보다 못한 인생이
라며 자신의 신분에 대한 열등감을 노골적으로 나타내고 있다.
〈유화우〉에서도 시어머니는 자신이 계모라는 열등감을 며느리
에게 드러낸다.

　"너는 너의 집에서 시어미 승보라 가르치더냐? 어데로 보든지 내
가 네 시어미가 아니냐. 후취어미는 어멈 아니라더냐? 내가 네 남
편 기를 때에 고생인들 오죽하였으랴? 생아자도 부모요, 양아자도
부모라는데, 기를 뿐 아니라 명목이라도 어미가 아니냐?" 〈유화우〉
241.

계급론적 관점에서 볼 때 고부갈등은 고소설의 연속적인 고부
갈등의 양상이라 할 수 있다. 이것은 계모 혹은 후취로서 가정 안
에 머물 때 심리적인 불안과 열등의식, 그리고 상속문제 등 신분
상의 불평등에서 기인한 것이라 할 수 있다.

개화기에 신분제도의 타파와 개인의식, 여성의식이 성장함에 따라 가족윤리와가치관의 변화가 일어났지만 여전히 계모 시어머니와 전실 소생 며느리간의 갈등 양상은 전시대의 연속적인 모습을 보인다. 오히려 개화기의 신분제도의 타파로 인해 양반 집 후취로 들어온 계모는 신분적 열등.감 때문에 더욱 고부갈등을 고조시키는 모습을 볼 수 있다. 이는 신분타파 제도에도 불구하고 실제 사회에서의 신분차등의식은 여전히 잔재하고 있었음을 말해 주는 것이다.

3. 烈 思想과 여성의 지위

고부갈등 양상이 나타나는 신소설의 며느리는 고부갈등으로 인해 고난을 겪게 될 때 열 사상으로 貞節을 끝까지 지켜 내고 媤家의 며느리로서의 위치를 확고히 함으로써 행복한 결말을 맺는다. 이는 고소설의 봉건적 성격을 벗어나지 못한 며느리의 특징이다. 개화기 당시의 여성에 대한 사회적 기대 역시 전대와 같이 유교 사상에서 벗어나지 못한 채 烈女를 여자의 최고 美德으로 여겼다. 또한 정절을 지킨 여성만이 가정 및 사회에서 자신의 위치를 확보할 수 있었다. 고소설에서 남녀 간의 애정 문제 역시 대부분이 열 사상에 결부4) 되어있음을볼 때 신소설이 고소설의 여성 인물을 답습한 결과라 볼 수 있다. 〈春香傳〉, 〈淑香傳〉, 〈淑英娘子傳〉, 〈玉丹子傳〉, 〈秋風感別曲〉, 〈染山佰傳〉, 〈白鶴仙傳〉, 〈權益重傳〉, 〈權龍仙傳〉등 수 많은 염정소설의 여주인공들은 모두 烈女이다. 기타 소설의 경우에도 예외는 아니다. 주인공뿐만 아니라

---

4) 원선자, "한국고전소설의 여성상 연구," (단국대, 박사논문, 1995), p.44

여성등장인물 전체를 살펴본다 할지라도 일부 侍婢, 小室등 妖姬 惡女를 제외하고는 거의 열녀라 해도 과언이 아니다. 〈星湖僿說〉에 절개를 지키려는 烈女思想이잘 나타나 있다.

  우리나라의 아름다운 풍속에 중국도 따르지 못할 것이 있는데 미천한 여자도 절개를 지켜 개가하지 않는다. 이렇게 된 데는 국법이 개가한 자의 자손에게 淸選의 길을 허락하지 않았기 때문이기도 했다. '군자의 덕은 바람이요 소인의 덕은 풀이니 바람이 풀위에 불면 반드시 눕는다' 하였으니 온 나라가 왕화에 젖어 풍속이 같아지면 그 자자손손에 이르기까지 벼슬에 희망이 없는 여염의 미천한 부녀자와 여종들도 때는 음욕을 금하고 정조를 지킬 줄 아는 자가 있으니 교화가 사람에 미치는 영향이 심원함을 이런데서 찾아 볼 수 있다. 그러나 이는 위에서 인도하는 데 달려 있는 것이다5)

  사대부 가문에서는 淸選에 들기 위하여 수절하는 것으로 서술하고 있으나 사실은 청선과 관계가 없이 수절은 하나의 윤리전통으로 굳어진 것이라 해도 과언이 아니다. 천민의 수절은 교화 이전의 본성적 요청이라 하겠다. 이러한 점으로 보아 전통사회의 여성에게 있어서 烈이 얼마나 중요시되었는지를 알 수 있다.
  신소설에는 개화기 시대의 새로운 가치관에 따라 자유연애, 자유결혼, 그리고 과부의 개가 허용이 나타난다. 그러나 자유연애, 자유결혼을 택한 여주인공이지만 이들은 한 남자에 대한 貞節 앞에 자신의 목숨까지도 내놓는 모습을 보인다. 고부갈등 양상이 나타나는 신소설에서 며느리는 시어머니 혹은 시어머니 측근의 인물들에 의해 媤家에서 쫓겨나 고난을 겪는다. 여성이 밖으로 나갔

---

5) 李瀷, 「星湖僿說」, 人事門 東國美.俗

을 때의 고난은, 〈월하가인〉, 〈추풍감별록〉의용봉, 〈화세계〉의 구
참령 등과 같은 남자 주인공들이 겪는 육체적 학대나 기아, 빈
곤6) 등이 아니라 정절을 지키기 위한 과정이다. 〈안의 성〉, 〈봉
선화〉, 〈치악산〉, 〈유화우〉, 〈홍도화〉, 〈두견성〉, 〈금국화〉, 〈재봉
춘〉등 본고에서 다루는 고부갈등 양상이 나타나는 신소설에서 부
인들은 고난 과정에서도 貞節을 지키기 위해 노력한다.

소녀가 죄악이 있거든 당장 죽여 풍도지옥으로 보내시고, 만일
그렇지 않거든 여간죄를 사하시와 우리 시어머니가 마음을 돌리시고
남편이 무사히 돌아와 소녀의 남은 인연을 이어, 가정이 원만하고
부부화락하는 복을 주시와, 소녀로 하여금 이 세상에 사람의 노릇을
하고 돌아가게 하여 주십시사 〈雁의 聲〉 142.
조놈들에게 욕은 천행으로 모면하였구면. 신세 이 지경에 구구히
살아서는 무엇 하나! 차라리 아 바윗돌에 머리를 부딪쳐 죽어야 옳지.
〈봉선화〉 178-179. 더러운 욕 아니본 것만 천행이니, 진작 죽어 세
상을 잊는 것이 상책이다. 하고 치마끈을 떼어 한 끝은 나무가지에다
매달고 한 끝으로 자기의 목을 매고 늘어졌더라 〈봉선화〉 186.
충신가 열녀의 마음은 가마솥에 기름을 끓이고 그 속에 집어넣으
며 항복을 받으려하여도 못 받는 것이다. 나를 기름에 졸이든지 칼
로 저미든지 내 마음은 못 빼앗을 터인데, 이 몹쓸 놈이 내 마음은
못 빼앗고 내 마음을 빼앗으려 드니, 세상에 이런 일도 있단말이냐.
〈치악산〉 326
김씨부인이 이 뒤로 몇 달 며칠은 울며불며 하루도 몇 번씩 죽고
싶은 생각이 나나날이 가고 달이 갈수록 설운 생각도 점점 깊고 〈유
화우〉 258.
내가 이대로 갔다가는 무슨 불측한 일이 없기로 무엇에 마음을

---

6) 이영아, "신소설의 개화기 여성상 연구," (서울대, 석사논문, 1989) p.35

붙이고 구구히 살잔 말이야? 오냐, 가다가 큰물을 만나던지 험한 석간을 만나거든 이 창문으로 눈 딱 감고한번만 뛰어내렸으면 그 자리에서 즉사를 하여 세상만사를 다 잊을 터이다. 〈홍도화〉 345.

무정한 세상인 줄로 알았사옵기 다 나의 불행이라 하옵고 아무도 원망치 아니하여, 이내몸은 그냥 진토가 될지라도 혼은 영원히 영감의 곁에서 떠나지 말기를 〈두견성〉 506.

국화야 말 좀 물어보자. 너는 어찌타 九十春光(구십춘광) 좋은 시절 다 버리고 처량한 가을바람에 차고 매운 서리를 무릅쓰고 외로이 피어 그 零丁孤高(영정고고)함을 깨닫지 못하니, 네가 정말 繁華富貴(번화부귀)한 저 꽃 없는 봄빛에 잡된 꽃과 섞이기를 더러이 여겨 한낱 절개를 지키려 함인가, 그렇지 아니하면 저 무심히 부는 동녘 바람이너 한 가지를 빼놓아 네가 원을 품은 것도 불쌍히 여길진대 나도 아마 너와 같이 소희가 깊은 사람인가 보다. 국화야, 네가 내말을 알아들었느냐, 못 알아들었느냐. 알아들었거든 어디 알아들었다는 표적이나 좀 보게 하여라 〈금국화〉 463.

지금 말하기 어려운 사정이 있어서 남편의 곁을 떠나니 백년 천년을 지내자고 굳게 언약한 일은 엊그제 같으나, 그 언약 배반하는 나도 부득이한 데서 나온 일이라. 나는 어디를 가든지 남편에게 향한 마음은 변치 아니하나, 다만 섭섭한 것은 화락하게 이별한 기회를 얻지 못하고 내 몸에는 평생 억울히 부정한 의심을 받고 낮을 붉히고 돌아서는 것이나, 청백리 같은 내 마음은 하늘이 굽어보시는 바이니, 〈재봉춘〉 61.

위에서 보듯이 고부갈등 양상이 나타나는 신소설의 모든 여자 주인공(며느리)은 貞節을 지키는 여인으로 그려져 있다. 이 중 특이한 것은 '과부개가 허용'에 대한 내용을 다루고 실제로 주인공 태희가 총각인 심상호에게 貞節을 한 내용을 다룬 〈홍도화〉에서 조차 위에서 보듯이 태희의 貞節을 지키기 위한 목숨을 건 행동을 볼 수 있다.

또한 고부갈등 양상이 나타나는 신소설에서 貞節의 문제는 며느리를 선인형주인공으로서의 인품만을 나타내는 것이 아니라 고부갈등의 원인이 되기도 한다. 시어머니는 며느리의 貞節을 문제 삼아 며느리를 모함함으로써 며느리가 고난을 겪게 된다. 또한 며느리의 갈등의 극복과정과 해결은 결국 소설구조를 만들어 낸다. 이는 며느리가 정조를 지켜나가는 과정과 정절을 지켜냄으로써 받게 되는 보상으로서 단란한 가정을 다시 찾는다는 행복한 결말, 勸善懲惡型 결말로 이어진다. 결국 善이란 곧 貞節을 의미하며 이것은 소설의 주인공이 추구하는 최고의 덕목이자 소설의 주제를 뒷받침하는 강력한 사상이다.

이러한 신소설에 등장하는 여주인공들의 烈 思想은 고부갈등을 일으키는데 있어서 두 가지의 역할을 한다. 첫째는 며느리와 계모형 시어머니와의 관계에 있어서 再嫁를 한 시어머니는 전처소생 며느리에게 烈 思想에 있어서 열등의식을 갖는다는 점이다. 이러한 열등의식은 시어머니로 하여금 가정 내에서의 자신의 위치에 대해 불안을 갖게 한다. 이는 고부갈등의 직접적 원인이 된다. 둘째는 며느리의 정절에 관한 것이다. 며느리의 烈은 시어머니가 며느리를 모함하는 도구로 惡用되었다. 시어머니가 며느리를 모함할 때 모두 며느리의 貞節을 문제 삼고 며느리를 姦婦로 모략하는 일을 꾸며 며느리를 내쫓는 빌미를 제공한다.

〈안의 성〉에서는 시어머니가 시누이 영자와 봉자의 꾐에 빠져 며느리가 친오빠와 만나는 것을 姦夫와 내통하는 것으로 오인하고 아들에게 이혼을 요구한다.

아래에서 보듯이 여자가 이혼 당하게 되는 이유는 정절문제와 직결되어 있음을 알 수 있다.

"여자의 이혼할 죄가 무엇이겠느냐? 우리 집안이 그렇지 않은 터에 며나리 명색이 그 같은 추행(醜行)이 있을 줄 누가 알았단 말이냐? 나는 입이 더러울까보아 말 못하겠으니 너는 그쯤 알고 당장에 이혼해라."〈안의 성〉98.

"영감 이것 좀 보시오. 이런 남부끄러운 일이 어디 있소? 이럴 줄 알았으면 약이나 함부로 쓰지 말 것을 -(중략)- 이것 보아. 팔. 다리. 눈. 코 다 생겼네. 아마 서너달 되었나보다."〈봉선화〉160.

홍 참의는 본래 옥단이 같은 천한 종년이야 사람으로 여기지 아니하였을 터이나, 그날 밤에 옥단의 꾀에 어찌나 빠졌던지, 그 며느리가 행실이 부정하여 어떤 놈이 나드는 줄로만 알고 분이 어떻게 몹시 났던지, 그날 밤 내로 며느리를 약 사발을 안겨 죽이고 싶은 생각이 버썩 들어가서 담뱃대를 탁탁 털며, "며느리가 들어와서 내 집을 망해 놓아. 그럴 변이 어디 있을구. 여보 마누라, 사방에 고유하고 며느리를 비상이나 먹여 죽입시다."〈치악산〉308.

"왜 아무 대답이 없나? 여편네로 나서는 정절을 지키지 못하는 것이 제일 큰 죄라는데 자네 딸이 그런 양반의 집으로 시집을 가고도 유위부족하여 그런 죄를 지었다는 말을 듣고도 기탄이 없이 앉았는 것을 보니, 아마 자네네들은 그렇게 하여 낳은 자식이 아니며 이실도 그렇게 하여 낳은 자식이 아닌지 모르겠네."〈재봉춘〉73.

위에서 보듯이 며느리가 媤家에서 쫓겨나는 이유 중의 가장 많은 원인을 차지하는 것은 바로 며느리의 貞節의 문제다. 본고에서 고부갈등 양상이 나타나는 신소설 작품 8편 중 절반인 4편의 작품(〈안의 성〉, 〈봉선화〉, 〈치악산〉, 〈재봉춘〉)이 며느리의 貞節 문제로 며느리가 媤家에서 쫓겨난다.

이들 작품을 다시 친모형 시어머니가 등장하는 작품과 계모형 시어머니가 등장하는 작품을 놓고 비교하여 본다면 다음과 같은 차이점을 볼 수 있다. 친모형 시어머니가 등장하는 〈안의 성〉의 경우에는 시어머니가 직접 며느리를 姦婦로몰기 위한 흉계를 꾸미지 않다. 시어머니는 시누이와 며느리를 시기하는 봉자에 의해 며느리의 정절을 오해한다. 그러나 계모형 시어머니가 등장하는 〈봉선화〉, 〈치악산〉, 〈재봉춘〉의 경우에는 자신이 직접 며느리를 내쫓기 위한 흉계를 꾸미고, 그것을 가장인 시아버지나 아들 에게 알린다. 이와 같은 계모 시어머니의 행동은 가정 내에서의 위치 불안으로 방어기제로 해석할 수 있다.

친모형 시어머니의 경우는 가계계승에 따라 아들이 형식상 가장 이지만 사실상 집안의 가장의 위치에 있다. 더욱이 장성하기 전까 지 실질적인 가정에서의 가장 노릇을 하고 아들이 성인이 될 때까 지 양육하고 교육한 그의 가정에서의 위치와 역할은 확고하였다. 그러나 계모의 경우는 모두 시아버지가 살아 있나. 그리고 며느리 를 보았으니 전처소생 아들 역시 장성한 터다. 이러한 상황에서 아 버지에게서 바로 장성한 아들에게로 가계 계승권이 넘어가게 되고 그러하게 되면 집안의 안주인 역할은 당연히 며느리에게로 넘어가 게 된다. 이러한 위치에 서게 된 계모 시어머니는 결국 적극적으로 며느리를 媤家에서 내쫓을 방법을 궁리하게 되었다. 그 방법이 곧 며느리의 정절을 문제 삼는 것이었다. 며느리의 貞節문제는 며느리 를 媤家에서 내쫓을 수 있는 결정적 사유가 된다.

그러나 시어머니의 가정에서의 위치에 따라 며느리를 姦婦로 몰아 내쫓는 방법에 있어서 시어머니의 태도 여부는 달라진다. 시어머니의 가정에서의 위치가 확고하냐 그렇지 못하냐에 따라 며느리의 정절을 해치는 방법이 적극적이냐 아니면 소극적인 것이냐의 차이를 보인다. 이렇게 볼 때 烈 思想은 결국 가정에서의 두 여인의 위치에 따른 고부갈등을 제공하는 원인이 된다.

며느리가 시어머니에 의해 姦婦라는 누명을 쓰면 시가에서 쫓겨나 고난을 겪는다. 그 고난 과정 역시 情節을 지키기 위함이었다. 정절을 끝까지 지킨 며느리는 마침내 남편과 재회하여 행복한 가정을 다시 꾸린다. 이렇듯이 대부분의 고부갈등 양상이 나타나는 신소설에서 烈 思想은 여 주인공인 며느리에게 있어서 고부갈등의 원인을 제공함과 동시에 고부갈등으로 인해 겪게 되는 고난의 과정이며, 또한 고난을 겪은 후 얻는 행복한 결말의 결과물이기도 하다.

가정에서의 위치를 확보하기 위한 여성들 간의 대표적인 갈등이 고부갈등이다. 烈 思想은 이렇듯이 가정에서의 여성의 위치는 물론 여성의 사회적인 진출이 제한된 사회에서 사회적인 위치를 확보하기 위한 수단 이었다. 계급론적인관점에서의 갈등이 안정된 위치를 차지하기 위한 성원간의 다툼이라 할 때, 전통적인 열사상과 정절은 바로 고부갈등을 계급관으로 해석하는 중요한 관점이다.

4. 시아버지 존재 여부와 가계 계승권자 출생여부

고부갈등 양상이 나타나는 신소설에는 "시아버지가 존재하지 않는다"고 할 수 있다. 이는 두 가지로 해석할 수 있는데 첫째, 친모형 시어머니는 모두 청상과부이며 실제로 시아버지는 일찍 사망해 가정에 없다. 둘째, 계모형 시어머니의 남편으로 소설에 등장하는 시아버지이다. 그는 살아서 존재하는 인물이기는 하나 그 성격이 우유부단하고 후취부인의 말을 무조건 따르는 자신의 주관이 없는 인물이다. 그는 자신의 주관이나 의견 없이 무조건 후취부인의 말만 믿고 후취부인이 며느리를 모해하여 집밖으로 내쫓는데 도움을 줄 뿐이다. 이러한 시아버지는 소설 속에서 뚜렷한 자기 역할이 없이 계모형 시어머니의 보조적 역할을 하는 인물이다. 그러므로 역시 소설에서 "시아버지는 존재하지 않는다"고 할 수 있다. 그러면 계모형 시어머니가 등장하는 신소설의 시아버지 모습을 구체적으로 작품에서 살펴보기로 한다.

천치 열 주어 아니 바꿀 여승지가 추월이 궁둥이를 줄줄 따라 들어오며 〈봉선화〉 165. 여승지가 착할 제는 아주 太和湯(태화탕)이다가도 심술이 나기를 하면 불붙은 강변에 데인 소 날뛰듯하는 위인이라 〈봉선화〉 165.
홍참의는 본래 옥단이 같은 천한 종년이야 사람으로 여기지 아니하였을 터이나 그날에 옥단이 꾀에 어지나 빠졌던지 〈치악산〉 308. "글쎄 별 수 없어. 약이나 먹여 죽이든지 친정으로 쫓든지 두 가지 중에 어떻게 하든지 정할 터인데, 마누라의 말에 이것저것 다 불가한 줄로 여기니, 마누라 생각에는 어떻게 하면 좋겠소." 〈치악산〉 309.

〈봉선화〉, 〈치악산〉외에 계모형 시어머니가 등장하는 작품인 〈유화우〉, 〈재봉춘〉등에는 시아버지가 실제로 살아있기는 하나 계모의 농락에 넘어가 계모와 함께 며느리를 곤경에 빠뜨리는데 동조하는 인물일 뿐이다. 친모형 시어머니가 등장하는 〈안의 성〉,

〈홍도화〉, 〈두견성〉등에서는 시어머니가 청상과부로 설정되러 있어 그 존재 자체가 없다. 그러므로 두 경우 모두 소설의 사건 진행에 있어서 어떠한 역할도 하지 못하는 不在形 인물이라 할 수 있다. 이러한 고부갈등 양상이 나타나는 신소설에서의 아버지 부재 현상을 개화기의 시대적 상황을 나타내는 것으로 해석한 견해도 있다. 개화기의 절대적 부권의 몰락을 초래한 가장 중요한 시대상황은 당시 열강의 틈바구니에서 그들의 입김만으로도 처소를 달리해야 했던 나약한 조선 왕실의 모습에서 찾아 볼 수 있다. 그러므로 우리 사회에서 왕권의 몰락과 부권의 몰락은 어느 면에서 동시적인 것이라고 할 수 있다.7) 그러나 고부갈등 양상이 나타나는 소설에 있어서 가장인 아버지의 가정 내에서의 역할이 작은 것은 비단 신소설에만 나타나는 시대적 상황을 반영한 결과라고 단언하기는 어렵다.

고소설의 가정소설에서 고부갈등을 주 내용으로 하는 〈潘氏傳〉과 〈金氏烈行錄〉에서도 시아버지의 역할은 전통사회의 가부장적인 가족제도에서의 권위 있는 아버지의 모습이라고 보기 어렵다. 〈潘氏傳〉에서 며느리 潘氏의 시아버지는 등장하지 않으며, 남편인 允은 동생들에 의해 流配가게 되는 나약한 인물이다.

〈潘氏傳〉에서는 시어머니 楊夫人과 맏며느리 반씨가 惡人인 둘째, 셋째 며느리에 맞서 집안을 지켜나가는 여성영웅형 인물이다. 또한 〈金氏烈行錄〉에서도 주인공 김씨 부인의 남편은 계모에 의해 살해되는데, 이때 시아버지는 계모의 이러한 행각을 눈치 못 채고 신소설의 〈봉선화〉와 〈치악산〉에서의 시아버지들처럼 후취의 속임에 넘어가 며느리를 내쫓는다. 이러한 가장의 권위가 실추

---

7) 정현기, 「한국문학의 사회학적 의미」, (문예출판사, 1986), p.212

된 시아버지에 비하여 김씨 부인은 〈潘氏博〉과 마찬가지로 자신의 누명을 벗고 방랑의 길을 떠난 시아버지를 찾아내 가문을 다시 일으키는 여성영웅형 인물이다.

이렇게 볼 때 家長의 부재 즉 가장의 소설에서의 역할이 작은 것은 가정 내의 가족 갈등 특히 여인들 간의 갈등을 그린 고부갈등과 계모와 전처자식 간의갈등을 그린 소설에서 나타나는 당연한 인물 설정이라고 볼 수 있다. 가장의 부재 즉 무능한 가장의 역할은 가정에서 기득권을 차지하기 위한 여인들 간의 갈등의 소지를 중대시킬 뿐이다. 이는 고부갈등을 주 내용으로 하는 고소설 뿐 아니라 계모와 전실 자식 간의 갈등을 그린 가정소설에서도 역시 그렇다.

결국 고부갈등 양상이 나타나는 소설에서 가장의 부재는 시대적 상황을 반영하는 가정의 모습이 아니라 계급론적인 관점에서 고부갈등을 해석하는 것에 근거를 제시한다고 할 수 있다. 계급론적인 관점에서의 고부갈등은 물질적 기반에 따라 고부갈등 양상이 달리 나타난다. 시어머니가 경제권을 쥐고 이로써 며느리를 강력히 속박하는데서 오는 고부갈등을 말한다. 신소설에 등장히는 가정이 당시 사회, 경제적으로 상류층 가정이라 볼 때 시아버지의 부재 여부는 당시 가부장적인 가족 구조에서 가정의 경제권을 시어머니가 가지고 있느냐, 시아버지가가지고 있느냐를 말해준다. 결국 시아버지의 실존 여부는 시어머니에게 물질적기반이 있느냐 없느냐의 여부를 결정 지어주며 이것에 따라 고부갈등은 다른 양상으로 나타난다.

친모형 시어머니의 경우 재산권은 시어머니에게 있다. 그러므로 그는 가정에서 며느리보다 우위에 있다. 며느리보다 가정에서 우위에 있는 이러한 시어머니는 며느리에 대해 계모형 시어머니 보다 열등감이나 불안감이 적다. 그러므로 친모형 시어머니는 며느리를 모해하기 위해 스스로 계략을 짜내는 급박한 모습을 보이지 않는다. 대신 친모형 시어머니에게는 며느리를 오인하도록 며느리를 이간질하는 인물이 늘 곁에서 며느리와 시어머니 사이를 갈라놓는다. 〈안의 성〉에서는 봉자와 영자가, 〈홍도화〉에서는 노비 칠월, 〈두견성〉에서는 조정위가 그러한 인물이다. 아래의 인용문에서 보듯이 〈안의 성〉에는 집안의 재산을 며느리가 빼돌리려 한다는 말로 시어머니로 하여금 며느리를 경계하도록 하는 시누이 영자의 모습이 나타난다.

"어머니, 어머니 마음에는 정애가 얌전하고 유순한 줄로 아시지요? 아직 보아서는 알 수 없습니다. 아직 같애서는 공손한 듯 아주 얌전을 빼지마는 그러한 속에서 딴일이있단 말이야요. 지금은 고러한 간악에 빠져서 어머니도 다시 없이 사랑하시고, 오라바니는 죽자 사자 하지마는 조곰만 더 지내고 할 말씀이야요. 그년이 제 친정 근처에 약속한 서방이 있어, 동생동사(同生同死)를 맹세하였으나 단지 재산이 없음을 한하여 한 계교 속으로 돈 모으러 우리집으로 온 것이야요." 〈안의 성〉 84.

이는 시어머니에게 있어서 며느리가 가정의 재산권을 뺏을 위험인물이 된다는 것을 나타내는 것으로 동시에 고부갈등의 원인을 제공하기도 한다. 그러나 가정에서의 물질적 기반이 없는 계모형 시어머니는 시아버지가 경제권을 쥐고 있음과 더불어 가계 계승권자인 아들에게는 계모라는 불안과 열등감으로 자신의 가정에서의 위치를 지키기 위해 극단적인 방법으로 며느리를 모해하고 집밖으로 내쫓거나 심지어 며느리를 죽이려 한다. 그러나 〈금국화〉에서는 시아버지가 아들과 며느리의 누명을 벗겨주고, 계모와 계집중 오월을 징벌하는 데 결정적 역할한다.

이승지가 막쇠의 이야기 일절을 들은 즉 그 아들의 살아있다는 말은 희한 상쾌하나, 최씨의 간특한 계교를 생각하니 그 비밀함이 가히 사람으로 하여금 두서를 차리지 못할지라. 〈금국화〉 461.

이승지는 원래 약삭빠르고 짐작이 남만 못하지 않는 사람이라, 최씨의 거동을 보고 이 오월이 년의 얼굴빛을 보더니 무엇을 아는 것 모양으로 그 중 건강한 하인 하나를 불러 〈금국화〉 461.

이승지가 최씨를 친정으로 곧 쫓아 보내고 즉시 사과 편지 한 장을 써서 소격동 박판서집으로 보내고, 자기는 탈 것을 준비하여 막쇠를 데리고 학사를 데리러 원주로 내려왔더라. 〈금국화〉 462.

불효의 자식놈 같으니, 나는 그년이 감옥에서 나온다 할지라도 다시는 대면도 아니할 터이니…달아를 나든지 죽든지 나는 도무지 상관하지 않는다. 〈금국화〉 477.

〈치악산〉에서 며느리가 우물에 빠져 죽으려 하자 시아버지 홍참의가 "얼음구멍에서 이어(鯉魚)낚아채듯 우물에 거꾸로 박힌 사람의 두 발목을 두 손으로 번쩍 들어 우물 밖으로 끄집어내어[8] 구한다. 〈치악산〉과 〈금국화〉는 다른 작품에 비해 시아버지의 역할이 다소 부각되어 있다. 그러나 이들은 계모 시어머니가 전실소생 아들과 며느리를 모해하는 것을 미연에 방지하지는 못했다. 그러나 이들 시아버지는 후취부인에 의해 가정의 평안이 깨지자 이를 반성하고 방랑의 길을 떠나 며느리를 구출하거나 악인들을

---

8) 〈치악산〉, 전집 1권, p. 357

징벌하기도 했다.

〈치악산〉이 〈봉선화〉와 차이가 있다면 시어머니가 비참한 최후를 맞는다는 점이다. 이는 가장권이 실추된 가정의 비참한 최후를 보여주는 것이다. 또한 대부분의 계모형 시어머니와의 갈등을 그린 신소설의 작품에서의 주제가 시어머니에 의해 고난을 겪으면서도 남편에 대한 貞節을 지키는 烈 思想으로 나타나는데 비해 〈금국화〉의 경우는 계모가 전처소생 아들과 며느리를 죽이려하지만 자식으로서 도리를 지켜 부모를 공경하는 孝 思想이 부각된 작품이다. 孝는부자관계를 지탱하는 힘이자 전통사회의 근본사상이었다. 孝를 행한다는 것은 결국 가장의 막강한 권위를 인정하는 것이다. 이렇게 볼 때 신소설 작품에서 가장의 역할의 증대되는 면모를 보이는 것은 가정의 평안한 결말을 이끄는 복선의 역할을 한 것이다.

이 같은 현상은 고소설에서도 역시 나타난다. 〈潘氏傳〉, 〈金氏烈行錄〉에서도 부모에게 孝를 다하고 가장권을 공고히 세움으로써 가정의 평안을 얻는 행복한 결말을 볼 수 있다. 〈潘氏傳〉은 주인공 潘氏가 시어머니에게 孝를 다하고 가장인 자신의 남편에게 貞節을 지키며 손자인 興 역시 부모에게 孝를 다하는 모습에서 가정의 위계질서가 확고한 가운데 가장의 권위가 강력함을 알 수 있다. 가장의 권위에 도전한 차남과 삼남, 그리고 그의 부인들은 결국 비참한 최후를 맞는다. 〈金氏烈行錄〉역시 김씨부인이 자신의 어린 아들을 버리고 시아버지를 찾아 나설 만큼 부모에 대한 孝心이 지극한 것을 볼 수 있으며 시아버지를 모시고 와서 집안을 다시 세우려는 가장에 대한 존경심을 볼 수 있다. 이렇듯 가장의 권위와 그를 중심으로 한 가정의 위계질서는 소설 결말의 방향을 결정짓는다.

　시아버지의 가장으로서의 권위는 고부갈등의 해결을 화해와 용서라는 행복한 결말로 이끄느냐 아니면 악인의 비참한 최후를 만드는 권선징악형의 결말을 맺게 하느냐의 여부를 결정한다. 이것은 아직도 孝의 윤리가 강조되는 당시의 시대상을 반영한 것이다. 또한 가장인 아버지의 권위를 중심으로 질서가 유지되는 전통적인 부계중심 가족을 이상적인 가정의 모습으로 제시한 것이다. 부계중심의 가족관계에서 여성들이 가정에서 위치를 확고히 하기 위한 노력은 고부갈등으로 표출된다.

　전통적 家父長制 하에서 며느리의 가족 내의 위치는 가계 계승권자인 아들의 출산 여부에 따라 달라진다. 가계 계승권자인 장남을 생산한 여성은 가정에서의 확고한 위치를 보장받는 반면, 그렇지 못한 여성은 위치와 노후 생활에 불안감을 가진다. 전통사회에서는 가계를 계승할 아들을 출산하지 못하는 것을 七去之惡이라 하여 여인을 죄인으로 취급하였다. 이처럼 가계 계승권자인 아들의 출산 여부는 여성에게 있어서 한 집안의 안주인으로서의 위치를 확고히 하는 관건이었다.

　고부갈등 양상이 나타나는 신소설에서는 가계 계승권자를 낳지 못한 며느리와 시어머니의 갈등을 그린 것보다는 가계 계승권자인 아들의 親母가 아닌 계모형 시어머니와 며느리의 갈등을 그린 고부갈등 양상이 주로 나타난다. 계모형 시어머니는 후취로 집안에 들어왔다는 열등감과 가계 계승권자인 장남의 친어머니가 아니라는 데 불안감을 갖는다. 따라서 집안에서의 위치를 확고히 하기위해 자신을 과잉 방어하게 된다. 이러한 과잉 방어는 자신에게 위협적인 존재가 될 만한 가계 계승권자인 장남의 아내, 즉 전실 소생 며느리를 모해하여 내쫓고 자신을 보호하려는 방어기제로 왜곡되어 나타난다. 즉, 가계 계승권자인아들을 출산한 경우의 친모형 시어머니보다 가계 계승권자인 아들을 출산하지 못한 계모형 시어머니에게서 며느리에 대한 모해가 극심하게 나타난다.

고부갈등이 나타나는 신소설에서 가계 계승권자 출생여부의 유형을 구분해보면 다음과 같다. 첫째, 가계 계승권자인 아들을 출산한 친모형 시어머니의 경우(〈안의 성〉, 〈홍도화〉, 〈두견성〉), 둘째, 가계 계승권자인 아들을 출산하지 못한 계모형 시어머니 중 자신이 출산한 딸만 있는 경우(〈봉선화〉, 〈치악산〉), 셋째, 가계 계승권자인 아들을 출산하지 못한 계모 시어머니 중 자신이 가계 계승권자가 아닌 아들(차남)을 출산한 경우(〈유화 우〉), 넷째, 가계 계승권자인 아들을 출산하지 못한 계모 시어머니 중 자기 소생 자식이 없는 경우(〈금국화〉, 〈재봉춘〉)등이다.

친모형 시어머니의 경우 며느리를 媤家에서 쫓아낼 때 분명한 명분을 내세운다. 〈안의 성〉의 경우 며느리의 貞節을 의심한 시어머니는 아들에게 이혼을 강요하는 한편 며느리를 친정으로 내쫓는다. 시어머니가 분명 며느리가 외간 남자와 밤에 만나는 것을 목도했기에 며느리의 불륜을 의심할 여지가 없었다. 그러나 시어머니가 목도한 현장은 며느리가 자기 친오빠를 만나는 장면이었다.

〈홍도화〉의 경우에도 며느리 이씨 부인이 시어머니의 아끼던 물건을 '하릴없이 열쇠를 찾아 그 반닫이를 열고 보니, 대대로 지어 넣은 의복에 그 큰 그릇에 가득하였는지라, 제잡담(除雜談)하고 자기 힘껏 한아름씩 안아다가 불에다 떨어뜨리고, 나중에는 빈 반닫이만 남은 것을 간신히 끌어내어 마저 불에다 태워버렸더라.(〈홍도화〉 316.)에서 보듯이 며느리와 시어머니의 미신타파

100

문제를 둘러싼 갈등이 시어머니가 며느리를 내쫓는 결정적 명분이 되었다. 〈두견성〉에서는 며느리가 폐병에 결렸기 때문에 시어머니는 아들의 건강을 위해 며느리를 친정으로 내쫓는다.

그러나 계모형 시어머니의 경우에는 정당한 이유 없이 며느리를 媤家에서 내쫓거나 거짓으로 흉계를 꾸며서 며느리를 모함해 내쫓는다. 나아가 며느리를 다른 남자에게 팔아먹으려 하거나 죽이려는 일을 꾸미는 경우도 있다. 특히 가계 계승권자인 아들을 낳지 못한 계모 시어머니는 며느리를 모해하는 정도가심해서 媤家에서 쫓겨나 고난을 겪고 있는 며느리의 목숨까지 위협한다. 〈봉선화〉와 〈치악산〉의 경우 계모형 시어머니는 아들을 낳지 못한 열등감과 가족내에서의 위치에 대한 불안으로 며느리를 간부로 몰아 시가에서 내쫓을 흉계를 꾸민다. 계모형 시어머니 중 자기 소생 아들을 둔 〈유화우〉의 경우는 딸을 둔 경우보다 타당한 이유를 제시하면서 며느리를 내쫓는다. 즉, 며느리를 시기하는 인물인 강웅범의 이간질로 며느리를 폐병으로 오인하여 친정으로 피접함을 구실로 媤家에서 내쫓는다.

> 한씨 부인은 일변으로는 김씨 부인을 불러 세우고 이르는 말이, "에데 되었느냐? 병은 점점 더하고 차도는 일분도 없으니 병같이 무서운 것이 또다시 어데 있니?" -(중략)- 별짓을 다하여 보아도 병은 더하고 효험은 없으니, 내가 생각다 못하여 너를 광나루 정자로 피접겸 양생(養生)겸 내어보내고자 하니, 조금이라도 섭섭히 여기지 말고 나가 잘 있다가, 쉽사리 병을 나아가지고 들어올 생각을 하여라. 〈유화우〉 250.

　이렇듯이 자기 소생 아들이 있는 경우는 비록 그 아들이 가계 계
승자는 아니라 할지라도 아들이 없는 경우보다는 가족 내에서의 계
모의 위치가 안정적이다. 이러한 시어머니는 극단적인 방법을 써서
며느리를 모해하려 하는 자기 방어적인 방법을 쓰지 않았다. 그러
나 자기 소생 자식이 없는 〈금국화〉의 시어머니는 집안에서의 위치
가 매우 불안하다. 그러므로 안정적인 지위를 보장받기 위해 전실
소생조차 죽이려는 최악의 악독한 모습을 보인다. 그리고 자신이
죽은 후에라도 그 집안에 남겨질 자신의 소생이 없기 때문에 자신
이 받을 수 있는 因果應報的 벌에 대해서도 두려움이 없다.

　그러나 계모형 시어머니가 자기 소생의 딸을 둔 경우에는 전실
아들까지는 해하려 하지 않는 것을 볼 수 있다. 이것은 전실 소생
아들이 다음 세대 집안의 가장으로서 가정을 지키게 될 때 자신
의 딸 역시 그 집안에 머물러야 하고 딸이 시집을 가게 된다 해
도 친정의 가장으로서의 역할을 할 전실 아들을 의식한 결과이다.
자신이 세상을 떠난 후에라도 자기 자식이 그 집안의 사람으로
살아야 하기에 전실 소생 아들을 함부로 하였다가는 자기 소생
자식에게 해가 되는 결과를 가져오게 될 것을 의식한 행동이라
볼 수 있다. 이렇듯이 자신의 자식이 있고 없음, 그리고 자기 소
생 자식이 딸이냐 아들이냐의 문제는 시어머니의 집안에서의 안
정적인 위치 여부를 결정하는 것은 물론, 며느리에게 악행을 저지
르는 데 있어서 그 강도를 달리하는 데 크게 영향을 미친다. 〈봉
선화〉에는 계모가 자신이 낳은 딸의 안전에 대해 걱정하는 모습
이 나타난 있다.

"난옥아 이년, 너부터 이 날 이기로 뒈져라. 그래야 내가 눈을 감고 죽겠다. 나만 죽고 네가 살면 개밥에 도토리로 데굴데굴 구르다가 죽을 터이다. 내 눈이 시퍼렇게 살았어도 별별 기막힌 소조(所遭)를 다 당하는데 무슨 떳떳한 인생이라 네나 내가 기를 쓰고 살아 무엇하잔 말이냐?"〈봉선화〉134.

위에서 보듯이 계모는 계모로서의 열등감뿐 아니라 자기 己出의 자손이 자신이 죽은 후 당할 수모에 대해 걱정한다. 이러한 자기 자식에 대한 걱정이 며느리를 해하려는 고부갈등의 원인이 되기도 하지만 한편으로는 가정의 실권자가 될 아들에게는 함부로 행동하지 못하는 이유이다. 또한 유일하게 손자가 나온 〈홍도화〉의 경우는 고부갈등을 가장 쉽게 해결하는 것을 볼 수 있다. 이는 며느리가 집안의 가계 계승자인 손자를 생산하였으므로 시어머니 역시 며느리를 함부로 할 수 없기 때문이다. 실제로 다른 작품들에 비해 〈홍도화〉의 며느리는 시어머니에게 미신타파의 문제를 놓고 정면으로 대결하며 자기의 의견을 서슴없이 말하는 당당한 모습을 보인다. 그리고 고부갈등이 해결되는 방법 또한 시어머니가 스스로 며느리를 다시 받아들이는 것으로 되어있는 것을 볼 때 가계 계승권자의 생산 여부는 시어머니의 입장에서 가정에서의 안정된 위치의 보장 여부에 따라 며느리와의 갈등 정도가 달라지는 것과 더불어 며느리 입장에서도 역시 가정에서의 위치를 확고히 하는 수단이 되어 가정으로 다시 돌아올 수 있는 힘을 부여하는 방법이다.

이렇듯이 아들의 출산 여부는 가정에서 여성의 위치에 안정성을 획득하게 한다. 이는 고부갈등을 계급론적인 관점에서 해석이 가능하도록 한다. 이는 또한 부자중심적인 전통에 따라 여전히 여성은 가정에서 낮은 위치에 설 수밖에 없었던 시대적 상황을 보여준다.

개화기에 들어온 서학사상은 인간의 평등사상을 강조하였다. 또한 동학 역시 '평등사상'을 강조하면서 아내의 지위에 대한 새로운 시각을 갖게 하였다. 그것은 동학 제3대 교주인 최시형의 글을 통해 확인할 수 있다. 최시형은 부인과의 和 통해 家和를 달성 할 수 있다고 하는 가운데, '부인은 한 집의 주인'이라고 하였다.

> 부인은 한 집안의 주인이니라. 음식을 만들고 의복을 짓고 아이를 기르고 손님을 대접하고 제사를 받드는 일을 부인이 감당하니, 주부가 만일 정성 없이 음식을 갖추면 한울이 반드시 감응치 아니하는 것이요, 정성 없이 아이를 기르면 아이가 반드시 충실치 못하나니, 부인 수도는 우리 도의 근본이니라. 이제부터 부인 도통이 많이 나리라. 이것은 일남구녀를 비안 운이니, 지난 때에는 부인을 압박하였으나 지금 이 운을 당하여서는 부인 도통으로 사람 살리는 이가 많으리니, 이것은 다 어머니 포태 속에서 자라는 것과 같으니라.[9]

최시형이 부인을 '한 집안의 주인'이라고 말한 것을 부인의 主婦權이 남편의 家長權과 동등한 권력을 갖는 것으로 해석할 수는 없지만, 남편의 종속적 존재로서의 아내, 그리고 가장보다 낮은 지위를 점하는 주부의 역할을 수행하는 부인을 집안의 주인으로 강조하고 있는 그의 태도에서 '남존여비'적인 인습에 의하여 부인의 역할을 보잘것없는 일로 규정하고 있는 당시 사회의 관념과는 전혀 다른 새로운 시각을 제시하고 있음은 분명하다. 즉 그는 가족 내 남편과 부인의 지위와 역할에 있어서 그 직무가 평등적으로 평가되어야 함을 요구함과 동시에 부인은 가족의 주체가 되어야 한다고 말하고

---

9) 「해월신사법설」, 부인수도

있는 것이다. 그러므로 그는 부인이 가족 내에서 수행하는 음식지절, 침선방적, 봉제사, 접빈객하는 주부로서의 역할과 자식을 양육하는 어머니로서의 역할의 중요성을 강조했다. 즉 가족 안에서 부인이 행하는 모든 가사노동은 '한울님'이 행하는 노동으로 재해석함으로써 부인의 역할 수행을 신성한 것으로 규정하였다. 따라서 정성을 다하는 부인의 직무수행만으로도 '한울'이 감하게 된다고 하면서 '부인수도'를 동학의 근본으로 강조함을 볼 수 있다.

그러나 이것만으로 여성의 가정에서의 지위가 보장된다고는 볼 수 없다. 물론서학의 평등사상이나 동학의 여성의 역할에 대한 중요성을 강조하는 것은 여성의 가치에 대한 새로운 시각을 갖게 함은 분명하지만 실제로 사회로의 진출이 제한 된 여성들은 오직 가정 내에서만 자신의 존재를 확인할 수밖에 없었다. 또한 최시형이 신성하다고 제시한 주부의 임무는 궁극적으로 부계중심가족의전통을 이어가기 위한 것이다. 이는 집안의 안주인을 차지하기 위해 대결하는 며느리와 시어머니의 갈등을 근본적으로 해결하지 못한다. 따라서 고부간에는 가정에서의 안정적 위치를 차지하기 위한 계급론적인 갈등이 존재할 수밖에 없다.

또한 여성의 역할을 아이를 기르는 것, 음식을 만드는 것, 베를 짜는 것 등으로 기존의 여성의 역할에서 벗어나지 못하는 한계를 보인다. 이러한 일들은 기존 전통적인 가족관계에서도 이미 며느리가 해오던 일이다. 다만 이러한 일들의 중요성을 말하며 여성의 역할에 대한 긍정적인 견해를 새롭게 한 것이다. 이와 관련해 개화기 여성교육과 여성의 사회진출을 피력한 글들을 볼 수 있다. 이종일은 여성교육의 필요성을 다음과 같이 피력한 바 있다.

여성이 교육을 받으면 남성의 예속으로부터 벗어나 신체적인 해
방이 이룩되고 국가적으로는 나라에 보탬이 되어 國益이 되는 것이
므로 중요하다.10)

고 하여 여성들이 남성 사회에서 올바르게 대우를 받고 사회적으
로 진출하여 국가에 유익한 일을 전개하려면 그들 스스로가 지식
을 갖추어야 되고 覺醒, 反省하는 일대 勇斷이 뒤따라야 한다는
사실을 일깨운 것으로 보아야 할 것이다. 여성도 이제는 가정에서
만 얽매여 있으면 국가 사회 발전에 기여할 수 없다고 지적하고
있다.

〈제국신문〉에서도 여성의 적극적인 사회. 경제활동을 주장했다.
이를 위해서는 여자도 여러 학문을 두루 연구하여 능통하여야 만
이 남자와 동등하게 대접받을 수 있음을 강조했다.

각국은 그럿치 아니호야 사름마다 공부호되 녀주는 열 륙칠셰가 되
면 남주와 일테로 숭업을 경영호야 수쳔리 수만리롤 멀니 녁이지 안
코 동양에 와셔 루빅만지롤 가지고쟝스 호는쟈도 잇스며 각디방으로
돈디며 젼도호는쟈도 잇서 니르는곳 마다 그곳 션비를 쳥호야 그나라
말과 그나라 글을 비화 통달훈즉 주긔 본국 문주샹에 능통 훈줄은 말
호지 아니호여도 가히 알니로다 대한의 실지 거벽이라 호는 남주도
불과시 과문류톄와강산 풍월이오 글주의 죠빅이나 아는 녀주는 필시
기싱이로대 셔국은 무론 남녀호고 물리학 롱무학 샹곡학 화학에 무불
통지호야 남주의 일을 녀주도 다호니 대한 국견으로보면 양인은 녀인
은 귀호고 남주는 쳔호다 호겟스나 기실은 불과시 남녀간 일톄로 디
졉홈이라. 「제국신문」92호. 1899. 4. 27. 1.

10) 이종일 ,「默菴비備忘錄」…………

다른 나라에서는 여자들이 16-17세가 되면 남자와 마찬가지로 생업을 경영한다. 머나먼 동양에까지 와서 크게 장사하는 자도 있고 각 나라를 돌아다니면서 그 나라 말과 글을 배워 능통하게 하는 여자들도 있다. 더구나 물리학, 농무학, 상공학, 화학 등 여러 학문에도 뛰어나니 남자와 동등하게 대접받는 것이 당연하다. 이같이 우리나라 여자들도 여러 학문을 연구하여 다른 나라 여자들처럼 직업도 다양하게 가질 것을 다음 글을 통해 권하고 있다.

지금 미국안에 남즈와 갓치 스업샹에 쥬쟝ᄒᆞ는 부인이 홀노만하 대학교 교슈와 신문월보 쥬필이며 큰 회샤와 교회샤쟝 회댱등 각식 스업가를 통계ᄒᆞ면 삼분지일은 남즈요 삼분지이는 부인이라 그럼으로 셔양 학문에는 어늬나라이던지 부인네를 잘 교육ᄒᆞ기전에는 나라이 흥황홀슈업다ᄒᆞ는바. 「제국신문」221호. 1902. 9. 29.

미국에서는 대학교수, 신문월보, 주필, 큰 회사 사장 등에 많은 여성들이 활동하고 있음을 밝히며 여자가 남자와 동등한 사외적인 권리를 가지려면 학문에 있어 남자와 동등해야 함을 말하고 있다. 그리고 우리나라 여자가 외국 사람보다 실력이 다소 뒤지더라도 내나라 사람에게 길을 열어주어야 함을 다음 글에서 강조하고 있다.

엇던녀학교에서는 교슈를 고빙ᄒᆞ는디 외국사름은 취ᄒᆞᆯ지언뎡 니나라녀즈로셔 외국가셔 공부 도뎌한즈는 이젼국스범노릇ᄒᆞ던 사름의 딸이라ᄒᆞ야 거졀ᄒᆞᆫ다ᄒᆞ니공즈말삼에척얼먹는소식기가누루고뿔이잇슨즉쓴다ᄒᆞ엿스니 무론언으시던지그인지만취ᄒᆞᆫ거시오 그쳐디와연자를보는거슨나라위ᄒᆞᆫ는 뜻이아니라셜혹학문이부죡ᄒᆞ더릭도 니나라사름쓰는거시도리어늘 이제이젼하즈를위ᄒᆞ야 쓸사름을 놀니는거슨

그윽히 녀즈교육ㅎ는쟈를위ㅎ야한되는바이니회의활동「제국신문」228
호. 1906.7.14.

어떤 학교에서는 교사를 초빙하는데 외국 사람은 취할지언정
외국 나가 공부한 내나라 여자는 국사범 노릇하던 자의 딸이라
하여 거절하였다. 어떤 기관에서 필요로 하는 사람을 선정할 때에
는 그 사람의 처지와 신원을 보고 채용할 것이 아니라 자격을 보
고 채용하는 것이 좋다고 했다. 또 내나라 사람이 실력 면에 있어
외국 사람보다 부족하다해도 먼저 채용해 주는 것이 우리나라 여
자교육을 위해서도 바람직한 일이고, 나라 발전을 위해서도 간절
히 바라는 일이라고 했다. 이같이 여자들이 학문을 배워 사회에
진출하면 남자와 동등하게 사회생활을 할 수 있다고 다음 글을
통해서 강조하고 있다.

이젼에는 비록 남녀지별이 넘어 심ㅎ야 녀즈를 가두엇스나 지금
은 풍긔가 졈졈열녀서 이젼에 닷앗던문을 열어 텬하각국이 한집갓치
왕리ㅎ며 부인샤회가 활동되지 안는디업셔 부인들이 남즈의디신으로
사회상큰일만이 횡홀쑨더러모다학문을 비화 남즈의ㅎ는일을 거의다
ㅎㅇ고.「제국신문」226호.1906.7.12.

이전에는 男女有別이 심하여 여자들을 집안에 가두었으나 오늘
날은 천하각국이 한 집같이 왕래하니 여자들이 사회활동을 하지
않는 곳이 없으니, 여자들도 남자들 대신으로 사회의 큰일을 할
수 있을 뿐 아니라 남자가 하는 일은 모두 다 할 수 있다고 하여
여자의 능력을 높이 평가한다.

그러나 고부갈등 양상이 나타나는 신소설에는 여성의 사회진출

이 나타나 있지 않다. 이것은 유일하게 가정에서 자신의 존재를 확인할 수밖에 없는 여성들 간에 갈등을 낳는다. 이것은 개화파들이 주창하는 것과 실제사회 사이에 괴리가 있는 개화기의 시대적 특징의 일면이다. 그러므로 신소설에는 여전히 가정에서의 위치를 지키기 위한 여성들 간의 갈등인 고부갈등이 주로 나타난다. 위에서 살펴본 바의 계급론적 고부갈등의 원인과 양상은 한마디로 개화기 당대의 가족 위계에 따른 문제로서 계급적으로 우위에 놓여 있는 전처소생의 며느리와 가족 위계상 하위에 있는 계모 시어머니 간의 고부갈등과 친모 시어머니와 며느리의 고부갈등의 원인이 계급론적 이론에 의해 해명되었고, 시아버지와 장자의 가족 역학관계가 고부갈등의 한 원인임이 밝혀졌다.

V. 가족관계 및 기타인물에 의한 葛藤의 體系論的 考察

1. 체계이론과 가족계층

고부갈등을 구조 기능론적 관점에서 역할이론과 체계 접근법(syste approach)으로도 설명할 수 있다. 가족을 공동사회와 더 큰 사회내의 사회적 체계로 볼 때 구조 기능적 접근(strubctutefunc tionalappro ach)이 가능하다. 따라서 역할이론도 여기에서 파생되었다.

체계(system)란 "각 성분이 특정기간 동안 다소의 안정성을 가지고 적어도 다른 어떤 것에 연결되어 있는 정도로 다른 것과의 인과망(casualnetwork) 속에서 직접 간접으로 연결되어있는 그 하위요소와 성분의 복체합이다.[1] 이때 한 체계로 구성되어 있는 그 하위요소들의 관련성을 모형(model)이라고 볼 때, 사회체계(socialsystem)란 상호작용하고 서로의 행동에 영향을 주는 사람들과 사람들로 구성된 특이한 모형을 가진 한 체계"라 할 수 있다.

社會體系 내에 있는 여러 하위단위들은 비교적 안정된 질서유형 안에서 적어도 부분적으로 상호 관련성을 맺고 있다.[2] 이때 하나의 체계는 항상 보다 더 큰 상위체계의 부분이며 동시에 다른 하위체

---

1) Buckley, W. 「Modern systems research for the behavioral scien tist」, (Chicago : Aldine. 1967)
2) 장인협외 공역, 「인간행동과 사회환경-사회체계 접근성을 중심으로」, (집문당,1983)

계에 대해서는 그 자체가 상위체계가 되는 것으로 각각의 체계는 그 자체의 부분들을 향해서는 밖으로 동시에 두 방향으로 상호작용을 한다. 그리고 각 체계는 각각 그 나름대로의 고유한 기능을 가지고 서로 밀접한 관계 속에서 상호 작용함과 동시에 또한 서로의 간섭에서 자유로워지는 것을 전제로 하고 있다.

家族體系는 사회의 한 하위체계에 불과하다. 다른 하위체계와 함께 상호작용을 하며 동시에 가족체계 내에 여러 부분 하위체계를 가지고 이들 사이에서 상호작용이 형성되어 가족 내외적으로 체계적 관련성을 지닌다. 가족은 애정과 혈연에 의해 이루어진 집단으로서 애정에 의해 결합된 부부가 있고, 혈연에 의해 결합된 부모와 자녀가 있다. 부모와 자녀는 가족체계의 중심 하위체계로 이는 다시 父體系, 母體系, 長子體系, 次子體系 등의 부분 하위체계로 나누어진다. 이대 이 하위체계들은 가정생활에서 다양한 相互作用을 하며 상호기능을 갖는다. 시어머니와 며느리는 특히 혼인으로 형성된 인척관계이므로 서로의 선택에 의해 맺어진 부부관계나 부모 자녀관계 보다도 閉鎖的일 수 있다. 그러나 이들은 한 가정 내에서 비슷한 역할을 담당하는 동일한 性으로 밀접한 의존성을 가지는 동시에 단위 하위체계로서의 독립성을 유지하고자 하는 모순관계에 처하게 된다. 가족 내의 하위체계 간의 경계가 분명치 않고 체계간의 상호관계가 조정되어 있지 않으면 갈등이 조성되며, 이로 인한 좋지 않은 정서적 밀착이 다른 하위체계 간의 역동적 상호관계 형성을 방해하게 된다. 3) 하위체계간의 상호양식이 개방적일 때보다는 폐쇄적인 경우 하위체계간의 갈등이

---

3) Minuchin,S. Family and family therapy. (GreatBritain : Ta vistock
   Publication, 1974)

112

더욱 높다. 4) 한 하위체계가 그 자체로서의 기능을 다함과 동시에 부분체계로서 전체체계에 대한 상호기능이 원활할 때 한 체계는 그 나름대로의 독특한 유형과 구조를 지니게 된다.

한국의 전통적 시어머니상과 며느리상을 고정관념화 할 수 있다. 고부관계는 상위체계인 가족의 일부분으로 다른 하위체계와 마찬가지로 상호 작용하는 연결망을 가지고 있다. 이러한 연결망은 상위체계 및 다른 하위체계와 밀접한 관계에 달려 있다. 5) 따라서 고부갈등이 고부당사자가 친밀감의 감소에 영향을 줄뿐만 아니라 부자관계, 모자관계, 부부관계 및 孫子女 관계에까지도 광범위하게 영향을 미친다. 또한 구부갈등이 고부 양자간의 문제로 발생하기도 하지만 다른 하위체계 시누이, 同壻로 인해 발생하기도 한다.

따라서 체계이론은 가족이라는 상위체계 속에서 다양한 하위체계가 존재한다고 보고, 하위체계 내에서의 상호작용에 따라 갈등이 발생할 수 있고, 또한 각각의 체계가 서로 연결되어 있어 서로에게 영향을 미치게 되고 이로 인해 가족갈등이 발생할 가능성을 말해준다.

체계적인 관점에서 본 고부갈등은 고부갈등의 원인을 시어머니와 며느리의 관계에서 뿐만이 아니라 가족 내의 다른 하위체계(시누이, 동서관계 등)로 인해 발생할 수 있다는 견해이다. 또한 체계적인 관점에서 인간관계를 파악함은 인간이 처한 모든 환경과 그것들과의 상호작용의 영향 등을 배제할 수 없는 것이다.

---

4) Kantor,D & Lehr,W. 「Inside the family」, (San Francisco : Jossey-Bass,1976)

5) Landis,J.T., Landis,M.G. 「Personal adjustment, marriage, and family living」, (NY : Prentice Hall, 1975), pp267~278

인간은 일차적으로 가정 내에 속하여 있고 가정 안에서 다른 가족 구성원들과 끊임없이 상호작용을 하고 영향을 받는다. 그러한 가운데 가족 구성원들 간의 갈등이 생긴다. 그 갈등은 갈등을 겪는 두 사람만의 문제가 아니라 다른 가족 구성원과의 상호작용에서도 생길 수 있다. 또한 인간은 1차적인 인간관계를 맺고 있는 가정에서뿐만 아니라 이웃, 친척, 친구, 지역사회 집단 등과도 2차적인 인간관계를 맺고 있다. 이러한 가족 외의 2차적인 인간관계에서도 인간은 끊임없이 상호작용을 하며 영향을 받는다. 그러므로 가족간의 갈등은 갈등을 겪는 두 사람만의 인간관계에서 원인을 찾아야 한다. 이러한 입장에서 고부갈등의 원일을 찾을 수 있다는 것이 체계적 관점이다. 여기서는 가족 내의 인물 및 남녀노비와 가족 외인물에 의한 고부갈등의 원인과 양상을 살펴보기로 한다.

2. 가족 내의 인물

가족 내의 인물에 의해서 고부갈등이 발생하는 경우는 대부분 시누이에 의해서이다. 시누이는 며느리를 음해하고 시어머니에게 이간질함으로써 고부갈등을 심화시키는 부정적인 인물로 그려져 있다. 이러한 시누이로는 〈안의 성〉의 영자, 〈봉선화〉의 난옥(채란)6), 〈치악산〉의 남순이 있으며, 〈재봉춘〉에는 이복이종사촌 시누이 숙희가 있다. 시어머니의 보조적 역할을 하는 시누이와 며느리를 시기하는 시누이가 고부갈등의 직접적 원인을 제공한다. 시어머니의 보조적 역할을 하는 시누이로는 계모형 시어머니의 소

---

6) 이 소설 후반부부터 난옥이란 이름이 채란으로 바뀜.

생인 딸로서 전실 소생 며느리와 계모 시어머니 사이에서 시어머니의 보조적인 역할을 하는 〈봉선화〉의 난옥(채란)과 〈치악산〉의 남순이며, 고부갈등의 직접적 원인이 되는 역할을 하는 시누이는 〈안의 성〉의 영자와 〈채봉춘〉의 숙희 등이다. 이 경우는 며느리가 자신이 사모하던 남자 주인공과 결혼을 하게 되자 이를 시기하여 고부간에 이간질을 하는 것으로 되어 있다.

〈봉선화〉와 〈치악산〉에서는 계모형 시어머니 소생의 딸로서 고부갈등을 심화시키는 시누이를 볼 수 있다. 〈봉선화〉와 〈치악산〉은 구조와 내용 면에서 흡사한 작품이다. 등장하는 시누이 역시 작품에서 그 역할이 비슷하다. 〈봉선화〉의 난옥(채란)과 〈치악산〉의 남순은 계모형 시어머니의 친딸로서 계모 시어머니가 며느리를 媤家에서 쫓아내기 위해 며느리를 姦婦라는 누명을 씌워 모략할 때 이에 동조하거나 시어머니에게 이간질하여 고부갈등을 심화시키는 역할을 한다. 〈봉선화〉의 발단 부분에서 며느리가 겪는 시집살이의 모습을 시누이와 며느리 교전비 간에 봉선화 모종을 놓고 싸우는 것으로 보여준다.

난옥이가 시시로 암상을 내어 "사람들이 나를 업수이녀기더니 화초도 나를 업수이녀겨 저 모양으로 아니 자라나? 아마 심사로 뿌리를 모두 자르고 갖다 심어준 것이야." 〈봉선화〉 129.

위에서 보듯이 〈봉선화〉는 시누이에게 며느리를 모해하고 시어머니에게 이간질하도록 하는 빌미를 제공한다. 〈봉선화〉는 그러한 의미에서 며느리에게는 시련을 주는 대상이며 자신의 처량한 신세를 대변하여 주는 상징물이다. 〈봉선화〉는 종종 전통 민요에서도 여성의 한 많은 삶을 대변하는 꽃이다. 신소설〈봉선화〉에서의 〈봉선화〉는 시누이인 난옥이가 모종을 옮겨 심은 후 '화초가 자랄 줄은 모르고 노랑꽃이 피어 점점 땅속으로만 들어가7)고 있다. 이때의 봉선화의 모습은 바로 시집 온 후 몸과 마음이 상해가는 며느리의 모습을 나타내고 있다." 뿌리를 모두 자르고 갖다 심어준8) 〈봉선화〉는 媤家에서 며느리로서의 위치를 잡지 못하는 며느리의 모습이고, '사정없이 핀 꽃, 맺힌 꽃을 모조리 내리 박살을 하여 빈 가지만 덩그렇게 남기고'9)있는 〈봉선화〉는 시누이가 며느리를 모해하고 그 삶을 빼앗으려는 행동을 은유적으로 표현한 것이다. 마침내 시누이는 시어머니와 함께 며느리를 姦婦로 몰아세운다.

"야단 아니면 그까짓 것 왜 가지고 돌아다보시며 말씀하셔요? 오빠 떠난 뒤로는 웬 놈이 밤마다 건넌방에 와서 자고 나간다는데, 애 말고 무엇은 못 배웠을라고?"〈봉선화〉160. "웬 놈인지는 알 수 없어도 밤이면 건넌방 뒷담으로 넘어올 때도 있고 넘어갈 때도 있는 것을, 나도 몇 번 보고, 어머니도 여러 번 보셨는데요."〈봉선화〉160.

〈치악산〉역시 '계모가 백돌이를 미워하던 마음이 일년 삼백육십일에 날마다 달마다 해마다 모인 것이 치악산같이 쌓였을 터'10)에서 보듯이 치악산은 작품의 공간적인 배경 외에 계모 시어머니와 전실 소생 며느리 사이의 높고 큰 장벽을 나타낸다. 또한 '치악산'은 며느리가 버려져서 생명을 위협받게 되는 시련의 장소요,

---

7) 〈봉선화〉, 전집, p.129
8) 〈봉선화〉, 전집, p.129
9) 〈봉선화〉, 전집, p.130
10) 〈치악산〉, 전집, p.276

116

시련의 원인을 제공하는 고부갈등을 중의적으로 표현한 것이다. 〈봉선화〉와 〈치악산〉은 그 제목으로도 고부갈등의 심각성을 보여주듯 다른 고부갈등이 나타나는 작품들보다 며느리가 고부갈등으로 고난을 당하고 시련을 겪는 과정과 시어머니가 며느리를 모해하는 장면이 직선적으로 나타난다. 그 방법으로 인물간의 대화를 사용하는데, 이때 시어머니가 며느리를 모해하는데 있어서 대화를 하는 대상은 자신의 교전비와 자신의 딸인 시누이이다. 시누이는 이렇듯이 고부갈등이 나타나는 신소설 작품에서 고부갈등을 표면화하고 구체화시키는 역할을 한다.

> 그년이 어머니더러 어서 죽었으면 좋겠다하고, 날더러 여우되려다가 사람되었다 하며 별소리를 다 하여요 -(중략)- 언니가 검홍이를 데리고 건넌방 툇마루에 앉아서 말하는 것을 내가 뒤곁모퉁이에서 들었소. 〈치악산〉 274.

위에서 보듯이 가족 내의 인물에 의해 고부갈등이 심화되는 것을 볼 수 있다. 이러한 체계적 관점에서의 고부갈등 양상은 신소설에 새롭게 나타난다. 이처럼 인간관계의 폭이 넓어진 갈등양상은 작품에 있어서 다양한 인물의 등장을 요구한다. 따라서 다양한 인물들에 의한 사건의 복잡성을 예견한다. 그러나 작품의 결말은 시누이가 고부갈등의 보조적인 역할을 한 〈봉선화〉와 〈치악산〉은 고부갈등이 해결되는 양상에 따라 시누이의 운명이 달라진다. 〈봉선화〉는 악인인 시어머니가 죽게 되자 채란(난옥) 역시 비극적 운명을 맞는다. 이는 소설에서 시누이의 역할이 시어머니의 보조적인 역할에 지나지 않음을 보여주는 것이다.

채란이는 전동 정참의 아들에게로 시집을 갔더니 불과 몇 달이
못 되어 과부가 되었는데, 소년 과부로 어찌 수절을 하여 유유한 시
절을 보내리요마는, 개과할 듯이 있으면 가합한 자리를 듣보아 개가
를 하는 것이 아니라 하례배와 간통이 되어 승야도주를 하더니 이리
저리 넘어 다니다가 종래에는 박씨부인 사가려던 새문안 최가에게로
팔려가서 비상한 고초를 겪더라. 〈봉선화〉302.

〈치악산〉은 며느리와 시어머니가 화해하고 가정이 평안해 지는 것으
로 작품의 결말을 맺게 됨에 따라 남순이 역시 행복한 결말을 맺는다.

급히 동인 것을 풀고 이불을 떠들어 보니, 전반같이 층층 땋은
머리채가 툭 늘어지며 구름 같은 머리털이 흐트러져서 백옥 같은 귀
밑에 산란하였는데, 꽃같이 고운 얼굴과 버들같이 가는 눈썹에 샛별
같은 눈을 그림같이 감았으나, 그 선연한 태도와 경영한 체질은 세
상에 이런 일색이 있으랴 싶더라. 〈치악산〉376.

위 부분은 악인인 남순이의 외모를 아름답게 묘사한 부분이다.
신소설에서 일반적으로 善人은 住人으로 惡人을 醜人으로 그린
것으로 미루어 보아 악인인 남순이를 이러한 아름다운 모습으로
묘사한 것은 남순이가 뒤에 자신의 잘못을 뉘우치고 선인이 된다
는 것을 근거를 마련해 주는 것임을 물론 소설의 伏線에 해당한
다고 할 수 있다.

에그, 어머니 나는 죽소. 지금 생각하니 지난 일이 생각나오. 이
전에 건넌방 언니를 치악산 속에 담아다 버리고 그 보복을 알뜰히
받느라고 오늘날 이지경을 당하여 건넌방 언니 죽던 그 모양으로 치
악산에를 잡혀 와서 기어이 목매어 죽은 귀신이 되니, 죽어 저승에

118

간들 건넌방 언니를 무슨 염치로 보겠소. 〈치악산〉 383.

남순아, 네가 정말 남순이냐. 에그, 그 남순아, 네가 참말 살아왔
니. 에그, 너를 꼭 죽은 줄로 알고 저생에나 가서 만나볼까 하였더
니, 에그, 내 생전에 여기서 만날 줄을 누가 알았단 말이냐. 에그,
이판서 그 양반은 원수를 은혜로 갚으셨구나, 에그. 〈치악산〉 406.

이처럼 시누이의 운명은 고부갈등이 해결되는 양산에 따라 좌
우되는 것을 볼 수 있다. 이것은 보조적 역할을 하는 시누이는 작
품의 갈등구조에 별다른 영향을 주지 못하는 것을 보여준다. 이들
은 엄밀하게 말하면 독립된 인물이라 볼 수 없다. 자신의 자아와
의지가 상실된 인물이다. 그러나 고부갈등을 시어머니와 며느리
외에 다른 인물과의 인간관계로 인한 것으로 나타나는 것은 보다
폭넓은 인물형의 제시와 갈등의 단순성의 탈피가 시도된 것이다.
시어머니의 보조적 역할을 하는 시누이가 아닌 고부갈등의 주요
한 역할을 하는 시누이도 있다. 이러한 경우는 더욱 새로운 인물
형에 의한 갈등양상의 단순성을 탈피한 경우이다. 며느리를 시기
하는 시누이가 그러한 인물이나.

〈안의 성〉에서는 시누이인 영자가 자신의 친구인 봉자의 꾐에
빠져 며느리를 시어머니에게 이간질하고 姦婦로 몰아 媤家에서
내쫓는 결정적인 역할을 한다. 봉자는 김 상현을 짝사랑하는 인물
로 김상현의 아내가 되기를 기대하며 김상현의 어머니와 누이인
영자와 친근하게 지낸다. 그러나 김 상현이 백정애아 자유결혼을
하게 되자 이를 시기하여 정애를 몰아내고 자신이 감상현의 부인
이 되기를 원한다. 봉자는 박정애를 몰아내가 위해 자신의 친구이
자 박정애의 시누이인 영자를 꾀어 박 정애를 모함한다.

V. 가족관계 및 기타인물에 의한 葛藤의 體系論的 考察　119

영자는 무슨 심장으로 그리하는지 정애가 시집온 지 한달이 채 못 가서 경애를 仇讐(구수)같이 미워하며, 그 모친에게 여러 가지로 모함을 한다. 자래로 고부간에 이간을 붙이고 가정에 불화를 일으키는 자는 간사한 시누이 까닭이라. 〈안의 성〉 83. 영자가 제반 妖惡(요악)한 말을 모두 하니 그 노모는 가뜩이나 그 며느리 미워하는 마음에 그 말이 그럴 듯이 들려서. 〈안의 성〉 101.

영자는 봉자의 꾐에 빠져 박정애를 시어머니에게 이간질함으로써 고부갈등을 야기하는 역할을 한다. 가족 내의 인물에 의해 고부갈등이 야기되는 체계적 관점의 고부갈등이다. 〈안의 성〉에는 시어머니의 보조적 역할을 하는 시누이게 비해 역할이 증가된 시누이의 모습을 볼 수 있다.

〈재봉춘〉에서는 이참서의 이복이종사촌 누이인 숙희가 고부갈등을 심화시키는 시누이의 역할을 한다.

이판서가 중년상처를 한 후에 숙희의 이모, 즉 시방 부인 조씨가 청상과부로 공방을 홀로 지킨다는 말을 듣고 매파를 부리어 후취강가를 드니까 이참서와 숙희는 이종간이 되므로, 이참서 장성한 후에 친족 혼인은 천륜에 어그러진 일이오, 또 친족 혼인을 인하여 생긴 자식은 신체가 나약하고 질병이 많음을 깨닫고, 숙희의 부친 김참판과 상의하고 어려서 정한 혼약을 차의 하고 각각 다른 데로 배필을 구하기로 작성했다. 〈재봉춘〉 16.

이로 인해 숙희는 이 참서와의 혼인길이 막히자 이참서의 처 허씨 부인을 미워해 시어머니와 모의해 허씨 부인을 姦婦로 몰아 媤家에서 내쫓을 모략을 꾸민다.

이렇게 볼 때, 시누이가 등장하는 네 개의 작품 〈안의 성〉, 〈봉선화〉, 〈치악산〉, 〈재봉춘〉중에서 전술하였듯이 〈봉선화〉와 〈치악산〉은 며느리가 시집에서 쫓겨나게 되는 계기와 고난을 겪는 과정이 비슷하다면, 〈안의 성〉과 사랑하고 그의 부인이 되기 위해 시누이인 영자를 꾀어 김상현의 부인 박정애를 내쫓는다. 박정애가 자신의 신분을 속이고 결혼한 이유로 자신의 친오빠를 몰래 만나자 그것을 姦夫와 密會하는 것으로 모략하여 며느리를 집밖으로 내쫓는다. 〈재봉춘〉에서는 숙희가 〈안의 성〉에서의 봉자의 역할을 모두 하는 인물이다 숙희는 이균영과 결혼하기를 바라는 봉자의 역할과 자신의 이모가 이균영의 아버지와 결혼을 하게 되어 이종사촌간이 된 누이의 역할을 동시에 가졌다. 숙희가 허씨 부인을 媤家에서 내쫓기 위해 자신의 이모인 조씨에게 허씨 부인을 모략하는 방법 역시 흡사하다. 허씨 부인이 백정의 딸이라는 신분을 속이고 시집을 온 이유로 친아버지를 몰래 만나자 그것을 간부와 내통하는 것으로 모략한다. 〈안의 성〉과 〈재봉춘〉은 시누이가 며느리를 시기하여 시어머니와 며느리의 갈등을 일으키도록 하는 주동적인 역할을 한다.

이때문에 시어머니와는 상관없이 자신들의 운명을 스스로 개척해 나가는 모습을 볼 수 있다. 〈안의 성〉의 영자와 봉자는 정애의 금반지를 훔쳐서 정애에게 억울한 누명을 씌운 것이 발각되자 경주 감옥소에서 옥고를 치른 후 자신들의 인생에 대해 새로운 가치관을 세운다.

이애, 우리가 무슨 면목으로 서울을 가겠느냐? 모진 목숨이 죽을 수는 없고, 남의 신세를 장구히 지잔 말도 못하고 어찌할 수 없는

지경인즉, 우리 자격이 이것을 능히 당할 터이니, 이게나 공부하여
가지고 몇 해든지 세상에 있을 동안에 남에게 자신이나 하여 이왕
죄악을 벗어보자. 〈안의 성〉 153.

이렇듯이 지난날의 자신의 죄를 회개한 영좌와 봉자는 실로 전
일의 영좌와 봉자가 아니오, 지금은 어질고 착한 영희, 봉자가 되
어11) 간호부로 병원에 취직한다. 그러던 중 김상현이 위험에 처
하게 되자 그를 구하는 恩人이 되기도 한다. 이 일로 말미암아 가
족은 다시 상봉하고 영자와 봉자는 좋은 배필을 만나는 행복한
결말을 맞이한다.

　座中(좌중)의 여러 사람의 권고로 봉자를 김상현의 副室(부실)로
정하고, 영자는 현경시의 부실로 미탁하여 당석에서 相遇禮(상우례)
까지 거행 하였더라. 〈안의 성〉 159.

개관천선한 봉자와 영자는 첩이 된다. 이 같은 결말은 당대 축
첩반대의 시대풍조와는 이반된 현상이다. 왜 작자는 이들을 첩으
로 만들었을까. 더욱 영자와 봉자는 양가집 규수요 신여성에 속한
다. 이 같은 전통적 혼인관에 비춰 보더라도 납득하기 어렵다. 축
첩이 나타나는 다른 고부갈등의 신소설에는 〈치악산〉이 있다. 〈치
악산〉에서 홍참의가 후취부인인 김씨 부인이 살아있음에도 송도
집을 첩실로 맞아들이자 김씨 부인은 이를 시기하여 송도집을 며
느리와 같은 방법으로 인신매매를 하려 한다. 이러한 계략이 빗나
가 송도집 대신 자신의 딸 남순이가 납치되는 사건이 벌어지고

---

11) 〈안의 성〉, 전집, p.153

122

이를 계기로 남순이가 회개하고 가족이 상봉하게 된다. 이처럼 송도집은 작품에서 시어머니와 시누이가 인과응보의 죄를 받게 만드는 역할을 하는 인물인 반면 〈안의 성〉에서의 영자와 봉자를 副室이 되도록 설정한 의미를 되새겨 볼 필요가 있다. 이는 아직도 당시 사회에서 여성의 정절은 여성의 가정과 사회적 위치를 좌우하는 중요한 것임을 나타낸다고 할 수 있다.

방탕한 생활로 정절을 잃은 영좌와 봉자는 지난날의 잘못을 회개하였더라도 그 자격이 正室 부인이 되지 못한다는 것을 알 수 있다. 이렇듯 며느리에게 고부갈등의 원인을 제공하기도 한 여성의 貞節을 지키지 못한 여인은 가정에서 위치를 박탈당하며 사회적으로도 보호받지 못하는 여성이 된다. 그러하기에는 며느리를 집밖으로 내쫓기 위한 명분은 며느리가 貞節을 지키지 못하는 것이었으며, 이러한 여성의 貞節은 집안에서 같은 世代의 여성인 시누이와 며느리의 대결의 중심축이 된 사상이었다. 자유결혼, 과부개가허용의 새로운 결혼관이 대두된 개화기에도 貞節은 여성의 위치를 결정짓는 중요한 더목이었음을 알 수 있다.

그러나 개화기 초기소설에 나타난 시누이에 의한 고부갈등 양상이 고소설의 극복을 보여주는 것은 소설에 시누이라는 새로운 인물이 등장하는 체계적 관점의 고부갈등 양상이 나타나는 것이다. 한 가지 중요한 것은 夫婦愛 중심 결혼관이다. 〈안의 성〉의 봉자와 〈채봉춘〉의 숙희가 시어머니의 강력한 지지에 힘입어 며느리를 몰아내고 남자주인공의 아내가 되려하지만 작품의 결말은 며느리가 아내의 자리를 지키는 것으로 끝을 맺는다. 이것은 어머니 정해주는 혼인보다 부부간의 사랑이 중요하다는 것을 증명하는 것이다. 시누이의 등장은 새로운 인물형의 창조와 더불어 새로

운 결혼관을 피력하는 역할을 한다. 이것은 신소설이 고소설보다
발전된 인물형과 갈등구조를 보여주는 예가 된다.

3. 男女奴婢

신소설에는 노비에 의해 고부갈등이 해결되기도 하고 심화되기
도 한다. 고부갈등이 가족 내의 인물에서 보다 확대된 인간관계로
인해 기인함을 나타낸다. 이처럼 다양한 인간관계의 역동성으로
인해 고부갈등이 발생함을 설명하는 것이 체계적 관점이다.

노비는 수많은 고소설에 등장하고 있지만 주인공으로 등장하는
경우는 찾아 볼 수 없고 주인공인 상전과의 종속관계 속에 등장
한다. 또한 많은 신소설에서도 동일한 양상으로 나타난다. 고소설
은 대부분 귀족사회의 초현실적인 이상주의를 맹목적으로 추구한
탓으로 귀족차체의 인물등장이 필연적12)이었다는 것을 염두에 둘
때 고소설의 경우는 당연한 결과라고 할 수 있다. 계급타파, 봉건
주의 폐습 철폐, 신분제 타파, 인간 평등, 성 평등, 미신타파, 신
교육을 주창하는 신소설에서도 여전히 주인공 계층은 양반계급에
한정되었다. 이것은 아직도 신소설이 인물 형상화 면에서 고소설
의 영향을 크게 벗어나지 못했음을 말해 주는 것이다.

고소설과 신소설에서 노비는 상전과의 관계 속에서 다양한 작
중 역할을 수행하고 있다. 애정의 결연자로서 등장하는 경우, 애
정의 상대자로 등장하는 경우, 주동인물 사이의 갈등을 극화시키
거나 해결하는 경우, 양반사회의 가식과 허위를 풍자하고 폭로하

---

12) 김장동 「고전소설의 이론」, (태학사. 1989), pp.25-26

는 경우 등 다양한 사건 속에서 상전과 대결하기도 하고 그들에게 순종하기도 한다.13) 또한 각 소설에 등장하는 노비들은 상전을 대하는 태도에 있어 단역이라는 비중에 비해 독특한 성격을 가지고 등장하고 있다. 고소설에서는 사건이 인물의 성격보다 우위에 있었다고 할 수 있다. 가령 '흥부'와 '놀부'가 어떠한 성격의 인물인가가 중요한 것이 아니라 선인과 악인이 어떻게 인과응보를 받게 되는가 하는 스토리의 전개가 더 중시14)되었다.

주인공을 선인형과 악인형으로 분류할 때 노비 역시 善婢와 惡婢로 나눠진다. 착한 주인을 만나면 선비가 되고 각안한 상전을 만나면 저절로 악비가 되는 한마디로 "그림자 인간"(shadow person)으로서의 성격이 짙다.15) 신소설에서도 그러한 양상이 그대로 나타나는데 고부갈등 신소설에서 善人인 며느리가 부리는 노비는 善人으로서 며느리가 위기에 처할 때 자신이 상전을 구하기 위해 자신의 목숨도 아끼지 않는 충직한 노비이다. 상전과의 의리를 어떠한 역경 속에서도 끝까지 지켜낸다. 그러나 惡人인 시어머니를 받는데 노비는 惡人으로 그려지는데, 며느리를 음해하고 곤경에 빠뜨리는데 기여한다.

그러나 고소설에 비해 신소설에 나타나는 노비의 성격 특성을 다소 다른 모습을 보인다. 고소설에서는 인물의 성격묘사가 직접적으로 이루어지는 경우는 드물고 주로 간접적으로 사건이나 행위를 통해 암시되는 경우가 대부분이다. 특히 노비는 부차적 인물로서 작중에서 전편에 고루 등장하는 경우가 아니므로 그들이 성

---

13) 金鍾沼 "고소설에 나타난 노비의 성격 연구," (건국대, 석사논문), p.1
14) 오영석, 「한국고전소설연구」, (문조사, 1986), p.27
15) 조남현, 「한국소설과 갈등」, (문학과 비평사, 1990), p.89

V. 가족관계 및 기타인물에 의한 葛藤의 體系論的 考察　125

격이 직접적으로 표면화되는 경우는 없다. 16)이에 비해 신소설에
나타나는 노비는 善人인 노비의 경우 그들의 외모까지도 佳人으
로 묘사되어, 惡人인 경우는 그 외모도 역시 醜男, 醜女로 묘사되
어 그들이 성품을 작가가 직접적으로 드러낸다.

이러한 현상은 신소설의 고부갈등으로 인한 사건전개에 노비가
차지하는 비중이 커졌기 때문이다. 고소설에서 노비의 행동은 주
인과의 관계 속에서 파악되고, 주인은 작품 속에서 주동인물로 등
장하고, 노비는 그의 딸린 부수적 인물로 설정17)되는 반면 고부
갈등 신소설에서의 노비는 부수적인 역할에 그치지 않는다. 고부
갈등 신소설에서의 노비는 주인의 특성에 따라 선인형 노비와 악
인형노비로 兩分되는 고소설의 인물 설정은 그대로 답습했다. 그
러나 그는 주인과는 별개로 자신의 의지에 따라 행동한다. 또한
그의 행동은 사건전개에 큰 영향을 미친다.

선인형 노비는 자신의 상전가 헤어지게 되는 역경을 맞게 된다.
또한 위기상황을 적절히 극복하고 주인을 구하게 되는 구출자의 역
할을 한다. 이렇듯 자신이 주도적으로 사건을 해결하는 모습을 보
인다. 악인형 노비는 자신이 짜낸 계략으로 상전을 부추기고 상전
의 마음을 움직인다. 즉 자신의 뜻에 따라 상전을 심리적으로 조종
하는 역할도 한다. 며느리가 시어머니 때문에 겪게 되는 고난의 근
원은 결국 시어머니의 노비로부터 나온 계략과 음모이다. 이렇게
노비의 음모와 계략으로 고부갈등은 시작되고 이것이 소설전개의
핵심사건이 된다. 신소설에서 노비의 역할은 고소설과는 달리 사건
전개에서 중요하게 부각된다. 신소설에서 노비의 역할은 고소설과

---

16) 김종군, 앞의 논문, p.18
17) 김종군, 위의 논문, p.19

는 달리 사건 전개에서 중요하게 부각된다. 노비의 역할증대는 신소설의 특징 중의 하나다. 또한 고부갈등 양상이 전 시대와는 다른 다양한 인간관계를 포함하는 계급론적 관점으로 신소설에 나타난다. 그러나 사건이란 것 역시 주인들 간의 갈등에 의한 것이라는 한계를 지닌다. 이 역시 신소설의 문학적인 특징이다. 노비에 의한 고부갈등 양상을 작품을 통해 구체적으로 살펴보기로 하겠다.

남자노비는 여자노비에 비해 고부갈등이 나타나는 신소설에서 그 역할이 크지 않다. 이것은 고부갈등 신소설이 며느리와 시어머니의 갈등이 주 내용으로 되어 있다는 점과 상관성이 있어 보인다. 남노비가 섬기는 상전은 남자이므로 며느리의 시아버지 혹은 며느리의 남편을 상전으로 모시고 있다. 남자인 시아버지 혹은 남편은 위에서 제시하였듯이 가정에서의 역할이 작다. 그러므로 고부갈등과 그 해결에 있어서 역할이 작다. 상전인 시아버지나 남편이 소설에서 차지하는 역할이 작은 바 남노비 역시 여노비에 비해 고부갈등 소설에서의 역할이 그만큼 작다.

그러나 남노비의 역할에 따라 고부갈등 양상이 심화되기도 하고 혹은 해결의 실마리를 찾게 되는 경우가 잇다. 선인형 남자노비의 등장으로 며느리의 오해가 풀리고 사건이 전말이 밝혀져 고부갈등이 해결되기도 하며, 악인형 남자노비에 의해 며느리는 고난을 겪고 생명의 위협을 받기도 한다. 그러므로 여자노비에 비해 작품에서의 역할은 작지만 역할을 간과할 수 없다. 남자노비의 등장과 그의 역할은 작품의 갈등구조와 새로운 인물형 제시뿐만 아니라 개화기의 사회상을 보여주기도 한다. 남자노비를 선인형과 악인형으로 나누어 구체적으로 분석함으로써 밝히기로 한다.

선인형 남자노비는 선인으로 그려지는 며느리가 시어머니의 모략으로 인해 위기에 처하게 될 때 며느리를 구한다. 혹은 며느리의 남편이 계모의 謀害로 위기에 처하게 될 때 그들을 위기에서 구하는 충직한 노비이다. 고부갈등 신소설에서는 〈유화우〉의 만성, 〈홍도화〉의 용남, 〈금국화〉의 막쇠가 그들이다.

〈유화우〉의 만성은 가장 그 비중이 적다. 작품 중간에 단 한번 거론되고 그 후에 다시는 나타나지 않는다. 그러나 그는 며느리가 누명을 벗는데 중요한 단서를 제공하는 인물이다. 그가 남기고 간 편지는 작품에서 사건 결말을 자세히 해석하는 기능을 한다. 〈유화우〉에서 만성의 등장은 사건의 전환을 가져오지만 만성에 대한 이야기는 소설 전체에서 단지 7줄을 차지할 뿐이다. 그의 등장이 매우 갑작스럽고 우연적이라는 한계가 있다

> 춘섬의 서방 만성이는 비록 천한 사람이나 결기가 많고 의리도 좀 아는지라, 제 계집이 간특하고 행실이 부정한 중, 강웅범과 친밀히 결연함을 미워할 분 아니라, 저 댁 아씨 애매히 쫓기어가 죽은 줄로 분탄히 여기어 술잔이나 먹으면 게걸거리더니, 최국장 나옴을 기다려 장서 한 장을 자세히 써서 최국장 거처하는 옆 벽에 걸고 부지거처로 삭도없이 도망을 하였더라. 〈유화우〉 261.

그러나 위에서 보듯이 만성은 선인의 며느리 편에 서서 고부갈등의 실마리를 푸는 결정적인 역할을 한다. 고부갈등 신소설이 대개 남편이 가정을 떠나 있는 데에 비해 〈홍도화〉와 〈금국화〉는 남편이 가정 안에 기거하며 며느리와 시어머니의 갈등에 개입한다. 그러므로 자연히 그를 받드는 남자노비도 자연스럽게 역할을 맡게 된다.

〈홍도화〉는 고부갈등 외에 전처자식과 계모의 갈등을 다룬 작품이다. 이씨부인이 시어머니와 미신타파의 문제로 고부갈등을 겪

고 그 결과 친정으로 쫓겨 간다. 그 후 친정에서도 역시 이씨 부인이 출가한 후 친정아버지가 맞은 후취 시동집과 갈등을 겪는다. 용남은 이직각을 충심으로 떠받드는 충직한 노비이다. 이씨 부인이 억울한 누명을 쓰고 친정에서 계모 시동집에 의해 쫓겨 가게 된 연유를 밝혀 사건의 전환을 일으킨다. 이로써 이씨 부인은 누명을 벗고 시댁으로 들어와 행복하게 살게 되고 며느리를 음해하려 했던 악인들을 벌을 받는다. 용남은 이러한 결말을 짓게 하는 결정적인 역할을 하는 인물이다.

> 용남은 나 어린놈으로 소견이 바로 들어서 심 과장의 비밀한 편지를 이씨 부인께 날마다 가지고 다니면서도 제 어미 귀에도 이야기 한 번 한 적이 없더니, 급기 이씨 부인이 그 모양으로 누명을 쓰고 나간 뒤로 어디까지든지 변명하여드릴 정성이 나서 제부모와 누이더러 자초형편을 지성껏 물으니, 그 날 제 누이를 김 참서가 잡아가는 양을 보고 몸이 아픈 중에도 슬슬 뒤를 따라왔다가 제 누이가 말 아니하고 어름어름 발라넘기려 하는 것을 보고 분심이 撐中(탱중)하여 섬돌 앞으로 썩 나서며 제 누이를 흘겨보고, "왜 말을 발 여쭙지를 아니하고 이리하오? 먼저 알으시고 물으시는데, 아무리 저리면 될 줄 알고!" 〈홍도화〉 365.

용남은 이 직각 집 아이종 용례의 오라비다. 심 과장 집에 와 상노로 있기는 하나 잔뼈 자라기는 이 직각 집을 정말 제 상전으로 아는고로18) 용남은 그 집 며느리의 억울한 누명을 벗겨 줌으로써 고부갈등을 해결하는 역할을 한다.

〈금국화〉의 막쇠는 계모 시어머니 최씨의 악인형 노비 금년이

---

18) 〈홍도화〉, 전집, p.321

서방이이다. 그러나 그는 자신의 상전을 위해 자신의 목숨도 희생할 각오를 한다. 자신의 상전과의 의리를 위해 자신의 아내 금년을 죽이는 과감한 선택을 한다. 또한 상전인 이해묵이 계모의 음해로 위기에 처할 때마다 그를 구해준다. 이처럼 〈금국화〉에서 남자노비의 활약이 두드러지게 나타나는 이유는 〈금국화〉가 고부갈등 모티브를 가진 작품이기는 하지만 계모에 의해 고난을 당하는 인물이 며느리라기보다는 전처소생 아들인 이해묵이기 때문이다. 막쇠는 자신의 주인인 이해묵과의 의리를 지키기 위해 계모의 편에서 이해묵을 해치려는 자신의 아내 금년을 죽인다.

> 막쇠가 금년을 죽여 놓고 그 송장을 돌아보니, 오히려 측은한 생각이 나서 남 안들릴만치 혼자 사설의 말이라. "내가 너를 죽이기는 하였다마는, 몇 해를 살을 같이 대고 자던 내외라. 서방 되어서 기집 죽이는 것이 그른 줄은 아나, 네 所爲(소위)가 죽을 죄를 범하였으니 죽이지 아니할 수는 없다."〈금국화〉 436.

막쇠는 자신의 아내를 죽인 후 집을 나가 도망하는 몸이 된다. 그 휘에도 이학사가 죽을 고비를 당할 때마다 이 학사를 구해 준다. 또한 막쇠는 결정적으로 모든 사건의 진상을 밝힘으로써 작품의 결말을 완성한다.

> 심문의 결과 막쇠의 입으로부터 이승지 부자의 내력이며 최씨의 범죄한 사실과, 또는 제가 살인죄를 지었음을 하나도 빼놓지 아니하고 자세히 자백하므로 이승지의 부자는 방면이 되는 동시에, 최씨와 막쇠 이하 오월이는 법률상 피치 못할 죄인으로 오늘날 감옥의 살림을 함이러라. 〈금국화〉 476.

위에서 보듯이 선인형 남자노비는 고부갈등이 나타나는 작품에서 며느리와 시어머니의 갈들에 직접 관여하지 않는다. 그러나 결절적인 순간에 며느리의 편에 서서 사건의 진상을 밝혀 소설을 선인인 며느리의 승리로 이끈다. 개화기 소설에서 선인형 남자노비는 사건을 주도적으로 해결 해나가는 강한 모습을 보인다. 남자주인공인 남편과 시어머니가 사건에서의 역할이 작고 나약한 모습을 보이는 데 비해 남자노비는 강인하고 자신의 주관과 세계관이 뚜렷한 인물로 실생활에는 아직도 주, 종관계의 私奴婢가 상당수 존재하였다. 이는 신소설의 상당수가 노비가 등장하는 것으로도 알 수 있다. 신소설의 노비들은 작품에서 주인공이 되지 못하고 주인공의 노비로 등장하지만 나약한 남자 주인공을 도와 주인공이 해결하지 못하는 사건을 풀어나가는 역할을 한다. 이러한 노비 의식의 성장은 신분의 열세를 극복하고 상승하려는 시대적인 요구이다. 또한 작품에서의 역할의 증대는 후기 소설에서 더욱 다양한 인물형의 등장을 예견하는 것이다. 또한 다양한 인물들로 인한 관계와 그들의 역할 증대로 인한 고부갈등은 체계적인 관점의 새로운 시각으로 고부갈등을 해석하여야 함을 나타나고 있음을 말해주는 것이다.

선인형 남자노비는 고부갈등을 해결하는 인물이다. 그들은 고부갈등 해결에 있어서 며느리와 직접 접촉은 하지 않는다. 〈유화우〉의 만성은 '최국장 나옴을 기다려 장서 한 장을 자세히 써서 최국장이 거처하는 옆벽에 걸고 부지거처로 삭도 없이 도망'19)한 것에서 보듯이 며느리가 쫓겨난 경위를 밝히고 도망한다. 그는 媤家에서 겪는 며느리의 수난을 먼발치에서 보고 그것을 전할 뿐, 며

---

19) 〈유화우〉, 전집, p.261

느리와 시어머니 사이에서 어떠한 행동도 하지 않았다. 〈홍도화〉
의 용남 역시 이씨 부인이 계모에 의해 친정에서 쫓겨 간 연유를
밝히지만 둘 사이에서 아무런 행동도 하지 않았다. 〈금국화〉의 막
쇠는 계모의 흉계로부터 전처소생 아들을 구하는 중요한 역할을
한다. 이는 고부갈등 해결의 실마리가 된다. 그러나 며느리와 시
어머니 사이에서는 직접적인 행동을 하지 않는다.

이렇듯이 선인형 남자노비의 등장은 고부갈등에 있어서 며느리
와 시어머니와의 확대된 인간관계를 볼 수 있다. 그러나 선인형
남자노비는 며느리와 시어머니 관계에 끼어들지 못한다. 선인형
남자노비는 그의 등장 자체가 새로운 인물로 인해 계급론적 고부
갈등 일 뿐, 그로 인해 다른 인간관계에 영향을 주지 못한다. 그
러나 악인형 남자노비는 그의 등장으로 고부갈등 구조에 새로운
인간관계에 역동성을 부여한다. 악인형 남자노비는 선인형 남자노
비가 고부갈등에 직접 관여하지 않는 것과 달리 시어머니의 편에
서서 며느리를 모해하는 데 관여 한다. 악인형 남자노비는 〈봉선
화〉의 구두쇠, 〈치악산〉의 옥단의 남편 고두쇠, 〈홍화도〉의 칠월
이의 남편 옥돌 등이다. 그들은 며느리와 부정적인 인간관계를 맺
음은 물론 며느리의 교전비와도 부정적인 관계에 놓인다.

〈봉선화〉의 구두쇠는 "홀아비로 여 승지 집에서 구종 노릇을 하
며 은례에게 婢夫도리 마음이 간절하여 몇 번 말을 통해 보아도
은례가 저사하고 청종치 아니하니, 마음에 항상 앙앙하여 모주 먹
은 돼지 벼르듯 하던"[20] 인물이다. 구두쇠는 시어머니 편에 선
인물로서 며느리 교전비 은례와는 부정적인 인간관계를 맺는다.
그러나 은례에게 異性的인 호감을 갖는다. 그러나 상전들의 관계

---

20) 〈봉선화〉, 전집, p.166

132

로 둘은 부정적인 관계를 맺을 수밖에 없게 되자 구두쇠는 은례를 적대시한다. 이러한 인간관계에서 구두쇠는 공고히 시어머니의 편에 선다. 그리고 시어머니의 명에 따라 자신이 주도적으로 며느리를 인신매매한다. 이러한 과정에서 구두쇠는 더욱 확대된 인간관계를 맺는다. 며느리가 인신매매를 당한 후 며느리를 구하려는 차두형, 갈춘영과 부정적인 인간관계를 맺는다. 그리고 이들 인간관계의 역동성은 더욱 고부갈등을 심화시킨다.

며느리와 은례, 차두형, 갈춘영 그리고 은례의 양아버지인 노좌수로 인해 구두쇠는 위기에 처한다. 구두쇠는 이러한 인간관계를 통해 더욱 포악해지고 며느리에 대한 반감이 커진다. 그러나 구두쇠를 이용하던 시어머니마저 자신의 이익을 위해 구두쇠를 배신하려 한다. 구두쇠 역시 자신의 안전을 지키기 위해 시어머니 편에 서서 거짓을 발설하기도 하고 며느리의 측근 앞에서는 자신의 죄를 고하기도 하는 이중적 모습을 보인다. 이러한 상황은 구두쇠를 더욱 고부갈등을 심화시키는 역할을 하게 만든다. 며느리의 측근들과 시어머니의 사이에서 맺어진 모든 인간관계가 구두쇠에게 부정적으로 작용하자 그는 더욱 악랄해진다. 인간관계에서 희생양이 된 구두쇠의 분노는 며느리를 해하려는 것으로 나타나고 고부갈등은 심화된다.

〈치악산〉과 〈홍도화〉의 악인형 남자노비는 악인형 여자노비 즉 시어머니가 부리는 여자노비의 남편이다. 악인형 여자 노비가 등장하는 고부갈등 신소설은 〈봉선화〉, 〈치악산〉, 〈유화우〉, 〈홍도화〉, 〈금국화〉, 〈재봉춘〉등이 있는데, 이중〈봉선화〉의 추월이와 〈재봉춘〉의 칠녀는 처녀이고 〈유화우〉에서 춘섬이의 남편 만성이와 〈금국화〉의 용례의 남편인 막쇠는 악인 여자노비의 남편임에도 선인 남자노비로 설정되어 있다. 이에서 볼 때 악인 여자노비의 남편임에도 선인 남자노비로 설정되어 있다. 이에서 볼 때 악인 여자노비의 남편인 악인 남자노비는 고부갈등으로 인한 사건에서 시어머니의 편에 선다. 그는 며느리를 곤경에 빠트려 음해하는 결국은 신소설의 권선징악형 결말구조에 따라 비참한 최후를 맞는다. 그러한 인물로는 〈치악산〉의 고두쇠와 〈홍도화〉의 옥돌 등이 있다.

〈치악산〉의 고두쇠는 〈봉선화〉의 구두쇠와 이름도 비슷할 뿐 아니라 그성격 또한 매우 비슷하다. 고두쇠는 본래 검홍이를 좋아했지만 그녀가 냉대하자 앙심을 품고 해치려 한다. 마침내 고두쇠는 시어머니의 편에 서서 며느리를 姦婦로 몰아세우는 흉계를 꾸미고 그것을 실해하는데 결정적인 역할을 한다.

> 고두쇠가 가장 무슨 장한 일이나 있는 체하고 호들갑을 부린다.
> "오늘밤에 소인 아니더면 댁에서 도적을 맞을 번하였습니다. 아까 웬 도적놈이 담을 뛰어 넘어가다가 소인에게 쫓게 달아났습니다. 소인이 오늘밤에는 잠자지 말고 밤새도록 순경을 돌겠읍니다." 〈치악산〉 307.

고두쇠가 며느리를 흠모하던 최가와 짜고 며느리의 방으로 姦夫가 드나는 것처럼 꾸미는 장면이다. 이로써 며느리는 시댁에서 쫓겨나고 시댁에서 쫓겨난 며느리를 인신매매 하도록 주선하기도 한다. 그러나 고두쇠가 〈봉선화〉의 구두쇠와 다소 다른 면이 있다. 구두쇠는 자신의 주인인 시어머니와 며느리의 측근 사이에서 기회주의적인 모습을 보이지만 고두쇠는 자신을 부리던 시어머니를 위해 모든 죄를 뒤집어쓴다. 그는 시어머니를 괴롭히던 며느리의 원귀로 행세하던 장사패와 맞서 싸움으로써 시어머니에게 충직한 모습을 보인다.

그러나 악인인 시어머니에게 충성을 한 고두쇠는 악인 시어머니의 비참한 최후와 더불어 비참한 최후를 맞는다.

고뒤쇠는 들 가운데에 엎드려졌는데, 덜미에 멍이 시퍼렇게 들고 피를 퍽퍽 토하고 죽었더라. 시골 구석의 무식한 사람들이 귀신을 어찌 몹시 믿던지, 고두쇠란 놈은 홍참의 며느리 죽은 귀신에게 죽은 줄로만 알고 온 동네가 수군거리나, 고두쇠 죽기는 귀신에게 죽은 것이 아니라 장사패의 손에 맞아 죽었는데, 그날 밤에 단구 역말 앞들에서 울던 것은 검홍이요, 정월 초 하룻날 밤부터 홍참의 집에서 도깨비 장난같이 하던 것은 장사패이다. 〈치악산〉 342.

비참한 최후를 맞기는 〈봉선화〉의 구두쇠도 마찬가지이다. 구두쇠는 며느리를 인신매매하도록 명을 내린 시어머니가 비참한 최후를 맞자 자살한다.

이때에 구두쇠는 옥 속에 여러 날 갇히어 구멍밥을 먹으며 시은 죄를 곰곰 생각한즉 백 번 죽어도 호소할 곳이 없는지라ー마루 한편 구석에서 당성냥 한 개를 떨어져 있는지라. 반가이 집어 벽에다 드 윽 그어 불을 제 입은 의복에다 대어놓으니 불꽃이 활활 일어나며 구두쇠가 숯등걸이 되어 죽었더라. 〈봉선화〉 279.

상전의 비참한 최후와 더불어 구두쇠 자신도 목숨을 끊는다. 이것은 악인이 벌을 받게 되는 고소설의 권선징악형의 구조를 답습한 것이라 할 수 있다. 〈봉선화〉의 경우처럼 시어머니와 며느리가

화해하고 온 가족이 상봉하는 행복한 고부갈등 해결과 〈치악산〉
처럼 악인 시어머니가 비참한 벌을 받는 권선징악인 결말에서도
악인 남자노비는 비극적인 결말을 맞는다. 〈봉선화〉의 구두쇠나
〈치악산〉의 고두쇠나 모두 노비의 신분임에도 재물에 눈이 어두
워 양반 부녀자를 인신매매 하는 등의 신분을 벗어난 행동에 대
한 대가이다. 고부갈등 해결 양상이 화해로 끝나든 악인의 비극으
로 끝나든 간에 노비의 이 같은 하극상의 행동은 비극적인 최후
를 낳는다. 이것은 당시 사회가 아직도 신분의 상하구분이 엄격히
존재하고 있었음을 보여주는 것이다.

〈홍도화〉의 옥돌은 계모 친정어머니의 편에 서서 시집에서 쫓겨
온 며느리를 奸婦로 몰아 친정에서 조차 쫓아내도록 일을 꾸민다.

"마님께서 이처럼 벌을 알으시고 下問(하문)하시는데 바로 아니
여쭐 수 있습니까? 소인이 아비집에를 하루 한 번씩 다녀오옵는데,
이따금 지난 결에 뵈오면 영감께서 이직각댁으로 들어가실 때도 있
고 나오실 때도 있사왔는데, 다른 하인은 아무도 뵈온 이없고 소인
혼자 뵈왔사은즉, 만일 이런 말씀이 나고 보면 영감께 소인은 죽습
니다." 〈홍도화〉 320.

그리고 옥돌 역시 다른 악인형 남자노비와 마찬가지로 며느리
의 人身賣買를 앞장서서 수행한다.

더구나 칠월과 옥돌은 하등 비천한 무리라, 평시의 이씨부인에게
간상을 응납치 못한 바 되어 매양 怏怏不樂(앙앙불락)하던 차에 때나
만난 듯 이씨부인의 무함하기로 한 일을 삼는 차에 국과 장이 맞느라
고 이직각이 喪妻(상처)를 하고 시동집이 들어와 적딸을 눈의 가시로

아는 게제가 생긴지라—필경 이씨부인으로 입에 못 담을 누명을 쓰고
유가놈의 수중에 떨어지도록 되었던 일인데, 〈홍도화〉 358.

그러나 작품에서 시어머니가 며느리를 받아들이고 다시 媤家로
들어가게 됨에 따라 계모 친정어머니의 수족 노릇을 하던 옥돌은
작품 후반부에는 나타나지 않는다. 옥돌은 고부갈등 양상이 나타
나는 신소설에서 며느리가 고난을 겪는 공통적인 과정의 일부로
서 해석되는 인물에 지나지 않는다. 며느리가 고난을 겪게 디는
공통적인 원인은 姦婦로 오인 받고 媤家에서 쫓겨나 시어머니의
명을 받는 악인 남자 노비에 의해 인신매매를 당하면서도 貞節을
지키려는데 있다. 〈홍도화〉에서는 비록 계모 친정어머니의 모략에
의한 것이었지만 〈봉선화〉나 〈치악산〉에서 보이는 며느리가 고난
을 겪는 고난 구조를 답습하는데 있어 악인 남자노비의 역할은
한 개성 없는 인물에 지나지 않는다. 그러나 악인형 남자노비의
역할은 전술하다시피 며느리를 내쫓고 며느리가 고난을 겪는 데
에 있어서 인신매매의 중개역이 된다.
  위이 세 작품 모두 남자노비에 의한 인신매매가 나온다. 인신매
매를 하게 되면 며느리를 사가려는 남자와 금적적인 인간관계를
맺는다. 그리고 인신매매 과정에서 며느리를 구출하는 인물이 등
장한다. 악인형 남자노비는 이러한 인간관계를 맺음으로써 또한
고부갈등을 심화시킨다. 며느리를 구출하는 인물에 의해 인신매매
는 실패한다. 이로써 시어머니와 인신매매 실패로 인해 갈등을 빚
는다. 금전적인 손실은 시어머니와 며느리를 사가려는 남자 사이
의 중개자로서 양쪽모두 갈등을 빚는다. 이러한 부정적인 인간관
계의 중첩은 악인형 남자노비로 하여금 돌파구를 찾기 위해 유일

한 방법으로 며느리를 해하게 한다. 악인형 남자노비에 의한 고부 갈등의 심화는 바로 며느리가 고부갈등으로 인해 겪는 고난을 극대화시킨다.

이처럼 남자 노비는 고부갈등의 심화를 가져온다. 이것은 확대된 인간관계의 그 역동성으로 인한 고부갈등이다. 이처럼 다양한 인간관계의 역동성으로 고부갈등을 이해하는 것이 체계적 관점이다. 그리고 그것이 신소설에서 보이는 전시대의 극복적 양상이다. 이것은 소설에 있어 다양한 인물의 등장과 그들로 인한 다양한 사건을 제시함으로써 구조상 단순성을 벗어나려는 의도였다.

시어머니와 며느리의 갈등을 주 내용으로 하는 소설에서 여자노비의 역할은 실로 크다. 악인 시어머니와 선인 며느리로 대결되는 인물설정에서 여자노비 역시 그 역할이 뚜렷이 양분된다. 악인 시어머니의 교전비는 악인으로서 시어머니가 며느리를 모해하고 媤家에서 내쫓는데 있어서 핵심적인 일을 도모한다. 선인 며느리의 교전비는 충직한 노비로서 며느리가 고난을 당하고 곤경에 빠졌을 때 의리를 배반치 않고 며느리를 구하여 행복한 결말을 맞는다.

선인형 여자 노비가 등장하는 고부갈등 신소설은 〈봉선화〉, 〈치악산〉, 〈두견성〉, 〈금국화〉, 〈재봉춘〉등이다. 이중에서 상전을 위해 목숨을 불사하는 충직한 노비는 〈봉선화〉의 은례, 〈치악산〉의 검홍, 〈채봉춘〉의 계순 등이다. 〈두견성〉의 유모, 〈금국화〉의 마동집은 며느리와 어려서부터 같이 성장하고 시집 올 때도 데려온 교전비들 보다는 소설에 있어서 그 역할이 크지 않다. 주인공 며느리가 슬픔을 당할 때 곁에서 위로해 주는 지지자의 역할정도에 지나지 않는다.

그러나 〈봉선화〉, 〈치악산〉, 〈재봉춘〉등의 교전비들은 주인공 며느리가 위기에 처할 때 며느리를 구하기 위해 자신을 희생하며 의리를 지켜낸다. 며느리가 시어머니로부터 억울한 누명을 쓰게 될 때 자신의 상전인 며느리가 누명을 벗도록 해주는 역할을 한다. 반면 〈두견성〉과 〈금국화〉에 나오는 여자노비는 여자주인공이 위기를 해결하는 데 힘을 발휘하지 못하는 인물들로서 소설에 있어서 사건 전개와 해결에 영향을 발휘하지 못한다. 여기에서는 며느리가 고난을 당할 때 의리를 잃지 않음으로써 며느리가 고난을 극복하고 돕는 핵심적 역할을 한 〈봉선화〉의 은례, 〈치악산〉의 검홍이, 〈재봉춘〉의 계순을 살펴보기로 한다.

〈봉선화〉의 은례는 며느리가 억울한 姦婦로 누명을 쓰고 媤家에서 쫓겨나게 되자 모진 매를 맞으며 이를 막으려 한다. 마침내 며느리가 쫓겨나자 자신의 목숨을 불사하고 며느리를 구원코자 한다.

> "쉰네가 무슨 죄가 있다고 때려죽이셔요? 때려죽이신대도 아씨는 못 가시게 할 터이야요?"〈봉선화〉164. 내가 만일 아니 가고 여기 있으면, 아씨께서 나의 몹쓸 매맞는 것을 보시고 가셔서, 죽었는지 살았는지 마음도 놓지 못하려니와, 제일 강직하신 아씨 성품에 누명 들으신 일을 절분히 여기서 自手(자수)로 돌아가시기가 십상팔구인즉, 내가 세상 없어도 엉기어서 아씨를 쫓아가야 하겠다. 〈봉선화〉168.

은례는 상전의 억울함을 풀어 주기위해 차두형에게 의도적으로 접근한다. 그 과정에서 상전인 박씨 부인이 겪는 인신매매의 위험을 겪지만 슬기와 용기로써 이를 극복한다. 박씨 부인은 인신매매의 위기에서 목숨을 끊으려고 하지만 노비 은례는 양반인 상전보다 강한 여인의 모습을 보인다. 은례의 이러한 노력으로 상전과 극적인 상봉을 한다.

V. 가족관계 및 기타인물에 의한 葛藤의 體系論的 考察　139

〈치악산〉의 검홍이 역시 〈봉선화〉의 은례와 흡사하다. 시어머니 김씨 부인과 시어머니 교전비인 옥단의 모략으로 자신의 상전인 이씨 부인이 媤家에서 쫓겨날 위기에 처하다 검홍은 자신의 목숨을 불사하고 상전을 위기에서 구출하려 한다.

> 김씨부인의 영이 뚝 떨어지면서 고두쇠가 왈칵 달려들어 검홍의 머리채를 잡아 동당이를 치더니, 다시 달려들어서 주먹으로 쥐어지르고 발길로 안기는데, 검홍이가 입으로 피를 뿜고 마당에 동그라졌다. 〈치악산〉 317.

이러한 검홍의 상전에 대한 충직한 마음은 상전인 이씨 부인과 主.奴관계을 벗어난 진실한 인간관계를 형성한다. 악인형 노비들의 주인에 대한 충성이 대가성이 있는 행동이었다면 선인형 노비의 주인에 대한 의리는 무대가성이었다.

> 자나깨나 눈에 선하게 생각나는 일은 홍참의 댁 마당에서 고두쇠란 놈이 그 무지한 발길로 검홍이를 퍽퍽 거더차던 그 모양이라. 불쌍하다 검홍이, 참혹하다 검홍이, 죽었는가 살았는가, 오냐, 살았으면 다행이고 죽었으면 저승에 가서 만나리라. 〈치악산〉 332-3.

검홍이 역시 〈봉선화〉의 은례와 마찬가지로 강인한 여성의 모습을 보여준다. "갖은 고생을 겪으면서 목숨마저 위태로운 상황에 이르러 검홈이는 밤벌레같이 살이 찌고 붓사꽃같이 곱던 얼굴이러니, 중병을 치렀는지 뼈만 남은 얼굴에 혈색이 조금도 엇고 왼편 다리는 자촉차촉하며 걸어21) 이씨 부인의 친정으로 겨우 도착

______

21) 〈치악산〉, 전집, p.334

140

한다. 그런 연후 검홍이는 다 낫지 않은 몸을 재촉하여 상전의 억
울한 누명을 풀고 복수하기 위해 남장을 하고 주동적인 역할을
수행한다.

　　그때 검홍이는 두 패 교군을 타고 배행을 서서서 치악산으로 들
어가서 장포의 집으로 가더니, ―장포수의 어미를 데리고 서울로 올
라오더니 오막살이 집 하나를 사서 주고, ―그렇게 지낸 지 한 달만
에 검홍이는 백호를 살살 도리고 상투를 끌어올리더니 不侈不儉(불
치불검)하게 남복을 하고 배선달을 따라 나섰는데 돈을 물쓰듯한다.
〈치악산〉 337.

　검홍은 장사패들과 어울려 자신의 상전인 이씨 부인의 媤家인
홍참의 댁에 밤마다 귀신이 나타나는 복수극을 벌인다. 밤마다 계
속되는 귀신의 출현으로 홍참의 댁은 풍지박산이 날 지경이 된다.
결국 검홍이 주축이 돈 복수극에서 악인형 노비 옥단은 비참한
최후를 맞고 검홍이는 상전 이씨 부인과 재회를 하는 행복한 결
말로 이 작품은 끝난다.
　또한 〈봉선화〉의 은례의 경우는 인간관계의 확대를 가져온다. 이
러한 다양한 인간관계의 역동성으로 갈등을 파악하는 것이 체계적
관점이다. 확대된 인간관계로 소설에 있어서는 다양한 인물의 등장
과 그로 인한 사건의 단순성을 탈피하는 노력이 시도되었다. 악덕
군수의 등장으로 며느리와 은례를 도와주는 인물인 차두형과 갈춘
영이 위기를 겪게 될 대 그 위기에서 이들을 구해주는 인물인 은례
의 양아버지 노 좌수다. 은례가 홀아버지에게 팔려가게 되는 위기
를 맞는데 그 홀아비는 바로 노좌수였다. 이같이 사건의 결정적인
해결을 도와주는 은인인 노좌수의 등장에 개연성을 갖도록 하는 데

에는 은례의 역할이 컸다. 노좌수는 사건 전말의 眞僞를 밝히고 박씨 부인의 억울함을 풀어주게 된다. 또한 이로써 박씨 부인은 은례에게 자신의 의형제가 되어 줄 것을 청한다.

> "이애 은례야, 너는 나에게 골육보다 더한 은인이라, 예전에는 奴主(노주)계급으로 지냈거니와 어찌 은인을 그같이 대우할 수가 있느냐? 오늘부터는 네가 내 아우가 되어라"〈봉선화〉242.

은례는 마침내 양반 가문 출신인 차두형의 정실이 된다. 노비 은례가 양반과 의형제를 맺고 또한 양반 집 정실부인이 되는 신분 상승은 당시로서는 획기적인 발상이 아닐 수 엇다. 악인형 노비들이 자신이 악인 상전을 도와 착한 며느리를 모해하고 계략을 꾸밀 때 노비들은 대가로서 속량해 줄 것을 원했다. 그것은 그들이 주인에게 목숨을 걸고 충성을 다한 최고의 대가이다. 그러나 악인형 노비들은 모두 그 뜻을 이루지 못하고 비참한 최후를 맞는다. 이에 비해 은례의 충심은 노비의 신분에서 벗어나게 해 줄 뿐 아니라, 양반집 정실부인이 되도록 해준다. 이는 권선징악형의 결말 구조에서 보이는 선인의 행복한 결말의 차원을 뛰어 넘어 당시 신분사회에 대한 강한 도전으로 해석할 수 있다. 또한 신소설에서 노비의 역할의 증대를 보여주는 것이다.

> 서울 남산 및 쌍니뭇골 막바지에 오막살이 초가집 하나이 올연히 서있는데, 오래 수리를 하지 못하여 장원이 모두 무너지고 지붕 위에는 잡풀이 무성하였으나, 천연(天然)의 경치는 가히 사진 한 장 박을 만하니, -(중략)- 홀연히 그 집으로 열대여섯 살쯤 된 계집아이 하나이 나오더니 여러 가지 붉고 흰 꽃가지를 꺾어가지고 견물생심으로

무슨 생각이 났던지 별안간에 두 눈에서 주옥같은 눈물이 방울방울 떨어지며 흑흑 느끼더니, 행주치마 자락으로 눈물을 씻더니 큰 길로 쑥 나서서 죽동으로 수표교를 건너 종로로, 황토현 큰길을 지나 광화문 뒤로 돌아 바로 옥동으로 향하여 가더라. 이 계집아이는 다른 사람이 아니라, 쌍니뭇골서 주머니끈, 허리띠, 다님, 등속을 짜아 생활하는 김선달의 딸 계순이니, 〈재봉춘〉 14.

계순이가 비록 주인공의 교전비 이지만, 〈재봉춘〉을 이렇게 시작하는 것부터가 계순이가 소설에서 차지하는 비중이 클 것임을 짐작할 수 있게 한다. 다른 고부갈등 양상이 나타나는 신소설은 대개 주인공 며느리가 과거를 회상하는 것으로 시작하여 며느리의 외모와 인물됨으로부터 시작한다. 그러나 〈재봉춘〉은 소설의 시작인 노비인 계순의 이야기로부터 시작되고 있다. 이는 양반 계층에 초점을 두고 소설을 전개한 다른 소설에 비해 인물설정 면에서 발전된 모습이다. 작가가 "〈재봉춘〉한편은 현대사회의 형편을 비추는 거울이라" 했듯이 이 작품은 당대 계급타파 추세를 잘 반영하고 있다. 〈재봉춘〉의 주인공 히씨 부인 역시 원래의 신분은 백정의 딸로 설정되고 자신의 신분을 극복하고 양반가의 며느리가 되는 과정과 수난을 주 내용으로 한다. 계순이 역시 다른 작품에 등장하는 선인형 노비에 비해 그의 효성이 깊다.

연방 십륙에 家勢(가세)가 빈한하여 조석이 여일치 못함으로써, 비록 여자의 몸일지라도 그 부모의 빈곤하여 고생함을 보고 분연히 일어나 주야로 몸이 곤고함을 돌아보지 아니하고 만분지 일이라도 부모의 상애를 보조할까 하여 스스로 이참서 집 종이 되어 갔더라. 〈재봉춘〉 14.

이처럼 당시 최고의 덕목이던 孝를 내세워 계순이를 孝女로 지칭
하는 것은 계순이가 주인공인 며느리 허씨 부인에게 충성하고 恩人
이 될 것을 암시한다고 볼 수 있다. 허씨 부인이 백정의 딸이라는
원래의 신분이 들통날까봐 양아버지인 허부령에게 반지를 빼앗긴
다. 시어머니와 이복 이종사존 시누이인 숙희는 이것을 며느리가
姦夫에게 결혼반지를 준 것이라는 누명을 씌운다. 이로서 며느리는
媤家에서 쫓겨날 위기에 처한다. 이때 계순은 자신이 반지를 훔친
것으로 조작하고 집을 떠나 고생을 한다. 허씨 부인은 이러한 계순
에게 상전으로서의 마음 이상의 특별한 사랑을 갖는다.

허씨 부인은 미처 다 보지도 못하고, 나의 죄를 제가 뒤집어쓰고
스스로 죄인이 되어 내 몸에 박두한 화색을 면케 하니, 이러한 기특
하고 착한 것이 또 어디 있으리요, 〈재봉춘〉 34. 부모도 잊어버리고
남편도 내버리고 인간정리를 다 끊는다 하여도 다만 한가지 놓기 어
렵고 갚지 아니하면 안 될 것은 계순의 은혜라, 나 하나를 위하여 억
울한 죄명을 쓰고 정처 없이 나갔으니 어떻게 하던지 그것을 찾아서
은혜를 갚아야 하지 〈재봉춘〉 59.

계순과 허씨 부인은 결국 상봉을 하게 되고 허씨 부인과 계순이
는 운명을 같이할 것을 맹세한다. 허씨 부인은 그간 자기를 괴롭히
던 양아버지 허 부령이 마음을 바로 잡음으로써 그 동안의 모든 누
명을 벗고 媤家로 들어가게 된다. 그러나 계순이가 작품 전반에서
큰 비중을 차지한 것에 비해 결말 부분에서 그 역할이 약한 것을
볼 수 있다 허씨 부인이 누명을 벗고 행복한 결말에 도달하는데 결
정적인 역할을 한 것은 허부령이다. 허씨 부인의 신분이 백정의 딸
로 밝혀짐에도 불구하고 이 참서는 세계를 유람하고 돌아온 당시

144

양반 開化黨으로 유명한[22]사람으로서 "나는 장인 양녀 허가와는 이혼을 하고, 백장의 딸과 다시 장가들겠습니다. 이 밖에는 다시 내가 여쭐 말씀도 없고 내게 하실 말씀도 고만 두십시오"[23]라며 허부령과 결별하고 허씨를 아내로 맞아들인다. 이로써 모든 가족갈등은 해소된다. 여기서 보듯이 신분타파가 당대 얼마나 시대적 요청이 컸는지를 알 수 있다.

여비 계순의 역할은 작품 전반에 비해 후반부에서는 약하게 된다. 허씨 부인을 갖은 고생과 우여곡절 끝에 상봉하게 되는 것이 계순에게 주어진 행복한 결말이다. 〈치악산〉의 검홍이가 귀신 극을 벌여 복수극의 주축이 되는 것에 비하면 계순이의 역할이 크지 않다. 더욱이 〈봉선화〉의 은례가 양반의 신분이 되어 양반의 정실부인이 되는 것에 비하면 계순이의 결말은 관심의 초점에서 멀어진 것을 볼 수 있다. 이는 〈재봉춘〉이 허시 부인의 계급을 초원한 새로운 결혼관에 그 역점을 둠으로써 나타난 결과라 할 수 있다. 이 작품 끝에 다음과 같은 진술이 나온다.

일주일 후에 조선 각지에서 발행하는 여러 신문지는 일제히 한 별보(別報)를 게재하였는데, "문벌이 고귀하고 지덕이 겸비한 청년 신사 이균영씨는 전 육군 부령 허균영씨의 소개로 구일 최하급의 대우를 받던 자산가 백성달씨이 영양 백영자와 결혼을 하였다하니, 이로부터 계급 구별의 폐습이 타파되었음을 가히 알지니, 실로 조선인민 전체에 대하여 경하할 일이라"[24]

---

22) 〈재봉춘〉, 전집, p.14
23) 〈재봉춘〉, 전집, p.84
24) 〈재봉춘〉, 전집, p.85

　이렇듯 〈재봉춘〉의 주제는 신분타파와 신결혼관에 있음을 알 수 있다. 그러나 위에서 보듯이 선인형 여자노비는 자신의 상전인 여주인공을 媤家에서 며느리소서 인정받고 그 가문의 사람이 되게 하는 역할을 한다. 이것은 媤家의 가문을 존석하는 것임은 물론 여주인공의 친정가문을 바르게 세우는 일이기도 하다. 이것은 노비를 그 가문 사람으로 인정하는 것으로 보인다. 〈봉선화〉의 은례처럼 자산의 상전과 의형제를 맺고 가문의 부인이 되는 것이 직접적으로 드러나지 않더라도 〈치악산〉의 검홍은 男裝을 하고 집을 나가 남사당패와 더불어 귀신행각을 벌여 상전을 구하고 두 가문이 다시 합하여지도록 하는 것은 고소설에서 보이는 '女化爲男 모티브'와 흡사하다. 男裝을 하고 가문을 구하여 내는 강인한 여성상은 고부갈등 양상이 나타나는 신소설에서는 여자 노비가 자신의 상전의 가문을 구하는 것으로 나타난다. 이것은 노비의 의식성장과 신분 상승을 예견한 것이라 할 수 있다. 또한 주인공인 며느리와 나약하게 묘사하고 교전비들에 의해 주도적으로 사건이 해결된다. 이것은 다른 인물의 역할이 증대된 체계적 관점에서의 고부갈등 양상으로 해석이 가능하다.

　악인형 여자노비가 등장하는 고부갈등 신소설은 〈봉선화〉, 〈치악산〉, 〈유화우〉, 〈홍도화〉, 〈두견성〉, 〈재봉춘〉등이다. 고부갈등 신소설에는 예외 없이 악인형 여자노비가 등장한다. 악인형 여자노비는 대부분 주인공 며느리를 모함하여 곤경에 빠트리는 역할을 한다. 〈봉선화〉의 추월, 〈치악산〉의 옥단, 〈홍도화〉의 칠월, 〈금국화〉의 금년과 오월, 〈재봉춘〉의 칠녀가 그러한 인물이다. 이들은 모두 시어머니가 부리는 계집종이다. 자신의 상전의 눈에 들기 위해 며느리에 대한 거짓을 꾸며내어 시어머니와 며느리 사이

146

를 이간질한다. 이로써 자신의 상전에게 상급을 받거나 속량 시켜
주기를 바라며 시어머니의 편에 서서 며느리를 모략하고 곤경에
빠트린다.

〈유화우〉의 춘섬은 시어머니의 계집종이면서도 며느리를 시기하
는 가족 외 인물인 강웅범의 조종을 받아 시어머니를 부추기어 며
느리를 음해한다. 고소설의 노비들은 주인이 행동하는 대로 따르고
명령을 받는 역할에 지나지 않는다. 그러나 신소설의 악인형 여자
노비들은 스스로 계략을 짜내어 자신의 의도대로 주인을 움직이고
자신의 목적을 달성하려는 적극적인 모습을 보인다. 이러한 적극적
인 행동에 의해 결국 시어머니와 며느리의 갈등이 심화된다.

노비들이 궁극적으로 바라는 것은 속량이다. 이것은 악인형 노
비들이 선인형 노비와 달리 자신의 주인에 대해 의리와 충성심이
없음을 말해주는 것이다. 이는 사회적 시각으로 보아서는 당시에
무너지는 신분질서와 양반에 대한 도전이라 볼 수 있다. 〈홍도화〉
에서 김만보가 시대가 변천하여 문벌의 제한이 없어졌다 하니까
"제 소견에는 세상이나 만난 듯이 전일 소 소인하고 장전 대접하
던 원근동 양반을 상투 끝까지 넘겨다보고 수틀하면 욕하기를 두
푼 주고 떡 사먹듯 하는"25) 것에서 보듯이 노비의 양반에 대한
도전이 나타난다. 양반에 대한 도전은 직속 상전에게 속량문제를
놓고 흥정을 하는 모습에서뿐만 아니라, 자신이 속한 양반집 며느
리를 음해하고 내쫓고, 심지어 팔아먹을 음모를 꾸미는 과감성에
서도 찾아볼 수 있다.

〈봉선화〉의 추월은 구씨 부인의 편에 서서 며느리를 음해하여
내쫓는데 결정적인 역할을 한다. 작품의 전반부에 봉선화를 놓고

---

25) 〈홍도화〉, 전집, p.306

시누이와 며느리의 대결에서 추월의 성품이 잘 나타난다.

윗물이 흐리면 아랫물도 흐린 것은 정한 이치라, 구미호가 되려 가려다가 사람으로 태어난 추월이년은 덩달아 무엇이 그리 분한지 모종도 가서 들여다보고 상전의 곁에 와 앉았기도 하며, 눈귀가 실쭉도 하고 콧방울이 발랑발랑하기도 하다가, 〈봉선화〉 130.

위에서 보듯이 侍婢 추월을 '아랫물'로 비유하는 것은 시어머니의 편에 서서 악행을 저지를 것을 암시한다. 추월은 며느리와 시어머니 사이를 이간시키며 상전에게 며느리의 험담을 일삼는다.

"그야 부족한 것을 한두 번만 보았겠읍니까마는 무엇이라고 말씀하기는 어렵습니다. 그 중에 제일 분하기는 양반의 도리 되셔서 당신 속으로 시어머님을 어떻게 여기시든지, 당신 교전비 은례란 년을 데리시고 마님 흉 작은아씨 흉을 시시때때로 보시니, 쉰네 마음에 분하기도 하려니와 실로 딱해 뵈와요." 〈봉선화〉 143.

추월은 구시 부인의 신임을 얻기 위해서 며느리를 내쫓는 방법으로 며느리가 姦夫의 아이를 낙태한 것처럼 일을 꾸미는데 앞장선다. 추월은 며느리를 媤家에서 쫓아낸 후에도 후한을 없애기 위해 며느리를 아주 살해할 계획을 세우고 청부살인이 중개 역할을 한다. 추월은 상전인 구씨에게 며느리를 살해할 것을 부추기고 사돈되는 조선각에게 며느리를 살인해 줄 것을 요청한다.

"사돈님께서 다 아시는 터이니 이런 말씀이지, 우리 집안이 여승지 댁 상덕이 아니면 단 하루를 살아갈 수가 있습니까? 그런즉 우

리 재하자되어서는 그댁 일을 어디까지든지 힘써 보아드려야 도리어
당연치 아니합니까? 〈봉선화〉 249-50.

위에서 보듯이 추월은 '재하자'된 입장으로서 상전에 대한 상덕
에 보답하고자 일을 도모한다고 한다. 그러나 그의 상전에 대한
마음은 위에서 말하는 것처럼 忠心에서 나온 것이 아니다. 추월은
자신의 상전인 구씨 부인의 눈에 들려고 구씨 부인의 눈에 들려
고 구씨 부인의 흉계에 앞장서서 일을 도모한 인물이다. 그러나
주인에 대한 추월이 충성은 義俚에 의한 충성심이라고 볼 수 없
다. 선인형 노비가 상전에게 목숨을 불사하고 지키던 의리와는 달
리 추월은 자신의 이득을 계산한 행동이다. 추월은 구씨의 일을
도모하면서 금전적인 이득을 추구하였다. 추월의 이러한 이중적인
행동은 결국 조선각을 배신함으로써 그에 의해 죽음을 비극적 결
과를 초래한다.

〈치악산〉의 옥단 역시 상전을 돕는 것은 자신의 이익을 위해서
이다. 옥간은 속량을 받아 노비 신분을 벗어나기 위해 상전 시어
머니가 눈의 가시처럼 여기던 며느리를 제거하는 데 앞장선다.

쉰네는 마님을 모시고 온 터이오니 죽어도 마님을 위하여 죽고,
살아도 마님을 위하여 살고, 울어도 마님을 위하여 우는 터이오니,
마님이 쉰네 마음을 알아주시기 못하면 쉰네는 죽어도 한을 못 풀고
죽겠읍니다. 〈치악산〉 297.
"이애 옥단아, 네가 네 정성껏 나를 위하여 주면 나도 내 마음껏
너를 위하여 주마." "쉰네를 상급만 많이 주시면 마님께 원귀를 맺
지 아니하도록 만들고 감쪽같이 잘 죽여버릴 도리가 있지요." 〈치악
산〉 300-1.

급박한 상황에서도 자신의 이득을 챙기기에 급급함을 볼 수 있다. 더욱이 며느리 김씨 부인을 흠모하던 최치운이 옥단이에게 돈을 주어 매수하자 옥단은 최치운이 돈을 물 쓰듯 하는 서슬에 옥단은 최가가 죽어라 하면 죽고 살아라하면 살게26) 되어 며느리를 최가에게 하려고 한다. 옥단은 자신의 상전이 위기에 처하자 상전을 배신하고 자신의 잘못을 상전의 탓으로만 돌리는 이중성을 보인다.

"이애 검홍아, 이애 검홍아, 나는 아무 죄도 없고 도무지 상전을 잘못 만난 까닭이다. 마님이 시키시는 일은 사세부득이 혹시 하였다 마는, 너 들은 말과 같이 이러고 저러고 한 말은 근거없는 거짓말로 알아라." 〈치악산〉 355.

하지만 옥단은 결국 비참한 최후를 맞는다. 〈치악산〉의 옥단 역시 〈봉선화〉의 추월과 마찬가지로 악인 시어머니의 눈에 들기 위해 충직한 노비인척 하는 이중적인 인물이다. 〈홍도화〉의 칠월이 역시 〈봉선화〉의 추월, 〈치악산〉의 옥단과 그 역할이 비슷하다.

〈홍도화〉의 시어머니는 며느리를 媤家에서 쫓아낸 이후에도 계속 며느리와의 정신적인 고부갈등을 겪고 있다. 며느리는 시어머니가 아끼던 귀신을 섬기는 물건을 자기 뜻대로 소각해 버리는 강한 모습을 보였다. 이러한 며느리 앞에서 위기의식을 느끼는 시어머니를 부추기는 인물이 바로 칠월이다. 노비 칠월은 시어머니와 며느리 사이에서 직접적으로 고부갈등을 심화시키는 역할 외에 며느리의 계모 친정어머니인 시동집의 앞잡이가 되어 며느리를 姦婦로 몰아 친정에서조차 쫓겨나게 만든다. 이것은 바로 고부

---

26) 〈치악산〉, 전집, p.297

150

갈등을 간접적으로 심화시킨 것이라 할 수 있다.

〈금국화〉의 악인 여자노비 금년은 전처소생 이학사를 죽이는 계모의 계략에 동조함으로써 고부갈등을 심화시킨다. 금년이 역시 제 상전을 위하는 마음이 의리에 의한 것이 아닌 자신이 노비 생활을 벗어나고픈 이기적 실리에 있다.

> "원수의 남의 종노릇하기에 내외간이라도 이런 無情之責(무정지책)을 듣지. 여보, 이놈의 종노릇 좀 면하여 볼 도리를 합시다. 하루 이틀 아니고 지긋지긋 귀치 않아 못 견디겠소." 〈금국화〉 431.

노비 금년은 자신의 남편 막쇠와 더불어 이학사를 죽이려 하나 이 사실을 아는 義人 막쇠가 도리어 상전과 결탁해 착한 이학사를 죽이려던 자기 아내 금년을 죽이고 집을 떠난다.

> "이년, 天斬萬戮(천참만륙)을 할 년! 누구를 죽여 달라 하였니? 너부터 이 칼에 먼저 죽어 보아라" 하더니 금년의 목을 한칼에 선뜩 찔렀더라. 〈금국화〉 435.

〈금국화〉에서는 악인 여자노비 금년이가 죽은 후로 악인 여자노비 칠월이가 등장하여 계모 시어머니의 악행이 계속되도록 돕는다. 계모 최씨는 자기가 전실 소생 아들 이해묵을 해치려 한 사실을 오히려 며느리에게 누명을 씌워 媤家에서 내쫓고 자신의 가정에서의 위치를 확고히 하려 한다. 노비 칠월은 최씨 부인이 며느리를 모해하는 악행에 앞장선다. 최씨는 오월을 시켜 며느리와 내통하는 姦婦가 며느리에게 전하는 편지를 흘린 것으로 일을 꾸민다. 그러나 그 편지의 진위는 원래 그 편지가 두 장인데 한 장

은 자기가 글씨로 그 남편 이학사를 죽여 달라 하는 정부에게 보
내는 편지요, 또 한 장은 곧 정부가 이학사는 노중에서 뜻과 같이
죽었으니 인제는 아무 걱정 없이 좋은 인연을 맺겠다하는 답장27)
으로 꾸민 시어머니의 모략이었다. 오월 역시 자신의 위기 앞에서
는 상전을 배신하고 자신이 살 궁리를 하는 이중적인 인물이다.

　　오월이가 처음에는 앙탈도 하고 발명도 하더니 정 벌이 되어가니
　까, "에구 영감마님, 살려주시오. 바른대로 고하리다."하더니—사실
　을 하나 빼놓지 아니하고 일일이 고하여 바치면서도 저는 죽기가 섧
　든지, 이 일은 쉰네 혼자 한 것이 아니오라 마님께서 시키셨으니,
　그 나머지는 마님이 아시기 쉰네 저는 모릅니다, 하였더라. 〈금국
　화〉 462.

　　그러나 오월은 다른 작품의 악인형 여자노비의 비참한 최후에
비하여 잘못을 회개하고 용서 받는다. 〈금국화〉에서 보이는 가족
간의 갈등의 직접적인 원인을 고부갈등보다는 계모 전처자식의
갈등에서 비롯된 고부갈등이기 때문이다. 계모와 전처자식간의 갈
등을 직접적으로 유발하고 이학사를 해치려고 한 금년은 자신의
남편의 손에 의해 죽게 되는 비극적 운명을 맞는다. 이에 비해 고
부간의 사이에서 며느리를 해하려는 시어머니의 편에 서서 일한
오월은 그 처벌이 회유적이다. 이것은 〈금국화〉의 갈등 해결 방법
이 역시 계모 전처 자식간의 갈등이 해결됨으로써 고부갈등의 해
결은 부수적으로 따라오는 것으로 볼 수 있다.
　〈재봉춘〉의 칠녀는 스물이 넘은 듯한데 빛깔이 가무잡잡하고

---

27) 〈금국화〉,전집, p.448

입술이 얄팍하고 눈가가 샐쭉한 것이 얼른 보기에 독살이 이마에 가득하고 간특이 얼굴에 쥐어 발린 듯한[28] 인물로 시어머니의 교전비로서 며느리 허씨 부인을 姦婦로 몰아 媤家에서 내쫓는 역할을 한다.

칠녀는 허씨 부인의 모든 행동을 살피며 허씨 부인의 허물을 찾던 인물이다.

칠녀는 허씨 부인의 손에 결혼반지가 없는 것을 발견하고 이를 시어머니에게 알려 고부갈등을 유발시킨다. 칠녀는 허씨 부인이 백정의 딸이라는 신분을 속이고 시집을 온 죄로 養父 허부령이 자기의 결혼반지를 빼앗아간 사실을 털어놓지 못했고, 또한 親母의 병환 소식을 듣고 親父와 密會한 사실을 姦夫와 만나는 것으로 모략했다.

그러나 칠녀 역시 〈재봉춘〉의 선인형 여자노비 계순과 마찬가지로 작품의 결말에서의 운명은 언급되고 있지 않다. 이 역시 〈재봉춘〉의 고부갈등의 해결은 시어머니와 며느리 사이의 대결에서 그 결말이 나타나는 것이 아니기 때문이다. 〈재봉춘〉은 며느리가 백정의 신분이라는 것을 남편이 받아들이게 됨으로써 모든 오해가 풀리고 사건 역시 해결된다. 이러한 결정적인 역할을 하는 인물은 바로 며느리의 양아버지인 허부령이다. 그는 여느 신소설에서 볼 수 없는 인물형이다. 그는 작품 전반에서는 허씨 부인에게 최대의 시련을 주는 악인으로 설정되어 있었고 며느리가 媤家를 떠나게 되는 결정적인 원인을 제공한 인물이다. 그러던 그가 작품의 모든 사건을 해결하고 허씨 부인에게 행복한 가정을 되찾도록 하는 결말에 결정적인 역할을 한다. 여타의 고부갈등 양상이 나타난 작품에서는 이러한 극단적인 성격변화의 인물은 찾아 볼 수

---

28) 〈재봉춘〉, 전집, p.15

없다. 〈재봉춘〉에서 고부갈등 해결의 가장 큰 힘은 바로 허 부령의 성격변화라고 할 수 있다. 이러한 작품의 갈등해결 구조에서 며느리와 시어머니의 대결은 힘을 잃게 된다. 그러므로 며느리와 시어머니의 교전비들 역시 힘을 잃고 있다.

〈유화우〉의 악인형 여자노비 춘섬은 본래 사동 강 승지 집 아이종으로 얼굴이 밉지 않고 사람 후리러들이는 법 용한 계집아이다. 하지만 춘섬은 유일하게 악인형 여자노비로서 시어머니의 측근이 아니다. 춘섬은 김씨 부인을 흠모하는 강웅범의 측근이다. 강웅범은 김씨 부인이 자신의 이종사촌인 최 중위와 결혼하자 이를 시기하여 며느리와 시어머니와의 사이에서 이간을 하는 인물로서 강웅범을 상전으로 모시는 여자 노비이다. 춘섬은 강웅범이 전쟁에 나가서 죽고 또한 김씨 부인이 친정에서 지내게 되자 그 기능이 현저하게 줄어든다. 〈유화우〉에서 김씨 부인의 친정아버지로 인해 고부갈등이 해결되기 때문이다. 딸인 김씨 부인을 보호하기 위해 남편이 죽였다고 속이고 친정에 딸을 데려왔으나 김씨 부인이 여행 중 남편을 우연히 만난다. 이로써 서로 배우자가 죽은 줄 알았던 오해를 풀게 되어 갈등이 해결된다.

이처럼 신소설의 노비들은 고부갈등의 해결 혹은 심화를 가져오는 등 고소설의 노비에 비해 그 역할이 증대되었다. 이것은 고부갈등이 다양한 인간관계로 인해 발생한다는 체계 관점의 고부갈등 양상을 보여준 예라 할 수 있다.

4. 가족 외의 인물

가족간의 갈등은 가족 내부인 인간관계에 의해 갈등이 유발되

기도 하지만 그보다 더 큰 인간관계의 역동성 때문에 발생하기도
한다. 가족 내의 인물이 아닌 다른 인물과의 상호작용 속에서 가
족간의 갈등이 발생하기도 한다. 이것이 바로 체계 관점에서의 고
부 갈등 양상이다.

　며느리를 시기하는 가족 외의 인물에 의해 고부갈등이 심화되
기도 한다. 그들은 시어머니의 편에서 서서 며느리를 모함하고 곤
경에 빠트리는 역할을 한다. 이들은 악인형 노비가 등장하지 않는
고부갈등 신소설에 등장한다. 이러한 인물들로는 〈안의 성〉의 정
봉자, 〈유화우〉의 강웅범, 〈두견성〉의 조정위, 〈재봉춘〉의 숙희
등이 있다. 〈안의 성〉의 정봉자와 〈재봉춘〉의 숙희는 자신이 흠모
하던 남자가 다른 여자가 결혼하자 이를 시기하여 악행을 벌인다.
〈안의 성〉의 봉자는 김상현의 누이인 영자, 즉 주인공의 시누이의
친구이다. 김상현이 박정애와 결혼하게 되자 박정애에게 姦婦의
누명을 씌워 시어머니가 며느리를 내쫓을 구실을 제공한다. 〈재봉
춘〉의 숙희는 자기의 이모가 자기와 정혼한 남자의 계모가 됨으
로써 정혼이 깨어지게 된다. 정혼자와 자기와 졸지에 이종사촌간
이 된다. 이에 한을 품고 며느리를 괴롭힌다. 이러한 가정사로 인
해 숙희는 며느리 허씨 부인에게 못된 시누이가 된다. 〈유화우〉의
강웅범과 〈두견성〉의 조정위는 자기가 흠모하던 여자가 다른 남
자와 결혼하자 이를 시기하여 며느리를 곤경에 빠트린다.

　〈안의 성〉에서 정봉자는 김상현의 얼굴에 혹해 그와 결혼하려
하나 감상현이 박정애와 연애결혼 하자 그를 시기해 김상현의 누
이 동생 영자와 결탁해 박정애를 시어머니가 쫓아내도록 한다. 봉
자의 이간에 넘어간 시어머니는 며느리를 媤家에서 내쫓게 되고
봉자는 이러한 틈을 타서 김상현에게 자신이 후처가 되기를 바라

는 뜻을 노골적으로 밝히기도 한다.

> "그래도 못 알아들으십니다 그려. 당신께서 정애를 보내셨으니 時
> 下情地(시하정지)에 불가불 구혼을 하실 터 인즉, 제가 비록 미거하
> 오나 정애의 후임자가 되고자 하는 말이오니, 당신의 의향에 어떠하
> 십니까?"〈안의 성〉114.

봉자가 김상현의 마음을 움직이기 위한 수단은 그의 어머니에
대한 孝이다.

김상현은 아내에 대한 애정과 모친에 대한 효를 동시에 중히
여기는 인물이다.

이에 봉자는 애정으로서는 김상현으로 사로 잡을 수 없음을 익
히 아는 터이라 효로서 승부를 겨려 한다.

> "에그, 미상불 잘된 일이올시다. 정애는 흠절이 있든지 없든지 姑
> 婦間(고부간) 윤기가 끊어지면 자연 가정이 불화할 것인즉, 당신 같
> 으신 효자로 어찌 어머니 근심을 끼치겠습니까? 저는 당신께서 용
> 단하시는 것을 어데까지 致賀(치하)하겠읍니다".〈안의 성〉113.

봉자는 결국 표면적으로는 고부갈등의 심화를 가져오는 가족
내의 인물인 시누이 영자와 같이 며느리를 시기하는 인물이다. 이
렇듯이 가족체계 관점으로 해석되는 가족 외 인물들의 등장은 갈
등을 심화시키는 것 이외에 주인공 심리를 대변하는 역할을 한다.
또한 주인공과 갈등을 빚는 부정적 인물의 심리를 대변하기도 한
다. 〈유화우〉의 강웅범은 계모 시어머니의 열등감이 투사된 인물
이다. 〈유화우〉의 강웅범은 설정을 흠모하다가 설정이 자신의 이

종사촌인 최중위와 결혼을 하게 되자 이를 시기하여 설정의 시어머니가 자신의 이모됨을 이용하여 설정과 시어머니 사이를 이간시킨다. 강웅범은 고부갈등을 심화하는 가족외의 인물이다. 그로 인한 고부갈등은 체계적 관점으로 파악할 수 있다.

한씨 부인이 며느리에게 느끼는 열등감과 위기의식이 투사된 인물이 바로 강웅범이다. 전실 소생 며느리를 의도적으로 媤家에서 내쫓기 위해 모략을 꾸미는 〈봉선화〉와 〈치악산〉의 계모와는 달리 〈유화우〉의 계모는 적극적인 방법으로 며느리를 내쫓는 만한 구실을 획득할 뿐이다. 시어머니한씨 자신은 이를 빙자해 며느리를 내쫓는 구실을 정당화 한다. 즉 설정이 폐병이 들었다는 강웅범의 거짓말을 곧이듣고 시어머니는 설정을 媤家에서 내쫓는다.

> "아니야요, 전염병은 아무에게나 전염을 할 수가 있어도, 유전이란 것은 살 섞은 내외 사이에 유전을 할뿐 아니라, 어미든지 애비든지 폐병만 들고 보면 자식도 폐병 든 자식이요 그 자식에서 손자를 보면 그 손자도 폐병 든 아이들이니, 그리고 보면 집안은 그 병으로 판을 막는 법이야요" 〈안의 성〉 243.

이렇듯 강웅범은 설정을 모함하고 시어머니가 설정을 내쫓도록 한다. 강웅범은 그의 천성 때문에 그가 군인이 되어서도 그전 난봉 부릴 대에 돈을 호활히 쓰던 솜씨인 고로 뒤의 일은 생각 아니하고 公錢(공전)만여 원을 범포하였는데, 종내 그 일이 탄로되어 감옥서로 잡혀29)가는 비참한 최후를 맞는다.

강웅범과 비슷한 인물은 〈두견성〉의 조정위를 들 수 있다. 이들

---

29) 〈유화우〉, 전집, p267

은 남편의 주위에서 그에게 열등감을 느끼고 성장한 인물로 나타난다. 그들의 열등감을 더욱 고조시키는 것은 자신이 흠모하던 여인과 남자 주인공이 결혼하기 때문이다. 이러한 열등감과 패배감은 그들로 하여금 왜곡된 방법으로 주인공 부부간의 행복을 시기케 하였다. 이들은 자신의 이모, 혹은 고모가 여자 주인공의 시어머니라는 점을 이용하여 고부간의 갈등을 유발시켰다. 그리고 이러한 인물들은 며느리와 아들 사이에서 삼각관계를 형성하는 역할을 동시에 수행했다.

이러한 인물로는 〈재봉춘〉의 숙희가 있다. 숙희는 계모 시어머니의 조카로서 시어머니에게 며느리를 이간시키는 말을 꾸며내는 역할이 강웅범 및 조정위와 매우 흡사하다. 이들의 등장으로 인한 애정의 삼각관계는 보다 다양한 고부 갈등 양상의 가능성을 예견한다. 남녀 주인공을 사기하는 인물에 의해 애정관계에서 갈등을 빚는 것뿐만이 아니라 이들에 의해 고부갈등이 일어난다. 이러한 가족의 인물의 등장은 다양한 인간관계의 역동성을 보인다. 애정의 삼각관계가 고부갈등에 영향을 미친다. 그리고 이들은 시어머니의 열등감이 투사된 인물이다. 이로 볼 때 시어머니의 열등감은 고부갈등의 원인이 되었다. 이같이 다양한 인간관계와 그 안의 역동성은 신소설의 보다 다양한 인물형과 사건 구조를 낳게 하였다. 또한 남녀 주인공과 이들의 사이에서 보이는 애정의 삼각관계는 개화기 소설의 특성이기도 하다. 이 같은 현상은 개화기의 자유연애와 자유결혼의 사회적 반영일 수 있다. 이에 동반해 새 결혼관이 등장한다.

　"문벌 좋고 돈 많은 것이 지금 세상에 제일이지요. 참, 감축합니다."〈유화우〉375.

158

　　"문벌 좋고 돈 많으면 사람은 어떻게 되었던지 계관이 없고, 돈이
없으면 당시 英雄豪傑(영웅호걸)이라도 별수가 없소구려. 지금은 그
리하여 貞敬夫人(정경부인) 노릇을 합닌다." 〈유화우〉 376.

　　또한 조정위의 이정위에 대한 열등감은 결국 그에게 비정상적
인 행동으로 사회에서 출세하고자 하는 허욕을 불러일으킬 뿐만
아니라 부정을 저지르게 되고 마침내 처참한 최후를 맞는다.

　　한편 신소설에서 결혼을 통한 출세욕은 고부갈등을 일으키는
원인이 된다. 〈두견성〉의 조정위는 혜경이의 아버지 왕부장이 전
국 내에 名望과 도량이 활달하여 황상폐하께서도 매우 사랑하시
는 터이오, 실로 국가의 간성지장(干城之將)이라 할 만한지라.30)
그녀와 결혼해 출세코자 한다. 그러나 혜경이가 이정위와 결혼을
하게 되자 이를 시기하여 둘의 사이를 갈라놓기 위해 시어머니에
게 이간질하여 고부갈등을 유발한다. 결혼을 통해 사회적인 위치
를 차지하려는 욕망 특히 남자가 여자를 통해 자신의 신분 상승
을 꾀하려는 의도는 개화기의 한 일면이라 하겠다. 또한 애정이
전제가 되지 않는 사회적 출세를 위한 배우자 선택은 불행이 된
다. 이것은 배우자 선정에 있어서 家門이 아닌 개인을 중심으로
하여야 함을 나타낸다. 이렇듯이 가족 외의 인물의 등장은 고부갈
등 원인의 다양성의 제시와 함께 개화기의 변화된 사회상을 보여
주는 역할을 한다.

　　이상에서 체계론적 입장에서 고부갈등 원인과 양상을 작중인물
들의 기능을 통해 살펴보았다. 특히 가족 내의 인물과 남녀노비
및 가족 인물을 중심으로 논의했다.

---

30) 〈두견성〉, 전집, p.378

Ⅵ. 新·舊價値觀의 차이로 인한 葛藤의行動主義的 考察

1. 행동주의 교환이론의 사회가치관

행동주의자들은 인간 행동은 여러 대안적 행위(alternatives)에 대한 유인(incentive)의 단순한 함수관계로 본다. 이는 즉 특정한 상황세서 받는 자극에 대한 개인은 얼마나 많은 것을 얻을 수 있으며 또는 잃을 있는 가를 고려한 뒤 행동이 결정된다는 것이다. 그러나 얻고 잃는 것을 쉽게 알 수 없기 때문에, 이런 상황에서 개인은 갈등을 느끼게 된다.[1) 사람은 여러 正的 혹은 否的 誘因중에서 그가 택해야 되는 것에 대해 상당히 합리적인 타산을 하고 결국에는 수많은 규범적인 이론에 따라 의사결정이 이루어진다. 이때 어떤 형태이든지 상호 교환적 가치가 있다고 인정될 때 보다 원활한 관계 즉 갈등이 보다 감소된 관계가 형성된다.[2) 인간관계가 이와 같이 얻고 잃는 것에 좌우되어 형성되어진다는 교환이론(exchange theory)에 따르면 상호 교환적인 기대가 존재하지 않을 때 인간관계는 형성되지 않으며 형성된 인간관계일지라도 그 관계에는 갈등이 발생된다는 것이다.

---

1) Freedman,J.L, Sears,D.O., Carlsmith,J.M, 「Socal psychology」, (4th ed), Englewood cliffs : Prentice-Hall,1981. Trans. 홍대식, 「사회심리학」, (박영사, 1984)

2) 위의 책, pp.224-243

특히 가족관계에 있어 각 구성원들은 서로에 대해 교환적 가치를 가진다. 배우자 선택과정에서 각자는 그들의 현재 상황에서 얻을 수 있는 자산(正的誘因)과 부담(否的誘因)의 교환에 따라 상호작용으로 결정된다.3)즉, 상호관계에서 각자는 자신의 것을 상대의 것과 비교해 자기의 내용만큼 혹은 그 이상 얻을 수 있다고 믿게 될 때 관계를 지속시킨다는 것이다. 만일에 자녀들이 그들의 가정에서 한 가족으로 지켜야 되는 생활규범이 그들이 받는 것(경제적 도움)보다 중요하지 않다고 느낀다면 그들의 부모와 자녀사이에는 갈등이 일어날 것이다. 부부는 한 가족으로 함께 사는 것이 서로를 떠나는 고통이나 대가보다 낫기 때문에 오래 함께 사는 것이다.4)따라서, 가족은 계속적인 갈등을 피하기 위해서 가족체계 내에 함께 존재함을 정당화시켜 주는 충분한 보답을 상호 제공해야 하며 이러한 기대들이 서로 조화를 이루지 못할 때 가족관계에는 가등이 유발된다.

한 가족원이 상대 가족원으로부터 일정한 보답을 원한다면 그는 먼저 상대의 보답을 채워주어야 한다.5)이러한 가족 역할의 교환을 상호성(reciprocity)이라 할 때, 특히 가족은 하나의 체계임과 동시에 감정적 관계에 가깝기 때문에 상호성의 양과 질, 그리고 종류에서 똑같지 않으나 대부분의 가족들은 그들의 상호관계, 즉 누가 그들에게 은혜를 주었는지를 안다. 따라서 가족원은 상호관리와 의

---

3) Bagarozzi, D. & Wodarski, J. "A Social excange typology of conjugal relationships and conflict development", (Joumal of Marrige and Family Counselling, 39(October), 1977), pp.55-60

4) Galvin,K.M & Brommel, B. J, "Family communicationcohension and change", (ILL : Sott, foresman and company, 1982), p.184

5) Scanzoni, J., Polonco, K "A conceptual approach to expplict mar"

무를 포함하는 각각의 역할을 수행하고 있으며, 이건이 바로 의무와 보답을 인정하는 것이다. 만일 가족의 일방이 이러한 상호관계를 무시하는 것은 가족내의 갈등을 일으키는 원인이 된다.

가족갈등에 관한 교환이론의 적용은 우리에게 매우 생소하다. 비록 부모가 부모의 역할을 다 하지 못하더라고 자식은 그 자식의 도리를 다 해야 된다는 전통적 孝 思想에 비추어 볼 때 평생(equity)의 원리에 입각하여 두 사람의 관계에서는 호감이 증진되며, 자기가 부여한 투자와 노력의 비율에 따라 대가를 얻을 수 있다고 믿는 대상과의 관계에서 갈등을 덜 느낀다고 하는 교환이론을 실천함으로써 어느 정도의 고부갈등의 감소를 기대할 수 있다.6)

행동주의적 관점 내에서 갈등 발생을 상이한 입장으로 보는 것에 學習理論이 있다. 그들은 즉 갈등을 條件化(conditioning)된 행동의 결과로 본다. 많은 며느리들은 결혼 전부터 시어머니란 골치 아픈 존재이며 그들과의 관계는 대단히 어렵다는 인식을 가지고 있다.7) 인척관계 특히 고부관계에 있어 갈들을 일으키는 가장 중요한 이유는 서로를 좋지 않은 사이라고 믿어 온 조건화되어온데 있다.8)

고부간의 갈등의 원인에는 여러 가지가 있지만 그 중 미리 조건 형성된 자극으로 고부가 서로 갈등을 가지고 있는 존재라는 인식을 받아왔다는 것은 주요원인이 된다. 그들의 관계에는 이 자

---

6) Tyler, T.R, Sears, D.O. "Coming to like obnoxious people when we must live with them", (Joumal of Perosonality and social Psychology(35), 1977), pp.200-211

7) Neisser, E.G, "How to be a good motherinlaw and gran dmother", Public Affairs Pamphlet, NO.174,(NY : Public Affairs com mit tee,1974), p.414

8) Duvall, E. M, "In-laws : pro and con", (NY: Association Press, 1954), pp.187-188

극에 이미 敵意가 형성되었기 때문에 이러한 자기달성의 예언은 대단히 쉽게 갈등을 정당화시킨다.9)

행동주의적 관점에서는 가족의 갈등을 피하기 위해 가족 구성원간에 충분한 보답을 상호 제공해야 하며 이러한 기대들이 서로 조화를 이루지 못할 때 가족 관계에는 갈등이 유발된다고 본다. Scanzoni는 한 가족원이 상대 가족원으로부터 일정한 보답을 원한다면 그는 먼저 상대의 보답을 채워주어야 한다.10)고 한다.

행동주의적 관점의 고부갈등은 개화기라는 시대적인 특수성을 배경으로 한 신소설에 나타난다. 신세대들의 가치관에 비해 구습을 고집하는 구세대 부모의 가치관은 자녀세대에게 설득할 논리성을 잃게 된다. 과거시대에 무조건 부모 혹은 시부모의 뜻에 따르도록 요구되던 것과는 달리 개화된 신세대는 합리적인 이해와 설득을 부모에게 요구한다. 그리고 신세대들의 이러한 욕구를 채워줄 수 없는 부모들에게 신대들은 더 이상 복종하지 않는다. 그들은 그들의 지적욕구와 새로운 시대에의 열망에 대한 욕구를 신교육과 새로운 사상에서 찾으려 한다. 이러한 구세대와 신세대의 갈등은 고부갈등 양상에도 그대로 반영되어 나타난다. 행동주의적 관점에서 본 신구세대의 갈등으로 인한 고부갈등 원인과 양상을 작품에서 구체적으로 살펴보면 다음과 같다.

---

9) Bowman,H.A, "Marriage for mordems"

10) Scanzoni, J. Polonco, K. "A conceptual approach to expplict ma rtial negotiation,(Journal of Marriage and the family, 42(Feb), 1980, pp.31-44

2. 신교육관

신교육관에 따르는 고부갈등은 두 가지의 관점에서 해석이 가능하다. 첫째는 남자 주인공이 신교육을 받게 됨에 따라 고부갈등을 유발하는 경우이고, 둘째는 며느리가 신교육을 받은 것이 문제가 되어 고부갈등을 유발하는 경우이다.

첫 번째 경우부터 살펴보면, 고부갈등이 나타나는 신소설은 남자 주인공 모두 신교육을 받은 인물이다. 남자 주인공이 신교육을 받게 됨으로써 고부갈등이 나타나는 것 또한 두 가지로 볼 수 있다. 첫 번째 경우는 남자 주인공이 신교육을 받기 위하여 집을 떠나거나, 신교육을 받음에 따라 얻게 된 사회적 직분 때문에 가정을 떠나게 된다. 이것이 고부간의 갈등을 심화시키는 간접적인 역할을 하게 된다. 이 경우 고소설의 연속적 고부갈등 양상이다. 그러나 남자 주인공이 신교육을 받는 것 자체가 고부갈등의 직접적인 원인을 제공하는 경우가 있다. 〈치악산〉의 경우가 그러한데, 본고에서 다루는 8편의 작품 중 유일하게 나타나는 고부갈등의 양상이다. 이는 개화기 소설의 특성을 보여주는 것이라 하겠다. 〈치악산〉에는 봉건적 인물 백돌의 아버지와 개화적 인물 백돌의 장인의 갈등이 보인다.

이애 백돌아, 집안에 못된 책 얻어 들이지 말고 오늘부터 맹자를 읽는지 논어를 읽든지 하여라. 사람이 제 마음만 단단하면 어디를 가기로 계관이 있겠느냐마는, 너같이 中舞所主(중무소주)한 것이 서울이나 자주 가면 마음이 들떠서 못쓰는 법이니, 다시는 서울 가지 마라 〈치악산〉 283.

위의 인용문은 백돌의 아버지가 개화한 인물들을 놓고 비하하여 이야기하는 것이고 아래의 인용문은 백돌의 장인이 백돌의 아버지를 빗대어 하는 말이다. 또한 개화한 장인은 보수적인 백돌의 아버지를 놓고 완고한 늙은이라 비난한다.

완고의 늙은이는 다 어서 죽어야 나라가 되지, 쓸데없이 오래 살아서 젊은 사람에게 까지 해가 적지 아니하여.〈치악산〉291.

이러한 사돈간의 가치관 차이로 인한 갈등에서 결정적인 계기는 백돌의 유학이다. 장인의 뜻에 따라 백돌은 아버지를 속이고 동경 유학길에 오른다. 이로 인해 이씨 부인은 시어머니의 마음뿐만 아니라 시아버지의 미움까지 사게 된다. 이로써 고부갈등이 심화되고 며느리는 媤家에서 쫓겨난다. 하지만 〈치악산〉은 시아버지의 화해 기능으로 작품의 결말이 가족간의 용서와 화해로 끝을 맺는다. 신구세대의 갈등은 부자관계 뿐만 아니라 고부갈등을 심화시킨다. 구세대인 아버지의 가치관은 신교육에서의 열망을 가진 아들을 만족시킬 수 없다. 이러한 부자간의 갈등이 고부갈등의 원인을 제공한다.

두 번째의 경우인 며느리의 신교육으로 인한 고부갈등은 다음에서 볼 수 있다. 신소설 중 〈봉선화〉와 〈치악산〉을 제외하고는 모두 여자 주인공인 며느리도 신교육을 받은 여성이다. 그러한 반면 시어머니는 신교육을 받은 시어머니가 하나도 없다. 물론 신교육과 구교육의 교육관의 차이로 인한 가치관의 대립은 구체적으로 작품에 나타나지 않지만 시어머니가 며느리를 꾸짖는데 있어서 며느리의 신교육은 종종 그 원인이 되기도 한다.

<유화우>에서 보면 시어머니는 며느리가 신교육을 받은 것을
구실로 애매한, 트집을 잡는다.

계집 잘못 얻은 것은 평생 원수보다 더하니까, 네 동서 부끄럽지
아니하냐? 소학 매운 며느리가 시어미의 없는 숭을 함부로 보나?
그까짓 버르장이를 또 하려거든 네 집으로 진작 가거라. 그 꼴은 아
니꼬와 못 보겠다. <유화우> 241.

<홍도화>에서도 시어머니는 손자를 어려서 넷이나 잃게 되자
그것을 며느리의 탓으로 돌리며 며느리가 신교육을 받은 것에 대
한 불만을 토로한다.

"아이의 말을 듣고 처음에는 여자라도 학교에를 불가불다녀 학문
을 닦아야 할 줄 알았더니, 에그, 학교도 다 알아보았다! 섣부르게
고집만 생겨가지고 귀신을 덧 들여서 자식을 그 모양으로 낭패를 보
면서도 조금도 후회를 못하니 도척(盜跖)보다도 더한 심술을 다 보
겠지."<홍도화> 314.

그러나 <유화우>와 <홍도화>이외의 작품에서는 며느리와 시어머
니 사이의 갈등이 단순히 며느리의 신교육을 문제 삼아 나타나지는
않는다. 며느리들이 신교육을 받은 여성들이기는 하나 그들이 나서
기에는 아직 사회적 여건이 되어 있지 않았기 때문일 것이다.
당시 개화 인사들은 여성의 잠재된 능력을 나라 발전에 유효하게
쓰기 위해서는 여성에게 남성과 동등한 권리를 주어야 하며, 이를
위해서는 무엇보다도 먼저 여성교육이 이루어져야 한다고 하였다.
11)그러나 개화기에 있어서 신학문, 신교육의 보급은 그 기반 사회

가 아직도 보수성이 강렬하였던 관계로 많은 진통을 겪어야만 했
다. 더욱이 여성의 公的 교육은 실시되지 않은12) 사회 체제였기 때
문에 여성교육을 실시한다는 것은 쉬운 일이 아니었다.

이러한 시대적 상황에서 개화기 교육의 선구자들은 국가의 발전과
문명개화를 이룩하며, 가정교육을 振興시키는 동시에 男女平等觀의
실현을 위해서는 여성에게도 신교육을 실천해야 함을 역설했다.

幼年의 教育은 爲母者가 主張이니 萬苦 知識이 無ᄒᄂ 道를 不解
ᄒ야 兒의 性을 拂ᄒ고 兒의 生을 傷하기 容易한 故로 一女子를 敎
홈이 要緊 홈이며 「서유견문」13)

위에서 보듯이 아동의 교육은 어머니가 담당하여야 한다고 하
였다. 그런데 어머니가 지식이 없으면 자식을 기르는데 어려움이
많다고 하면서 女性의 교육이 꼭 필요하다고 강조하였다. 유길준
은 계속해서 말하길 "여자가 남자와 다르다고 하지만 역시 사람이
아닌가. 그러므로 여자를 가르치지 않는 나라는 國民의 總人口가
一千萬에 이른다 하더라도 실상은 5百萬밖에 되지 않는 셈"14) 이
라 했다. 「독립신문」도 韓國에서 가장 긴급한 것은 教育15)이라

---

11) 박용옥, "개화파의 여성개화사상," 「사총」25,(고려대학교 사학회,
    1981), p.69
12) 孫,仁 銖, 「한국여성교육사」, (대학문고 12, 연세대 출판부, 1977),
    pp.238-240
13) 유길준, 「西道?間」제15편, 女子待接條, pp.407-408
14) 김신자, "개화기 여성교육과 자녀교육," 「학술지」26, (건국대, 1982),
    pp.569-570
15) 「독립신문」, 1897년 4월 20일자 논설,
    임영길, "개화기 여성관 연구 : 독립신문의 논설을 중심으로," (단국

하여 自强을 위한 기초 작업으로 敎育의 필요성을 역설하였다. 특히 많은 敎育論設을 통하여 남성교육 못지않게 여성교육을 강조하고 있다.16)

첫째 : 지혜있는 부인들도 國事를 의논하여 政治를 진보케 할 수 있다.

둘째 : 婚姻後 夫婦間에 國事를 서로 의논하여 國道를 興旺케 할 수 있다. 즉 남편을 도와 편지를 代書하고 文書를 기록하고 또 書?을 보아 學問을 토론할 수 있어 家和가 충만하고 生前에 좋은 친구가 된다.

셋째 : 10歲 이전의 子女敎育을 담당하는 것은 어머니이므로 어머니가 학문으로 자녀를 가르칠 수 있으므로 자녀의 어머니요 스승이 된다.17)

위에서 보듯이 「독립신문」의 논설에는 여성교육의 필요성을 첫째, 國家가 발전하고 둘째, 남편에 내힌 內助가 좋아지고 셋째, 子女敎育에 有益하다고 하였다. 「제국신문」에는 여성교육의 절실함은 '화목한 가정을 위해서', '사회악습의 타파를 위해서', '사회. 경제활동의 장려를 위해서' 라고 말하고 있다. 이것이 결국은 국가발전의 원동력이 된다고 하였다.

그러나 실제로 여성의 사회활동은 활발하지 못했다. 고부갈등

대, 석사논문, 1987), p.31

16) 김숙자, "독립협회의 교육보국운동," 「한국사논총」4, (성신여대, 국사학회, 1981),pp.66~67

17) 「독립신문」, 1899.5.26, "녀학교론," 임영길, 앞의 논문, p.31,

양상이 나타나는 신소설에서도 며느리가 사회활동을 한 예는 없
다. 따라서 여성들이 가정 안에만 머물게 됨으로써 두 주부(시어
머니와 며느리)는 그들의 가정에서의 역할로 인해 갈등을 겪는다.
여타의 개화기 소설에서 보이는 여성들의 사회적인 활약에도 불
구하고 고부갈등 양상이 나타나는 작품에서는 여성들의 사회적인
활동을 찾아 볼 수 없다. 이것은 고부갈등 이라는 특성이 '두 주
부가 한 가정에 머물 때의 위험'으로 말하여 지는 것과 같이 고부
간의 갈등은 논리적인 뚜렷한 가치관의 대립으로 설명될 수 없는
다양하고 복잡한 원인으로 나타나는 것이므로 신구세대의 갈등으
로 대표되는 신교육관과 구교육관의 대립으로 고부갈등을 작품에
표현하는 것은 고부갈등의 다양한 원인과 심리상태를 나타내기에
부족한 것이다. 그러므로 대부분의 고부갈등 양상이 나타나는 작
품에서 며느리가 신교육을 받은 여성으로 설정되었지만 그로 인
한 직접적인 고부갈등의 모습은 그 예가 적다고 할 수 있다.

그러나 위에서 보듯이 여성 교육에 관한 필요성을 이야기한 논
설 등은 기존의 여성 인식과 많은 차이가 있다. 여성의 內助者로
서의 역할을 말한 것에서 확인할 수 있다. 과거에 훌륭한 내조자
는 남편에게 절대 순종하면서 가정 일에만 관여를 하고 가정 밖
의 일에는 남편에게 전적으로 맡기는 것을 良妻의 미덕으로 여겼
다. 교육에 있어서도 여자에게는 순종과 정절을 강조하다보니 교
육의 장이 가정 안이었다. 여자에게 있어서 교육이란 부엌살림을
잘 구려가고, 봉제사를 받들고, 손님 대접만 제대로 할 수 있으면
충분했던 것이다. 이와 같은 여성 교육관으로 말미암아 여성은 남
성과 동등한 교육을 받을 수 없었고, 따라서 여성의 사회적 지위
도 당연히 남성과 동등할 수 없었다. 이에 반해 「제국신문」에서

제시한 훌륭한 내조자 상은 다음과 같다.

그 부인되는녀즈가 전셰상에 구학문으로 다만 쌜닉ㅎ고 다듬이ㅎ
고 믈깃고 밥짓고 바누질ㅎㄴ것에만 졸업ㅎ엿거나 혹 연지씩고 분바
르고 머리 곱게빗고 셰슈 졍이ㅎㄴ일에만 졸업ㅎ고 소위 가쯩학문이
나 샤회지식이 무엇인지 알지못ㅎ야 즈녀의 교육과 가산의 졍리와
ㄴ외국인의 교졔와국민남녀의의무동亽에람되야 당연이 알일을 하나
도 알지못홀지경이면 그남편된즈의게 영셩유감과 빅년원슈룰 면치못
홀터이니엇지일가의 화평을보젼ㅎ리오 그러ㅎㄴ즉 남즈의애졍이 즈연
타인의게 올믈거시니 〈부인샤회에서 잠간 싱각홀일 긔서〉「제국신문」
331호. 1906. 11. 16. 1

내조를 잘하는 아내는 사회 실정을 잘 알아 가산의 정리는 물
론이거니와 내외국민의 교제까지도 할 수 있는 유능한 협조자라
고 말하고 있다. 불학 무식한 아내는 남편에게 백년원수나 마찬가
지라고 했을 정도로 여자의 교육의 필요성을 말하고 있다. 이는
여성의 교육관이 이전 시대와 확연히 달라졌음을 알 수 있게 한
다. 이렇게 집안에서의 여성의 역할에 대해 기존과 다른 견해를
갖게 하는 신교육 사상은 시어머니와 갈등을 빚는다. 시어머니가
기대하는 며느리의 상과 신교육을 받은 며느리가 생각하는 자신
의 가정에서의 역할은 다를 수밖에 없다. 이렇듯 서로에 대한 역
할 기대가 다른 것에서 오는 갈등은 행동주의적 관점에서의 고부
갈등으로 해석할 수 있다. 또한 며느리의 신교육으로 인한 시어머
니와의 갈등은 개화기 소설의 한 특징이다. 며느리의 신교육은 시
어머니와의 가치관의 차이로 인한 고부갈등뿐만 아니라 또 다른
고부갈등의 원인을 제공한다. 며느리는 신교육을 받기 위해 여학

교 시절 통학을 한다. 이것은 자유연애의 기회를 제공하며 자유연애를 통한 자유결혼은 고부간의 갈등의 한 요인이 된다. 또 한 자녀세대에서 새로운 결혼관으로서 배우자를 선택하는 기준이 신교육을 받은 여성이다. 아들이 자신의 뜻에 따라 배우자를 고르게 되는데, 이것은 이전의 가문의 중심의 결혼에서 부부 중심의 결혼이 이루어지는 것이다. 부모의 뜻에 따라 맺어진 부부에 비해 夫婦愛로 맺어진 부부에게 있어서 고부갈등은 일어날 가능성이 높다. 이렇듯이 여성의 신교육에 의한 고부갈등은 개화기 시대의 한 특징으로 설명되며 다양한 고부갈등의 원인이 되었다.

3. 자유결혼

근대화의 영향으로 기존의 결혼관에 많은 변화가 생겼다. 그 중에도 서학으로 지칭된 천주교에서는 혼인에 있어 전통적 가문 혼 및 축첩 그리고 개가금지 등에 반기를 들었다. 서학의 결혼윤리에서는 무엇보다도 억혼을 부당하다고 여기면서 신앙인은 결혼하는 배우자 당사자들의 의견이 혼인에 반영되어야 함을 강조하였다. 조선에서의 '혼인'은 가문의 결합이라 성격이 강했으며, 혼인의 주된 목적도 家의 계승에 있었다. 그러나 교회에서 주장하는 혼인은 가문간의 만남이 아닌 개인의 만남에 의미를 두었고, 이는 조선 제4대 교구장 베르뇌 주교가 1857년 신자들에게 보낸 輪示를 통해서도 확인된다.

혼배는 세속에(서)도 대사이고, 교우에게는 성사인데, 어찌 경솔히 여기며, 도리어 더구나 法意를 거스려 하느냐? 내력과 지체를 속이며 정혼하였다가 큰 연고없이 退婚하며, 抑婚하고자하여 교사한 거짓말로 꾸미고 賄賂하여 꾸짖고 훼방하며, 억지 쓰는 것을 무수히 하며, 아무쪼록 이를 취하는 죄로써 딸자식을 보냄 같은 것을 불가 불 고칠 것이라. 聖敎會法에 자식을 강박하거나 모르게 정혼을 못하 느니, 부모가 그 뜻을 통한 즉 착한 자식이 자연히 따를 것이다.18)

이와 같이 서학은 개인과 교회 모두에게 大事인 혼인에 있어 교회법은 자식을 강박하거나 자식이 자신의 혼인을 모르게 정혼하는 것을 금하고 있음을 분명히 하면서, 조선사회에서 부모가 일방적으로 자식의 혼인결정의 全權을 가지고 있는 것을 잘못된 것으로 규정하면서, 자녀에게 억지로 혼인을 강요하는 것은 신앙인으로 잘못된 행동이라 하였다. 즉 개인의 의사 특히 여성의 의사 역시 반영되어야 한다고 함으로써 혼인에 개인의 만남이란 의미가 더해져야 함을 강조하였다. 그러므로 Ch. Dallet(1874)가 소개하고 있는 조선 최초의 동정부부인 유요한과 이누갈다의 결혼과정에서는 이러한 일면이 잘 나타나 있다. 즉 이누갈다는 童貞女로 살아가기를 원했고, 주준모 신부는 이를 허락하여 마찬가지로 동정을 지키기를 원했던 유요한과 결혼이 주선되지만 이들은 서로 혼인을 할 수 없는 계급이었다. 즉 왕손의 집안인 이누갈다와 지방의 토호에 불과했던 유요한의 결혼 자체는 기존의 관점에서 볼 때 부당한 것이었다. 그러나 이누갈다는 자신의 의지를 어머니와 주준모 신부에게 분명히 밝히고 집안의 외교인들의 친척들의 불평과 비난을 극복하고 자신의 의사를 관철시켰다.19)

---

18) 장경일 베르뇌, "張生,敎"輪 示諸 友「書순교자와 증거자들」, (한국교회사연구소, 1982), p.172

19) Ch. Dallet, 앞의 책, 1874, p.535

새로운 결혼관에 의한 자유결혼으로 인해 고부갈등이 나타나는 작품으로는 〈안의 성〉, 〈홍도화〉등이 있다. 〈안의 성〉의 김상현은 등교 길에서 삼년 동안 마주치던 정애를 흠모하고 정애와 혼인하기를 원하여 서운경에게 중매를 부탁하여 정애와 결혼을 한다. 그러나 김상현은 정애의 가세가 어렵고 오라비가 생선장수라는 미천한 직업을 갖고 있는 것을 알자 자신의 어머니에게 정애의 신분을 속이고 일방적으로 결혼을 이끌어 나간다. 그는 자신의 어머니에게 자신의 뚜렷한 결혼관을 역설한다.

"아니올시다. 혼인이란 것은 양반이나 인물이나 가세로 취할 것이 아니오, 그 사람의 덕행과 학문을 볼것이올시다." 〈안의 성〉 68.

이러한 김상현의 뜻을 어머니도 받아들여 어머니 역시 김상현의 결혼을 승낙한다.

"오냐, 그러면 좋도록 하자. 혼인이란 것은 백년해로하는 일인즉, 부모가 압제로 할 것이 못 되니, 어데까지 네 마음에 가합한 신부를 구하는 것이 좋겠다. 〈안의 성〉 68.

김상현의 어머니는 아들의 결혼에 대해 신세대적인 발상을 가진 인물이다. 부모들의 중매로 가문과 가문의 결합이라는 낡은 결혼관을 버리고 그의 어머니는 당사자인 아들의 의견을 가장 중시한다. 또한 부모가 압제로 할 수 없는 일이라 하여 부모가 차지하던 역할을 순순히 자식에게 양보한다. 이러한 모습은 김상현의 어머니가 김상현에게 보이던 집착과는 사뭇 다른 것이다. 홀어머니

174

가 자신의 외아들에게 보이는 집착이 바로 고부갈등의 원인이 된
다. 그러나 아들에게 보이던 집착과는 달리 아들의 결혼에 있어서
자신의 권리를 내세우지 않는 어머니의 모습은 생소해 보인다. 그
러나 영자와 봉자의 이간에 넘어가 며느리를 이혼시키는 것은 아
들의 혼인 여부를 자신의 권한에 넣으려는 어머니의 모습이다.

　김상현의 어머니는 자유결혼을 한 아들과 며느리를 이혼시키고
자심이 맘에 두던 봉자와 재혼할 것을 강요한다. 이것이 고부갈등
의 원인이 되는 것이다. 자유결혼으로 며느리를 받아들였지만 어
머니는 내심 그러한 결혼으로 맺어진 며느리에 대한 불만을 갖고
있는 것이다. 이러한 것은 봉자가 며느리(정애)와 시어머니를 이
간시킨 근거이다. 봉자로 하여금 이러한 기회를 넓혀줌에 따라 고
부간의 갈등은 더욱 심화된다. 〈홍도화〉에도 역시 자유결혼에
따르는 고부갈등의 모습이 나타난다. 총각인 심상호는 과부인 태
희를 맞아 결혼을 한다. 이것이 고부갈등의 원인이 된다. 〈홍도
화〉는 고부갈등 양상이 나타나는 8편의 작품 중 유일하게 과부개
가 허용이 니타난다.

4. 寡婦改嫁

　과부개가금지에 대한 비난은 성종이 이를 입법화한 이후부터 일
부 유학자와 그리고 실학자들에 의하여 꾸준히 제기되었다. 그러나
이들이 제도의 부당함을 지적하는 것에서 그칠 때 기독교 신앙인들
은 과부개가를 실천으로 옮김으로써 타파코자 했다. 이들은 과부개
가금지의 그릇됨을 지적하는 동시에 과부에게는 개가를 적극 권장
하였다. 그 일례로 베르뇌주교는 과부 본인이 개가를 원한다면 그

룻된 풍속을 좇지 말고 靈处의 이익을 살펴보아 자신의 의지대로 실천할 것을 권했다. 이러한 과부 개인의 의사를 친정과 시댁 모두는 조금도 말리지 말 것이며 혹 이를 말린다면 양심에도 거슬리는 일일 뿐 아니라 그로 인한 '벌도 면하지' 못할 것이라 했다.[20]

〈홍도화〉에는 과부개가 허용의 내용 외에 조혼의 폐습과 여성 교육의 중요성을 강조하는 대목이 있다.

> 각 학교 학도 중에 지벌도 볼 것 없고 형세도 볼 것 없이 제일 인물이 기걸(奇傑)하고 지개가 헌앙하고 공부도 썩 잘하는 신랑을 그하여 다 각기 성년된 뒤에 혼인을 할 것이어늘, 이직각은 사위보기가 그렇게 바쁘던지 졸업기한도 참지를 못하고, 고르고 골라 정혼(定婚)한다는 것이, 오직 아무 자손의 몇 대 홍문록이라는 양반만 취하여 영평 홍생원의 아무와 혼인을 정하였는데, 〈홍도화〉 276.

위에서 보듯이 태희는 완고한 아버지의 뜻에 따라 양반이라는 가문만을 취하여 혼인을 정하게 된다. 그러나 이러한 결혼관에 대하여 작가는 냉소적이다. 재능 있고 우수한 여자를 교육하지 않는 것의 그릇됨을 지적하면서 지벌과 형세를 보지 않는 결혼의 중요성을 역설한다. 더욱이 학교도 마치지 않은 어린 나이에 早婚시키려는 것에 대해서는 태희의 말을 빌어 그 잘못됨을 지적한다.

> 태희가 저의 아버지 말을 듣고 어린 소견에도 어이가 없어 혼자 속 증으로, (아버지 하시는 일이 딱하시기도 하지. 개화한 세상에는 양반은 쓸데없고, 남녀 물론하고 학문이 넉넉하여야 상등인이 된다는데, 나를 왜 공부도 못하게 시골구석으로 시집을 보내려 하시노?) 우

---

20) 장경일 베르뇌, 앞의 책, 9182, p.173

리 학교 토론할 때에 조혼(早婚)하는 해(害)가 인민을 구덩이에 쓸어
넣는 것보다 심하다는 문제로 연설하는 말을 들은즉, 남자는 이십
세, 여자는 십칠 세에 혼인하는 것이 합당하다고 하니까, 누가 가하
다고 손바닥 아니 두드리는 이가 없던데, 지금 나는 겨우 열세 살에
시집이 다 무엇이야. 〈홍도화〉 277.

이어 〈홍도화〉에는 早婚으로 인한 폐해와 조혼한 태희의 처량
한 신세를 보여주고 있다.

어린 나이에 남식이가 장가를 가더니 얼굴에 노랑꽃이 피어 대웅
보전(大雄寶殿)에 감중련(坎中連)하고 앉았는 통부처와 계 모을만
하고, 키가 땅을 향하고 뒷걸음질을 자꾸 하여, 두 눈의 눈꼽은 미
처 씻을 새가 없고, 살쩍의 발찌(髮?)는 잠시 아물지 아니하여 전
신이 털 못 벗은 복숭아 모양으로 까칠하여지며, 일기가 조금만 선
선해도 감기가 들어 콜록콜록하고, 조금만 더워도 서체(暑滯)가 되
어 이질. 설사로 하루 한시 빤한 겨를 없이 밤낮 꿍꿍 앓더니 초혼
(初婚)소리 한마디에 남의 집 아기딸 부인의 신세가 한없이 처량히
되었더라. 〈홍도화〉 275.

위에서 보듯이 早婚으로 인한 폐습으로 태희의 첫 남편은 어린
나이에 세상을 떠나게 되고 태희는 어린 아이에 과부가 되어 媤
家에서 동서와의 갈등을 겪으며 처량한 신세로 지낸다. 그러던 중
태희는 괴로운 삶을 마감하고자 자살을 결심하고 친정어머니가
보낸 의복을 뒤지다가 버선을 싼 종이가 유독 눈에 들어 종이에
쓰인 글을 보게 되는데, 그것은 「제국신문」논설로서 "여자의 개가
(改嫁)를 할 일이라, 이호(二號)활자로 대서특서한 것21)이었다.
태희는 「제국신문」의 논설을 보고 자결하려던 마음을 접고 개가

할 마음을 하게 된다.

　이 신문을 보고 생각해 본즉, 진정 말이지, 나 같은 과부가 수절이
니 정절이니 하고 세상에 났던 보람 없이 아무 재미 모르고 그대로
시들어 죽던지 자결을 하여 죽던지 그런 얼뜨고 어림없는 일이 어찌
있어? 개가를 해서라도 악한 행실만 아니하고 유지한 남편의 배필이
되어, 적게 가정윤리를 바르게 하고, 크게 사회 습관을 개량하면 비
단 내 한 몸의 철천지한(徹天之恨)을 풀어볼 뿐만 아니라, 이 세상에
몇만 명 내 신세와 같은 사람의 본보기가 되어 원통한 세월을 면하고,
화락한 천지를 만나게 되면 그 영원무궁한 사업이 어찌 구구한 작은
생각으로 천금 같은 생명을 버려 물거품 저지듯 났던 흔적도 없어진
것에다가 비할 수 있나! 〈홍도화〉 289.

개가를 결심한 태희는 외삼촌의 주선으로 심상호 총각과 결혼
하게 된다. 그러나 아들과는 달리 그 모친은 과부와의 결혼을 못
마땅히 여긴다. 이로부터 고부갈등이 야기된다.

　"사람이 계집에게 침혹(沈惑)하기로 저 지경이 될 줄이야 누가 알
았어? 네가 조강지처가 어떤 것인지 모르고 지껄이는구나. 과부로
시집온 것이 조강지처면 기생삼패 모양으로 산 서방 두고 돌아다니
던 것도 넉넉히 조강지처라고 하겠구나!" 〈홍도화〉 317.

위에서 보듯이 심상호의 어머니는 며느리의 改嫁를 문제 삼는
다. 〈홍도화〉는 미신타파의 문제가 고부갈등의 직접적인 원인이
다. 그러나 시어머니는 결혼을 승낙했던 것과는 달리 며느리와의

---

21) 〈홍도화〉, 전집, p.287

관계가 나빠지게 되자 改嫁한 것을 비난한다. 이것은 당시 사회가 법적으로는 과부의 개가를 허용하고 있지만 실제 생활에서는 아직도 개가한 여인에 대한 천시가 심했음을 보여주는 것이다.

전통적 남녀윤리는 男女之別을 강조하였고, 이것은 男女七歲不同席의 윤리규범으로 정착되었다. 특히 유교적 남녀윤리와 조선의 신분제의 상동관계는 여성의 성에 대한 철저한 통제로 이어졌으며, 이는 일상에서 남성의 축첩은 인정하면서도, 과부의 개가까지 금지하는 것으로 점철되는 이중적 윤리로 고착되었다. 이 같은 남녀 부부윤리는 조선후기 그 규범이 되고 예학이 일상에서 실현됨에 따라 본연의 수평적 측면은 사라지고 七夫之惡. 三從之道의 윤리규범과 가문의 발전을 위해 강조되어온 烈觀念에 의해 여성은 종속적이고 차별적인 지위로 종착되었다.

이처럼 법적인 과부개가 허용과는 달리 실제생활에서는 여성의 정절을 여전히 강조했다. 더욱이 신교육을 받지 못한 시어머니들은 유교적 정조관념이 더 강했다. 이렇듯 아들의 뜻에 따라 시어머니는 과부 며느리를 받아들이기는 하였지만 이것은 언제든 고부갈등의 소지를 담고 있었다. 결혼 당시 시어머니의 허락과 심상호가 결혼식에서 좌중에게 과부개가의 정당성에 대해 이야기 할 때 좌중이 일제히 손을 들며, "가하오! 가하오!22) 하던 것과는 달리 결혼 후에는 改嫁한 것이 문제가 되어 시어머니에게 비난받는 태희의 모습은 이상과 실제 사회의 모습이 다른 개화기의 모순된 사회상을 나타낸 것이다. 19세기말 서구의 문물이 들어오면서 개화파 인사들에 의해 과부개가 허가가 주장되고, 1984년 동학의 폐정개혁안에서도 이를 규정하였다. 갑오개혁 때에는 과부개

---

22) 〈홍도화〉, 전집, p.310

가의 자유화를 법제화하였다. 허나 아직까지 사회 관습은 이를 허용하지 않고 있었다.23) 당시 「제국신문」에는 과부의 비참한 생활과 과부개가 금지로 인한 폐해가 실려 있다.

근고에 두 번싀집간 사룸의 ㅈ손은 청환벼슬을 주지 아니ㅎ뫼 당시 ㅅ대부례양을 슝샹ㅎ고 명긔를 즁이 녁이는 쟈들이 녀ㅈ의 힝실을 굴ㅇ칠제 다만 경계잇는줄만 알고 권도잇는줄은 아지못ㅎ야 여렴간 횔부들ㅆ지라도 쓰ㅎ 실힝ㅎ는 일을 말ㅎ기를 뭇그러ㅎ야 되디여 나라에 큰금법이되어서 음란ㅎ 풍속이 변ㅎ야 단정ㅎ풍속 된 것이 사룸답지 아님이 아니로되 당초의 법을 마련ㅎ뜻은 쓰ㅎ 형벌ㅎ야가며 엄ㅎ게 금ㅎ라는 것이 아니어늘 슯ㅎ다 뎌쳥츈의 산ㅇ회를일ㅎ뫼 홍안박명의 쳐다가 가련ㅎ지라 낫촉불에 외로은 쳥샹과 밤벼기의 탄식ㅎ는소회는 보는쟈의 챵ㅈ가 끠어지고 듯는쟈늬골이 션율ㅎ지라 새도 쌍이잇고 신도 쌍이잇는디 사룸이격을ㅎ야 화긔 감샹ㅎ는 것이 이에셔 더 심ㅎ쟈가업고 늙어서 지아비 업는것도 님군의 졍ㅅ에 맛당이 먼져 싱각ㅎ바이어늘 함울며 소년 과부오릿가 「제국신문」28호, 1900, 12. 5. 1-2.

위에서 보듯이 개가한 부인의 자손은 사회적인 진출이 제한되었으며 사대부 집안에서 여자를 교육 할 때에도 여자의 재가를 부끄러운 일로 가르친다. 그러나 소년과부가 밤에 홀로 외로워하는 모습과 탄식하는 소리는 보는 이의 창자가 찢어지는 듯하고 듣는 이의 모골이 송연할 정도이니 딱한 사정을 이루 말 할 수 없었다. 하지만 본인의 확고한 의지가 있어 개가를 하지 않는 경우는 그 뜻을 지켜주고 개가를 원하는 과부가 있는 집안에서는 예절을 갖추어 혼

---

23) 박용옥, 「한국 근대 여성운동사 연구」, (한국정신문화연구원, 1984), p.33

180

인을 시키는 것이 좋다고 다음 글에서 밝히고 있다.

지금붓터 사룸의집에 소년과부가 잇는쟈면 반다시 턱일ᄒ고 폐백을
드리고 혼갈갓치 혼인례법을 차리되 십오세로 붓터 이십셰ᄭ지는 초취
로ᄒ고 삼십세로 스십셰ᄭ지는 지취 삼취로ᄒ고 거긔 지는쟈는 실시ᄒ
것으로 치지ᄒ고 이법을 어긔는쟈는 이상ᄒ풍속으로 물니치되 만일 부
모가권ᄒ고 리웃사룸이 가유ᄒ여도 죵시 밍셔ᄒ고 긔가ᄒ지안는 쟈는
구터여 그 쯧을 쎄앗지말고 엄ᄒ게 닐곱가지 바라는 것은 붉히고 억지
로 겁탈ᄒ는 쟈는통금ᄒ야 혼시공이 희ᄒ고 혼나라이 본밧아셔 안으로
원망ᄒ는계집이 업고 밧그로 호리비가 없슨즉 박ᄒ명이 가히 됴혼인연
을닛고 깁히 억울홈이굴너 샹셔가되여서 이셰샹이 륭화혼 디경에닐ᄋ
리니. 「제국신문」278호. 1900. 12. 5

이렇듯이 과부개가에 대해 긍정적인 입장을 밝힘으로써 개가금
지라는 잘못된 악습으로 인한 여성들의 고통을 덜어주고 여성에
대한 인식을 새롭게 하는 역할을 하였다. 시어머니는 전통적인 사
고방식에 따라 개가한 며느리를 받아들이기 힘들어한다. 시어머니
는 처녀의 몸으로 시집오는 며느리를 바라고 있다. 또한 며느리는
진보적인 생각을 가진 인물로서 시어머니가 개가한 자신을 받아
들이기를 바란다. 이러한 서로의 엇갈린 역할기대는 고부갈등의
원인이 된다. 서로에 대한 기대가 조화를 이루지 못할 때 행동주
의적 관점의 고부갈등이 발생한다.

5. 신분제도

신분제도가 철폐됨에 따라 결혼에 있어서도 변화가 일어난다.

과거에는 신분에 따라 배우자를 선택하였으나 개화기는 신분의
벽을 넘어선 결혼을 볼 수 있다. 이러한 결혼은 고부갈등의 원인
이 되기도 한다. 신분제도에 따르는 고부갈등은 다음과 같은 세
가지 측면에서 생각할 수 있다. 첫째는 며느리의 신분이 媤家의
신분보다 낮은 경우에 이것이 문제가 되어 고부갈등의 원인이 되
는 경우이고 둘째는 시어머니의 신분이 며느리보다 낮기 때문에
일어나는 고부갈등이다. 셋째는 신분제도 철폐에 따라 노비가 신
분을 벗어날 수 있는 기회가 마련되는데 이것이 고부갈등을 심화
시키는 역할을 하는 경우이다.

며느리의 신분이 문제가 되어 고부갈등을 일으키는 경우는 〈안
의 성〉과 〈재봉춘〉에 나타나 있다. 이 두 작품을 제외하고는 여자
주인공인 며느리가 모두 양반 출신으로 나타나 있다. 이것은 개화
기에 일어난 신분제도의 철폐에도 불구하고 주인공은 대부분 양
반으로 설정한 신소설의 한계라 하겠다. 〈안의 성〉의 정애 역시
그 오라비 박춘식이 현재는 마포에서 생선 장사를 하지만 그 근
본은 양반이다.

그 박춘식은 본래 상놈이 아니오, 대대 남행으로 유명하던 박종
성의 아들이더니, 어려서 그 부모가 구몰하고 의지할 곳이 없어 세
살먹은 누이 정애를 업고 전전 걸식을 하다가. 〈안의 성〉 70. 그
여학생의 행검 가르친 걸로 보아서는 소위 행세자리나 하는 사람이
야. 〈안의 성〉 64.

〈안의 성〉에서는 정애가 가난한 집 딸이고 고아인 이유로 상현
과의 결혼에 있어서 시어머니를 속이고 결혼을 하지만 정애의 평

소 행동이 얌전하고 성품이 바른 것은 조상이 양반이고 양반가문의 가풍이 있기 때문이다. 정애는 오라비 박춘식의 도움으로 여학교를 졸업한 신여성이다. 그러나 "조선풍속 상으로는 남녀가 혼인함에 제일 관계되는 것은 반상(班常)이라. 박정애가 인물도 일색이요, 품행도 단정하고 공부도 역시 우월하되 단지 흠절되는 바는 생선장수 오라범이라"24)에서 보듯이 신분이 문제된다.

> "내가 네 일을 항상 근심하고 내 등에는 통지게를 져가며 네 공부를 시킨 것인데, 너는 내 마음을 본받아 공부에 열심한 결과로 오늘날 졸업까지 하였다마는, 내 마음에 먹은 바는 모다 허사가 되고 너와 통혼하는 곳은 모다 나와 같은 하류밖에 없으니 이를 어찌하면 좋단 말이냐?" 〈안의 성〉 71.

〈안의 성〉과 〈재봉춘〉은 모두 며느리의 신분이 문제가 되어 고부갈등을 일으킨다는 공통점이 있다. 그러나 〈안의 성〉의 경우는 양반이던 박정애가 부모님이 돌아가신 후 생계가 어려워지자 오라비가 미천한 직업을 가지게 되는 신분 하강의 경우이고 〈재봉춘〉은 백정의 신분인 이실이의 친아버지가 돈을 모으게 되자 돈을 주고 이실이를 허부령 양녀를 보내어 양반 신분을 얻은 신분 상승의 경우이다. 그러나 두 경우 모두 신분이 바뀔 수 있는 것은 금전적 문제이다.

이는 당시의 붕괴되는 신분제의 반영이라고 할 수 있다. 실제로 18-19세기에 걸치는 약 140여 년 간 호적대상이 반영되고 있던 일반적인 경향은 양반층의 급격한 증가현상과 상민층의 상대적인

---

24) 〈안의 성〉, p.71

격감, 외거 농민층의 실질적인 소멸현상 및 솔거 노비층의 광범위한 도망 현상이었다. 노비, 상민 등 하층민이 많고 양반층이 적은 신분계층의 피라미드형의 구성 성격이 후기로 올수록 그 역 현상으로 나타난 점은 사회 신분제 붕괴의 성향을 암시하는 것으로 파악할 수 있다. 또 양반층의 수적인 증가현상 속에서 일분의 양반층으로 하여금 농공상에 참여치 않을 수 없게 하였으며 심지어는 남의 扁工으로의 처지에까지 전락하고 있던 양반층이 다수 생성되었다.25)이와 같은 개화기 신분제의 붕괴정도는 관리의 비행과 이러한 비행을 직시하고 있던 대다수의 사람들의 성숙한 민권에 의하여 가속도가 붙으면서 급격히 무너지기 시작하였다.

그러나 〈재봉춘〉에서 보듯이 돈이 완전히 신분을 바꾸지는 못한다. 신분을 속이고 결혼하여야 했지만 구시대의 견고하던 신분제도에 비하면 시대상이 어느 정도 변화된 것을 알 수 있다. 또한 〈안의 성〉과 〈재봉춘〉에서 여주인공은 자신의 신분을 속이려고 친정오빠, 그리고 친아버지를 몰래 만나는 것이 화근이 되어 媤家에서 쫓겨난다. 이처럼 신분제의 붕괴에도 불구하고 신분을 속이려 한 것은 媤家에서 며느리에게 동등한 사회적 신분을 요구하기 때문이다. 媤家의 이러한 기대를 며느리는 채워주지 못하자 이를 속이게 되고 이것은 고부갈등의 원인을 제공한다. 이처럼 상류계급 가문에서 婚入하는 며느리의 관점의 고부갈등을 야기한다. 또한 사실상의 법적인 신분제도의 철폐와 실제 사회의 다른 면을 나타내주는 개화기의 특성이다.

〈봉선화〉와 〈치악산〉에서의 계모 시어머니는 집안에서의 자기

---

25) 정석종, "조선후기 사회신분제도의 붕괴," 「대동문화연구」9, (성균관대, 대동문화연구원,1972), p.341

의 위치에 대한 불안으로 며느리에게 억울한 누명을 씌워 시댁에서 내쫓으려 하는데, 이것은 또한 자신의 사회적인 신분에 대한 열등감에서 비롯되기도 한다. 〈봉선화〉와 〈치악산〉, 〈유화우〉의 시어머니는 계모로서 시아버지의 후취부인이다. 그러므로 첩과는 그 의미가 다르다. 후취이기는 하지만 전처가 죽은 후에 들어온 부인 이므로 正?이라 할 수 있다. 그런데 〈봉선화〉와 〈치악산〉, 〈유화우〉에서 보면 계모 시어머니의 신분은 며느리보다 사회적으로 낮은 위치라는 것을 알 수 있다. 〈봉선화〉에서 보면 시어머니는 자기의 신분이 며느리 보다 낮은 것을 스스로 인정하며 며느리에 대해 열등감을 갖고 있는 것을 알 수 있다.

“오냐, 그년 같은 당당 명사 양반의 댁 교전비가, 나 같은 상년의 딸을 눈꽁댕이에나 차게 보겠느냐?”〈봉선화〉129.

신분에 대한 시어머니의 열등감은 시어머니의 교전비에게도 시어머니와 며느리 사이를 이간질하는 빌미로 이용된다.

아씨 말씀인지 은례말인지는 분간 못하겠어도 마님 말씀을 하시는데, 영감께서 사모를 쓰시고 육례를 행하셨으니까 마지못하여 시어머니 대접을 하여주지 시어머니가 무슨 시어머니야, 양반이 창피하게 왕십리 똥거름 장사의 딸더러. 〈봉선화〉144.

위 인용문은 시어머니 교전비인 추월이가 시어머니에게 거짓을 고하여 며느리를 모함하는 것이다. 시어머니로 하여금 며느리에게 惡意를 갖게 하고 둘 사이를 갈라놓는 것이 이러한 시어머니의 열등감을 자극하는 것이라는 것을 추월은 알고 있기 때문이다. 그

만큼 며느리에 비해 낮은 시어머니의 신분은 고부갈등의 원인이
되며 주위 인물들이 고부갈등을 심화시키는 빌미가 되기도 한다.

〈치악산〉의 시어머니 역시 며느리가 재상가의 딸이라는데 대한
열등감 때문에 며느리를 미워한다.

아망위는 부마(駙馬)가 되었어도 기를 펴고 지낸단다. 오장육부
가 남과 같이 있는 자식 같으면 그런 아내는 당장 교군을 거꾸로 태
워서 쫓아보내고 사당에 고유하고 다시 장가를 들겠다. 너의 오라비
댁인가 태상 노군의 딸인가 그것은 서울 재상의 딸이나 되는 고로
시어미와 시뉘를 몰라보려니와, 검홍이란 년은 재상집 종년이라고
시골 양반은 제발샅의 때만치도 몰라본단 말이냐. 〈치악산〉 274.

〈치악산〉은 시어머니뿐만 아니라 媤家의 가문이 며느리의 가문에
비해 낮은 것이 고부갈등의 원인이 된다. 〈치악산〉은 시아버지의
가치관 대립이 며느리의 媤家에서의 생활을 더욱 어렵게 하는 요인
이 되었지만 고부갈등의 직접적인 원인이라 할 수는 없다. 그러나
며느리의 가문이 媤家의 가문보다 높은 것은 시어머니로 하여금 열
등감을 갖게 하여 며느리를 모해하고 내쫓는 구실을 만든다.
〈유화우〉역시 며느리의 신분에 대한 시어머니의 열등감이 나타
나있다.

"그년, 고이한 년! 잠이 들다니? 아씨는 시어미도 모른다더냐?
시어미가 불러도 들은 체 만 하고 잔다고 핑계를 내어! 유법가(有法
家) 딸이니까 그리 예법을 안다더냐? 제가 아니 오고 배기나 내가
아니 부르나 보자" 〈유화우〉 241.

위에서 보듯이 시어머니는 며느리가 유법가의 딸이라는 사회적 신분을 들먹여 그에 걸맞지 않은 며느리의 행동에 대해 억지를 쓴다. 높은 양반 가문의 며느리에 대한 시어머니의 열등감은 며느리의 행동에 흠절을 잡아 그것을 빌미로 며느리와 며느리의 가문에 수치를 주는 것으로 보상받으려 한다. 이러한 보상심리는 〈봉선화〉와 〈치악산〉에서 며느리를 姦婦로 몰아 친정으로 내쫓는 것으로 위장해 인신매매를 하여 양반 가문 딸로서의 자격(정절을 잃게 하여)을 잃도록 일을 꾸민다. 시어머니는 양반 가문의 며느리에 비해 후취요 낮은 가문 출신 이라는 열등감으로 인해 양반 가문의 며느리에게 시어머니라는 명분을 내세워 박해를 가한다.

이러한 시어머니의 행동은 행동주의적 관점의 고부갈등으로 해석할 수 있다. 시어머니의 신분에 대한 열등감은 며느리가 자신을 낮은 신분 출신이기 때문에 무시한다고 생각하는 피해의식에서 기인한다. 가족간의 역할기대가 충족되지 못 할 때 갈등이 발생한다고 보는 것이 행동주의적 관점이다. 며느리보다 낮은 신분인 계모 시어머니는 스스로 며느리가 자신을 시어머니로서 인정하지 않을 것이라는 즉 자신은 며느리가 기대하는 시어머니로서의 역할을 해내지 못 할 것이라는 열등감을 갖는다. 이것은 며느리에 대한 경계로 나타나며 이러한 감정이 확대되어 며느리를 모해한다.

동학은 인간은 누구나 내면적으로 한울님과 하나가 될 수 있다고 보기에 한울님을 모시는 인간은 신분, 귀천, 성별, 적서, 직업, 남녀, 노소, 빈부에 차별 없이 한울님과 본질적으로 같은 것이었다. 일찍이 최제우는 '우리 道는 地閥을 보는 것이 아니라 地閥이 무엇이기에 書子에 比喩할 수 있겠느냐?'[26]며 당시의 신분제도를

---

26) 이돈화 편, 앞의 책, 1편 8장 大禪師의 道力과 接主制, p.36

강력히 부정하였다. 그는 용담유사에서 "지벌보고 家勢보아 출세해서 하는 말이 아무는 지벌도 좋거니와 문필이 유여하니 도덕군자가 분명타고 몰염치 추존하니 우습다 저 사람은 지벌이 무엇이게 군자를 비유하여 문필이 무엇이게 도덕을 의논하노"27)라면서 地閥과 家勢로서 개인의 인품을 평가하는 것을 비판했다. 최제우는 자신의 奴婢를 속량 시킨 후 한 사람은 며느리로 다른 한 사람은 수양녀로 삼았다.28) 당시 양반가에서 노비를 며느리와 딸로 삼는다는 것은 당시의 신분제도로 미루어보아 매우 파격적인 행동이었다.

개화기의 신분제도의 타파로 인한 작품에서의 고부갈등의 심화를 가져오는 원인 중 하나는 바로 노비의 속량문제였다. 신분제도의 타파가 제도상으로 이루어지기는 하였으나, 아직 사회 현실은 班常의 구별이 있고 신분 계급간의 차이는 있었다. 그러나 하류계급에게 계급을 벗어날 기회의 폭은 넓어졌다. 과거시대에 신분의 이동이 엄격하여 사회적 신분이동이 폐쇄적이었던 것과는 달리 천민도 상민이 될 수 있고, 개인의 능력에 따라 신교육을 받을 수 있었고 따라서 그만큼 사회적으로 출세의 기회가 열려있었다. 또한 신분제도의 타파로 인해 신분상승의 기회가 열려있게 되자 노비를 비롯한 천민, 혹은 상민들의 양반을 이전시대처럼 절대적인 존재로 대우하지 않았다. 과거에 양반의 命을 절대적으로 받들고 복종하던 것과는 다른 모습을 볼 수 있다. 〈紅桃花〉에서 강사공이 홍생원에게 불려져서 매를 맞는 것을 본 강사공의 부인이 양반에 대하여 하는 말을 들어보면 양반의 실추된 권위를 짐작할 수 있다.

---

27) 이돈화 편, 앞의 책, 1편 8장 大禪師의 道力과 接主制, p.36
28) 〈용담유사〉, 도덕가. 이돈화 편, 앞의 책, p.91

188

"양반은 생사람을 죽여도 관계치 않소? 자던 중으로 말 한마디라
도 만류했다는데 고마운 줄은 모르고 되죽여요! 아주 죽게만 해보시
오. 양반 말고 태학사(太學士)라도 내입으로 더운 간을 내어 먹고야
말터이니."〈홍도화〉285.

이처럼 과거에 양반들이 집안에 內獄을 갖춰 놓고 신분이 낮은
사람들을 문초하고 벌을 내리던 것을 당연시 여기던 것과는 다른
모습을 볼 수 있다. 이러한 이유로 작품에 등장하는 노비들은 자신
의 천민 신분을 벗기 위한 수단으로 상전을 이용하기도 한다. 상전
에게 아부를 하고 일을 도모해 주어 그 대가로 상급을 받거나 속량
의 기회를 얻어 사회적 신분의 상승을 꾀한다. 악인형 노비들은 자
신의 상전인 시어머니가 며느리를 媤家에서 내쫓으려는 뜻을 파악
하고 시어머니의 편에 서서 시어머니와 며느리 사이를 이간시켜 시
어머니로 하여금 더욱 며느리를 미워하는 마음이 들도록 하기도 하
고, 시어머니가 며느리를 내쫓기 위한 계략을 꾸미고 시행할 때 앞
장서서 그 일을 추진하고 그 대가를 받기를 기대한다.
　시어머니는 자신의 수족처럼 며느리를 모해하는 일을 주선할
사람이 필요했고 노비는 자신의 신분을 벗어나도록 해줄 사람이
필요했으므로 서로는 필요에 의해 맺어진 긴밀한 관계이다. 〈봉선
화〉에서 시어머니가 자신의 뜻에 따라 추월을 이용하기 위해 甘
言利說로 유혹한다.

"오냐, 너만 믿고 있으마. 내가 이 분풀이만하는 날, 아무렇게 하
기로 너 하나야 살도록 못해 주겠느냐?"〈봉선화〉145.

〈치악산〉의 옥단은 상전에게 상전을 도와 일을 도모한 대가를

바라는 것에서 더하여 스스로가 상전에게 떳떳이 자신의 대가를
흥정하는 것을 볼 수 있다.

"상을 타면 타고 말면 말지요. 마님 입으시던 치마를 얻어 입고
있어요. 이런 큰 일을 하면 나님께서 쇤네를 속량이라도 하여 주시
고, 단구역말 앞뜰에 있는 보논을 다 주시더라도 아까울 것 무엇 있
습니까." 〈치악산〉 301.

〈금국화〉에서도 금년이가 자신의 남편 막쇠에게 노비의 신분을
벗게 되는 것을 미끼로 시어머니의 악행을 거들 것을 종용하는
것을 볼 수 있다.

"원수의 남의 종 노릇 하기에 내외간이라도 이런 無情之責(무정지
책)을 듣지. 여보, 이놈의 종 노릇 좀 면하여 볼 도리를 합시다. 하
루 이틀 아니고 지긋지긋 귀치않아 못 견디겠소." 〈금국화〉 431.

과거의 절대적인 主?관계와 달리 자신에게 이익을 주지 못한다
고 생각하는 상전을 노비들은 배신한다. 또한 그들은 상전의 일을
도와주는 것에 있어서 속량의 대가를 기대한다. 이러한 노비의 교
환적 가치관은 고부갈등의 원인을 제공한다. 자신의 이익을 눈앞
에 둔 노비는 과거에 주인의 명에 따라 움직이던 것과는 달리 자
신이 주동적으로 일을 도모한다. 이렇듯 노비의 속량에의 의지는
고부갈등을 심화시킨다. 고부갈등을 심화시키는 이러한 노비의 속
량은 주인과의 거래로 이루어진다. 상전과 노비의 거래적인 인간
관계는 행동주의적인 교환이론으로 설명이 가능하다.

190

6. 迷信打破

고부간에 미신타파의 문제로 인한 갈등이 나타나는 작품은 〈홍도화〉이다. 〈홍도화〉의 태희는 과부로 개가한 몸으로서 심학도의 집에 시집을 가게 된다. 심학도의 어머니는 아들의 뜻에 따라 결혼을 승낙하고 태희를 맞아들인다. 고부간의 갈등은 미신타파의 문제로 시작된다.

심학도 어머니는 그 모양으로 유지(有志)한 아들을 두었을지언정, 본래 문견이 넉넉지 못한 부인이라, 그 남편 심협판 돌아간 뒤에 홀로 그 아들을 기르면서 감기만 들던가 체중만 생겨도 점도 쳐보고 무꾸리도 하여, 벽장 다락에 귀신 위해 앉힌 그릇이 늘비하게 있는데, 그 며느리 신부렛날 첫째 다락문을 떡 벌려 놓고 절을 시키려 하니 이씨부인이 딱 버티고 서며 조금도 부끄럼 없이, "이 다락 속에 누가 있길래 절을 하라 하십니까?"〈홍도화〉

위에서 보듯이 태희는 다른 작품의 며느리에 비해 그 성격이 강한 인물이다. 다른 작품의 며느리들이 시어머니의 명령에 불복종하는 모습이 나타나지 않은 반면 태희는 완강히 시어머니의 명을 거부한다. 태희는 또한 자신의 의견을 거침없이 말하는 당돌한 모습을 보인다. 이것은 다른 작품에서는 찾아볼 수 없는 며느리의 모습이다.

"에그, 너도 별 말을 다한다. 그게 어릴법해도 우리 집에 좀 소중한 아이냐? 약은 쓸만치 써보았으니 인제는 무당이나 판수에게 무꾸리나 좀 하여보겠다." "무꾸리가 다 무엇입니까? 제가 전에 학교에 다닐 때에 교사의 강연 하는 말을 듣자오니까 '무당. 판수라 하는 것은 요사한 술법으로 세상을 속이는 무리니, 일절 가까이 말 것이라. 만일 그 무리에게 고혹하여 가까이 하였다는 패가망신(敗家亡身)할 장본이라.' 하던 그 말을 듣고 생각하온즉, 사람의 집집마다 그런 무리와 친밀히 지내고 안전무사한 이가 별로 없습디다." 〈홍도화〉 314.

위에서 보듯이 시어머니가 태희를 설득하는 말의 어조와 그것을 거부하는 태희의 어조는 사뭇 다르다. 시어머니가 자손의 소중함을 이야기하며 여러 약을 쓴 후의 차후 수단으로 무꾸리를 하여 보자고 며느리를 설득하는 반면 태희는 자기 집안의 급박한 사정을 고려하지 않은 채 학교에서 배운 그대로만을 시어머니에게 일방적으로 이야기한다.

또한 태희는 시어머니가 태희와의 갈등으로 남편 심상호와 집안을 떠나 있을 때 시어머니가 가장 아끼는 집안의 호구 귀신을 불태우는 과감성을 보인다. 다른 작품의 며느리들이 시어머니의 모략에 의해 속수무책으로 시가에서 쫓겨난 것에 비해 태희는 시어머니에게 먼저 도전했다.

이씨부인이 시어머니 집에 있어서는 날마다 몇 번씩 쓸어내다버리고 싶은 귀신 그릇들을 감히 건드리지를 못하였더니, 시어머니가 고을에 가 있어 보지 아니하는 승시하여 하인을 불러 안마당 가운데 장작불을 피우라하고, 조리행담(笊籬行擔). 모접이 등소에 여귀(女鬼). 남귀(男鬼). 산신령. 물귀신을 목목이 위해 앉힌 것을 깡그리 집어서 그 불에다 들이뜨리는데, 급기 다락문을 열고 소위 호구 위한 그릇을 마저 들어와 소화(燒火)를 하려 한즉, 하인 놈이 열길은

껑충 뛰며, "소인을 바로 장하에 죽이시면 죽을지언정 그 거행은 못하겠습니다." 이씨부인이 하릴없이 열쇠를 찾아 그 반닫이를 열고 보니, 대대로 지어넣은 의복이 그 큰 그릇에 가득하였는지라, 제잡담(際雜談)하고 자기 힘껏 한아름씩 안아다가 불에다 들이뜨리고, 나중에는 빈 반닫이만 남은 것을 간신히 끌어내어 마저 불에다 태워 버렸더라. 〈홍도화〉 316.

위의 사건을 계기로 태희는 심상호와 이혼의 위기에 서게 되고 과부인 며느리를 받아들였던 시어머니도 이젠 며느리의 과부개가혼 역시 문제 삼게 된다.

"왜 이렇게 걱정을 하느냐? 응, 이것이 모두 너의 잘못한 탓이리라. 그 많은 좋은 혼처를 다 싫다 하고, 명예니 신식이니 하며 과부 하나를 세상에 다시없는 듯이 데려오더니, 소위 시어미의 말을 냉수 한 사발로 알고 제 자락대로 매사를 하여, 그 잘생긴 어린것들을 깡그리 죽여 놓고, 또 무엇이 부족해서 십여대 상전(相傳)하며 위대하던 호구를 불에다 태웠다니 그것은 시어미를 어려운 줄을 아나, 제 남편의 소중한 것을 아나? 망하고 흥하고 다 불계(不計)하고 승전고(勝戰鼓)나 울린 듯이 제 고집만 세우니. 이애, 시어미 노릇도 싫고 그런 며느리 보기도 싫다. 너부터 나를 어미로 알거든 당장 감영(監營)에 수유하고 올라가서 제 친정으로 보내어라."〈홍도화〉 316.

이처럼 미신타파 문제로 인한 고부갈등은 〈홍도화〉의 단 한 작품에서 나타난다. 주인공 태희 역시 다른 고부갈등이 나타나는 작품에서는 볼 수 없는 단 하나의 인물이다. 그것은 단지 태희가 과부로서 총각과 결혼하는 인물이라는 것에 그치지 않는다. 태희는 엄밀하게 말하면 유일하게 고부갈등을 겪은 며느리라 할 수 있다.

다른 작품의 며느리들은 선인으로 설정되어 일방적으로 악인인
시어머니에게 고난을 받게 되거나, 혹은 시어머니 측근 인물들의
모함으로 인해 고난을 겪는 것에 비해 〈홍도화〉의 태희는 스스로
의 가치관 때문에 고부갈등을 초래하고 시어머니에게 도전한 인
물이다. 이어서 볼 때 〈홍도화〉는 진정한 고부갈등을 그린 작품이
며 태희는 자신의 가치관 때문에 고부갈등을 겪은 유일한 며느리
이었다. 이러한 시어머니와 며느리의 가치관의 상충으로 인한 고
부갈등이 행동주의적 관점에서의 고부갈등이다. 시어머니는 媤家
의 전통에 따라 며느리가 집안의 戶口鬼神을 받들기를 원한다. 며
느리는 신식학교에서 배운 것처럼 미신신봉을 거부한다. 이러한
다른 역할의 기대는 고부갈등의 원인이 된다. 강력히 시어머니에
게 자신의 의견을 피력하는 며느리 태희의 모습은 현대사회의 고
부갈등 양상과 흡사하다.

체계 및 행동주의 교환론에 입각해 개화기 사회와 가정의 갈등
양상과 그 원인을 위와같이 규명할 때 그 특징은 한마디로 과도
기 사회적 길항이라 할 것이다. 보수와 진보의 대결이 바로 고부
갈등의 기초 양상이요 원인임을 알 때 더욱 그렇다.

Ⅶ. 결 론

　이상에서 개화기 신소설에 나타난 고부갈등의 원인과 양상을 사회심리학적 관점에서 살펴보았다. 이로써 개화기 사회의 시대상황과 가치관을 파악할 수 있었고 신소설의 문학적 특성을 밝힐 수 있었다.

　신소설 중 고부갈등 양상이 나타나는 8편 즉 〈안의 성〉, 〈봉선화〉, 〈치악산〉, 〈유화우〉, 〈홍도화〉, 〈두견성〉, 〈금국화〉, 〈재봉춘〉에 나타나는 고부갈등 원인과 양상을 정신분석적 및 계급론적 관점과 체계 및 행동주의적 교환론을 근거로 하여 규명해 보았다.

　그 연구결과를 정리해보면 다음과 같다. 신소설과 고소설의 고부갈등 구조 대비를 통해 신소설과 고소설의 고부갈등 구조의 전승과 변용을 어느 정도 짐작할 수 있었고, 고부갈등이 신소설에서 두드러지게 대두되는 이유와 신소설에서 다양한 갈등양상이 나타나게 되는 근거를 알 수 있게 되었다. 고소설에서 발전된 고부갈등 구조는 신소설에서의 다양한 인물형의 등장을 가능케 했다. 신소설의 고소설 고부갈등 구조의 전승은 크게 세 가지였다.

　첫째, 선인과 악인의 뚜렷한 대별 둘째, 악인에 의해 선인이 겪는 고난과 갈등 셋째, 권선징악의 결말구조 등이었다. 반면 고소설에서 변용 된 신소설의 고부갈등 구조는 크게 네 가지였다. 첫째, 구원자의 등장 모티브의 변용으로서 필연성 획득 둘째, 가족구성원이 多世代에서 당대 一世代로 대치되었고, 셋째 주인공의 고난이 자의적인데서 타의적으로 바뀌어졌으며, 넷째, 서술 순서

가 자유로워졌다는 점 등이다. 신소설과 고소설의 고부갈등 구조 분석 대비 결과를 근거로 해 정신분석적 계급론적 관점으로 고부 갈등의 원인과 양상을 규명해 본과 다음과 같은 결과가 나타났다.

첫째, 가부장제 가족관계에 따른 고부갈등 양상과 母子同一視에 따른 고부갈등 양상이 나타났다. 한국 전통사회에서의 고부갈등의 주원인은 남아선호 사상과 모자의 혈육관계의 친밀성 그리고 부부의 애정관계에서 비롯되었다. 부자중심의 수직적 가족관계에 따른 고부갈등 양상은 아들의 역할에 대한 기대에 따른 고부갈등과 입신양명의 세계관에 따른 고부갈등 양상으로 양분되었다. 아들이 출세를 위해 가정을 떠남으로써 시어머니는 며느리를 내쫓는 계기가 된다. 교육관이 다른 부자의 갈등 또한 고부갈등의 원인이 심화되었다. 母子同一視와 효사상 역시 고부갈등의 원인으로 작용했다. 친화된 모성은 아들과 며느리의 애정을 시기했고, 아들은 어머니에 대한 孝道에 집착함으로써 고부갈등은 더욱 심화되었다.

계급론적 관점에서의 고부갈등의 원인과 양상은 가정에서의 여성 위치에 따른 고부갈등 양상과 가정에서의 물질적 기반에 따른 고부갈등 양상으로 나타났다. 전처소생 며느리와 계모 시어머니의 고부갈등 양상의 원인은 가족 간의 위계 확보문제에서 비롯되었으며, 烈 思想으로 인한 고부갈등 양상의 원인 또한 여성의 정절이 가족 및 사회에서 자기 신분을 보장받는 유일한 방법이었기 때문이다. 계모 시어머니에 의한 고부갈등은 시어머니의 가정에서의 위치 불안과 열등감으로 인해 며느리를 모해하려는데 그 원인이 있었다. 烈 思想으로 인한 고부갈등은 정절이 지키려는 며느리와 며느리를 내쫓기 위한 수단으로 며느리의 정절을 해치려는 시어머니의 모략에서 비롯되었다. 가정에서의 물질적 기반에 따른 고부갈등 양상은 시아버지 존재여부에 따른 고부갈등 양상과 가계 계승권자 출산 여부에 따른 고부갈등 양상으로 나타났다. 시아버지 존재 여부와 시아버지의 역할은 고부갈등의 직접적 원인이 되었다. 가계 계승권자 출산 여부 또한 고부갈등의 주요 원인이었다.

체계 및 행동주의적 교환론의 관점에서 고부갈등의 원인과 양상을 논의한 결과 체계론적 측면에서는 가족 내의 인물에 의한 고부갈등양상과 남녀노비들에 의한 고부갈등 양상 그리고 가족 외의 인물에 의한 고부갈등 양상 등으로 나타났다. 이같은 양상의 고부갈등 원인은 시어머니와 며느리의 관계 이외에 다양한 인물과 인간관계의 역동성에서 비롯되었다. 시어머니의 보조적 역할을 하는 시누로 인한 고부갈등과 며느리를 시기하는 시누이에 의한 고부갈등 그리고 남녀 노비들의 신분상승 욕구에서 비롯된 고부갈등 및 가족 외의 인물에 의한 고부 갈등이었다.

행동주의적 교환이론 관점에서의 고부갈등 양상은 신교육관, 자유연애 및 자유결혼, 과부개가 허용, 신분제도타파, 미신타파 등에 따른 고부갈등 양상으로 나타났다. 여기서의 고부갈등은 가족 구성원이 서로에게 기대하는 역할을 수행하지 못할 때 이로 인해 갈등이 발생한다. 개화기에는 신구세대의 가치관의 차이로 인한 가족간의 갈등이 심했다. 이러한 신구세대의 갈등이 고부갈등의 원인으로 작용했다. 신교육관에 따른 고부갈등은 신교육을 받은 며느리와 시어머니의 갈등이었으나 그리 심하지는 않았다. 개화기의 고부갈등이 아직까지는 며느리가 시어머니에게 가치관의 문제로 정면으로 맞서지는 못하는 단계임을 보여준 것이다.

자유연애. 자유결혼에 따른 고부갈등 역시 이에 불만을 품은 시어머니가 며느리를 괴롭히는 것으로 나타날 뿐, 결혼문제로 인해 시어머니와 며느리가 맞서는 경우는 없다. 과부개가 허용에 따른 고부갈등은 〈홍도화〉에 유일하게 나타났다. 그러나 결국 고부갈등이 와해로 끝나는 것으로 볼 때 과부개가를 긍정하고 있음을 알 수 있다. 신분제도에 따른 고부갈등 역시 개화기의 신분타파로 인한 사회 현상의 반영이었다. 노비의 의식성장과 그로 인한 다양한 인물형의 제시, 그에 따른 소설 구조의 발전적인 면을 볼 수 있었다. 신소설은 낮은 신분의 며느리를 받아들이는 것으로 신분에 따른 패쇄적 결혼관에 대한 비판과 신분을 초월한 결혼을 통해 신분타파 문제를 직접 반영했다. 미신타파 문제가 고부갈등의 원인이 되기도 했다.

한국개화기는 한국사에서 볼 때 가치관의 대전환기요, 대혼란기였다. 전체적 추세는 근대화였지만 진보와 보수의 대결장으로서의 길항은 방어와 공격이란 역사법칙에서 크게 벗어나 있지 않았다. 이를 가리켜 갈등의 사회라 한다면 곧 개화기는 최고의 갈등미학이 존재하는 사회였다고 말할 수 있다. 인간은 갈등보다는 평화를 원한다. 하지만 개화기의 한국 가정은 위에서 보았듯이 고부갈등을 비롯하여 가족간의 갈등이 심화되어 간다. 따라서 마땅히 그 갈등의 해소 방안도 연구되지 않으면 안 된다. 앞으로 필자는 사회와 소설을 통해 갈등의 원인과 양상에만 주목하지 않고 나아가 적극적으로 갈등의 화해 방안을 연구코자 한다. 본 연구의 한계 또한 여기에 있음을 자각한다.

참고문헌

독립신문, 1-6권, 影印本, 甲已出版社, 1981

제국신문, 1898-1910년

한국신소설전집, 1-10권, 을유문화사, 1968

이 익, 성호사설

유길준, 서유견문

2. 단행본

강재언, 조선의 서학사, 민음사, 1990.

강재언, 한국의 근대사상, 한길사 1985.

김양식, 근대한국의 사회변동과 농민전쟁, 신서원, 1996.

김영길, 한국윤리사상사, 한국정신문화연구원, 1985

김용섭, 조선후기 농업사연구, 일조각, 1971

김장동, 고전소설의 이론, 태학사, 1989.

김 현, 문학사회학, 민음사, 1983.

김현옥, 동학사상과 여성의 근대화, 청아 출판사, 1987

백규삼, 백주교의 사목 서한, 순교자와 증거자들, 한국교회사연구소.
    1988

박종성, 갑오동학 농민 혁명의 갱점, 한국정치외교사학회, 집문당.
    1989

박찬승, 동학농민전쟁의 사회, 경제적 지향, 창작과 비평사. 1985

변태섭, 한국사통론, 삼영사, 1995

신옥희, 한국인의 윤리관, 한국정신문화연구원, 1983.

신용하, 한국사연구, 한국사연구회, 1985.

신용하, 조선 후기의 근대적 시민의식, 한국정신문화연구원, 1987

신용하, 한국근대사회사상사연구, 일조각, 1987.

안 확, 조선문화사, 을유문고, 1984.

오영석, 한국 고전 소설 연구, 문조사, 1986.

오지영, 동학사, 문선각, 1973.

유길준, 서유견문, 박영사, 1976.

윤명구, 개화기 소설 이해, 인하대 출판부, 1986.

이광규, 사회구조론, 일조각, 1984.

이광규, 한국가족의 규모분석, 일지사, 1975.

이광규, 한국가족의 심리문제, 일지사, 1981.

이기백, 한국사신론, 일조각, 1990.

이광린, 한국 개화사상 연구, 일조석.

이돈화편, 천도교창건사, 경인문화사, 1982.

이만열, 한국 기독교 운동사, 대한기독교출판사, 1992.

이시화, 조선후기 정치사상과 사회변동, 한길사, 1994.

이원순, 조선서학사연구, 일지사, 1986.

임동권, 한국 여성, 여정-여성과 민요, 집문당, 1984.

임 화, 續新文學史, 학예사, 1939

장경일 베르뇌, 張生敎諭示諸友書, 한국교회사연구소, 1982.

장인협외 공역, 인간행동과 사회환경, 집문당, 1983.

전광용, 한국소설발달사, 한국문화사대계 5, 고려대, 민족문화연구원,
    1967

정현기, 한국 문학의 사회학적 의미, 문예 출판사, 1986.

조 광, 조선후기 천주교사 연구, 고려대, 민족문화연구원, 1988.

조동일, 신소설의 문학사적 성격, 서울대 출판부, 1973.

조남현, 小說原論, 고려원, 1982.

조남현, 한국 소설과 갈등, 문학과 비평사, 1990.

최동희, 서학에 대한 실학의 반응, 고려대, 민족문화연구원, 1988.

최은희, 한국현대사, 제4권 신구문화사, 1969.

홍일식, 한국 개화기소설의 사상적 연구, 열화당, 1985

황사영, 윤재영 역, 황사영 백서, 경운사, 1975.

ch. pallet Histoire de l'Eglise decoree, paris uictorpalme, 안응렬, 최석
    우 역주. 한국천 주교사연구, 상권, 분도출판사, 1979.

Freedom, J.I., sears, D.O carlsmitt, J.M, 「social psycology」(4thed.).

Englewood cliffs, Pretice-Hall, 1981, Trans, 홍대식역, 시회 신리학, 박영
    사, 1984.

Minuchin, S, Family Therapy, Great, Britain: Tavistock publication, 1974

3. 논 문

고정자, 「한국 도시주부의 고부갈등에 관한 연구」, 한양대, 박사논문,
    1990

구자경, 「시어머니와 며느리가 지각하는 고부간의 갈등」, 이화여대, 석사논문, 2000

권영민, 「한국 개화기 소설의 문체연구」, 서울대, 석사논문, 1975

권류상, 「고부갈등에 관한 조사와 해소방안에 관한 연구」, 명지대, 석사논문, 1987

권정자, 「취업여부에 따른 고부관계 연구」, 이화여대, 석사논문, 1983

금장태, 「동서교섭과 근대한국사상의 추이에 관한 연구」, 성균관대, 박사논문, 1978

김경애, 「천교도의 남녀평등사상에 관한 연구」, 이화여대, 「여성학논집」1, 1981

김교봉, 「신소설의 서사양식과 주제의식에 관한 연구」, 연세대, 박사논문, 1986

김수현, 「부부갈등과 치료적 개입」, 「한국심리학회 심포지움: 한국 가족관계에서의 갈등」, 1984

김인자, 「韓國 俗話에서 女性」, 국어국문학 연구 논문집, 1964

김영애, 「가족치료의 토착화와 한국여성의 恨」, 한국가족치료학회지, 1993

김용섭, 「18, 19세기의 농업실정과 새로운 농업경영론」, 「대동문화연구」9, 1981

김종구, 「신소설의 서사구조와 인물유형연구」, 서강대, 박사논문, 1991

김주영, 「이해조소설연구」, 성균관대, 박사논문, 1972

박명은, 「19세기 조선사회의 민란과 민중의 사회의식」, 한국정신문화연구원, 1989

박부진, 「한국 농촌 가족의 문화적 의미와 가족관계의 변화에 관한

연구」, 서울대, 대학원, 박사논문, 1994

박영숙, 「Miuchin의 이론체계 내에서 한국 가정의 고부갈등에 관한 연구」, 동아대, 석사논문, 1988

박재환, 「사회 강등에 있어서의 문화적 요인에 관한 소고」, 부산대, 사회과학논문집 제20집, 1981

배선희, 「계급별 고부관계 접근을 위한 기초연구(1)」, 한국가정관리학회지, 제2호, 1997

배주영, 「신소설의 여성 담론구조 연구」, 서울대, 석사논문, 2000

서병숙 외, 「고부갈등에 있어서 자기통제력 및 적응과의 관계」, 한국가정관리학회지, 제11권 제1호 한국가정관리학회, 1993

서춘자, 「신소설에서의 현실 수용양상 연구」, 인하대, 박사논문, 1987

윤명규, 「개화기 소설의 이해」, 인하대, 출판부, 1986

윤충의, 「신소설의 화자와 인물에 대한 연구」, 고려대, 석사논문, 1982

이기숙, 「근대 한국의 고부관계의식」, 부산여대, 논문집 제9집, 1980

이기숙, 「한국 가정의 고부갈등 발생원에 대한 요인분석」, 부산대, 박산노문, 1985

이동길, 「신소설의 서사구조 연구」, 영남대, 박사논문, 1988

이영환, 「고부동거가족의 고부갈등에 관한 연구」, 서울대, 석사논문, 1986

이용남, 「신소설의 갈등양상 연구」, 서울대, 박사논문, 1986

이현희, 「동학사살의 배경과 그 의식의 성장」, 「한국사상」18, 한국사상연구회. 1981

田尻沽辛 「국초 이인직론」, 연세대, 석사논문, 1992

田尻沽辛 「이인직연구」, 고려대, 박사논문, 1996

전미경, 「개화기 가족윤리 의식의 변화와 가족 갈등에 관한 연구」, 동국대, 박사논문, 1999

신석종, 「조선후기사회신분제도붕괴」, 「대동문화연구」9, 성균관대, 1972.

조재복, 「조선말기 개화사상 형에 관한 연구」, 원광대, 박사논문, 1988.

최원식, 「이해조문학연구」, 서울대, 박사논문, 1986.

최호일, 「고부갈등에 관한 심리학적 고찰」, 중앙대, 박사논문, 1992.

허만욱, 「신소설의 주제의식과 그 형상화에 관한연구」, 중앙대, 박사논문, 1996.

한혜경, 「신소설의 주제 및 시대적 성격 연구」, 연세대, 박사논문, 1986.

홍일식, 「개화기 시가의 사상적 연구」, 고려대, 「민족문화연구」9, 1974.

Bagarozzi, D. & Wodarski, J. 「A social excange typology conjugal relationships and conflict development」, Journal of Marriage and Family counselling, 39(October), 1997.

Bell, N.W, 「Extended family relations of disturbed well families」, Family Process, Vol, No.2(september), 1962.

Bowman, H.A 「Marriage for mordens(7thed)」, N.Y : McGraw Hill, 1974.

Buckley, W. 「Mordern systems research for the behavioral scientist」, chicago: Aldine, 1967.

Deutsch, M. The resolation of conflict. N.Y :Yale university press, 1970.

Duvall, E.M, 「In-laws: pro and com」, N.Y :Association press, 1954.

Garvin, K.M & Brommel, B.J, 「Family comunication-chension and change, ILL :scott, foresman and company」, 1982

Kantor, D & Lehr, W. 「Inside the family」, sanfrancisco: Jossey bass, 1976.

Landis, J.T., Landis, M.G 「Personal adjustment, marriage, and family living」, N.Y :Prentice Hall, 1975.

Scanzoni, J., polonco, K, 「A conceptual aproach to expplict marital negrotiation」 Journal of Marriage and the family 42(Feb), 1980.

Tyler, T. R, sears, d.o. 「coming to like obnoxious people when we must live withthem」, Journal of personality and psy chology(35), 1997.

Weber, M 「The methodology of the social science」, Glencoe: The Free Press,1940.

• 저자 •

간호옥
(簡鎬玉)

•약 력•
강남대학교 노인복지학과 졸업
한국외국어대학교 문학석사
한국외국어대학교 문학박사
서울여자대학교 사회복지학 석사
연세대학교 사회복지학 박사수료
현, 안양과학대학 사회복지과 교수 및 학과장

•주요논저•
「한국 개화기 소설과 고부갈등」
「한국전통 효 사상과 그 나아갈 방향」
「치매노인의 사회적 기능 향상을 위한 집단사회사업 연구」
「문학치료를 통한 치매노인의 정서적 기능 향상에 관한 연구」
『현대문학의 이해』
『작문의 실제와 이론』
『노년기 정신건강』
『사례관리의 실제』
외 다수

한국 개화기 사회와 고부갈등

• 초판 인쇄	2006년 7월 30일
• 초판 발행	2006년 7월 30일
• 지 은 이	간호옥
• 펴 낸 이	채종준
• 펴 낸 곳	한국학술정보㈜
	경기도 파주시 교하읍 문발리 526-2
	파주출판문화정보산업단지
	전화 031) 908-3181(대표) · 팩스 031) 908-3189
	홈페이지 http://www.kstudy.com
	e-mail(e-Book사업부) ebook@kstudy.com
• 등 록	제일산-115호(2000. 6. 19)
• 가 격	23,000원

ISBN   89-534-5464-6 93810 (Paper Book)
　　　　 89-534-5465-4 98810 (e-Book)